Su

René Barjavel est né e[...]
Il travaille avec son père tout en [...]
ne peut, faute de moyens financiers, aller au-delà du baccalauréat. En moins d'un an, René Barjavel est alors répétiteur, démarcheur pour agent immobilier, employé de banque, puis journaliste au *Progrès de l'Allier*, où il restera cinq ans. À partir de 1935, il est chef de fabrication aux éditions Denoël, poste qu'il occupera pendant dix ans, tout en collaborant à différents journaux et revues, en particulier en tant que critique de théâtre et de cinéma.

Ses premiers romans (1943-1948) passent inaperçus, et il choisit d'explorer d'autres pistes. C'est ainsi qu'il écrit le scénario d'un film de science-fiction, *La nuit des temps*, qui ne sera pas adapté, mais devient un best-seller en tant que roman (prix des libraires 1968). Suivront *Le grand secret, Les chemins de Katmandou, Le blessé* ou encore *La tempête*.

Parallèlement, René Barjavel signe une chronique hebdomadaire dans le *Journal du Dimanche*, jusqu'en 1979. Il a également écrit, en collaboration avec Olenka de Veer, deux romans qui accordent une large place au merveilleux : *Les dames à la licorne* (1974) et sa suite *Les jours du monde* (1975), puis *L'enchanteur* (1984), version romanesque de ses réflexions sur Merlin.

René Barjavel est décédé en 1985.

LES CHEMINS
DE KATMANDOU

RENÉ BARJAVEL

LES CHEMINS DE KATMANDOU

Roman

PRESSES DE LA CITÉ

A la Déesse Orange
de Katmandou

Ceux qui se rendront à Katmandou ne reconnaîtront pas ce qui est écrit dans ce livre.

Ceux qui suivront les chemins qui y mènent ne reconnaîtront pas les chemins de ce livre.

Chacun suit son chemin, qui n'est pareil à aucun autre, et personne n'aboutit au même lieu, dans la vie ni dans la mort.

Ce livre ne cherche pas à donner une idée de la réalité, mais à s'approcher de la vérité.

Celle de Jane, et celle d'Olivier, dont il raconte l'histoire.

UN incendie brûlait derrière le brouillard. Jane en voyait la lumière vague en haut et à droite du pare-brise. Cela donnait à l'image floue encadrée dans la vitre l'apparence d'une pellicule voilée par un coup de soleil rouge. Mais à gauche et à droite de la voiture, le brouillard gris continuait à couler lentement comme le fond d'un fleuve dans lequel se déversent des égouts depuis l'éternité.

Jane ne savait pas où elle se trouvait, ne savait pas ce qui brûlait, commençait à ne plus savoir qui elle était. Elle aurait voulu ne plus rien savoir, plus rien, rien, et que le monde entier brûlât et s'écroulât sur elle pour écraser dans sa tête ce qu'elle avait vu, ce qu'elle avait entendu, le visage soudain figé de son père, le geste surpris interrompu, les mots de l'Autre, la main, le rire de l'Autre, le regard éperdu de son père sur elle, le désespoir dans le regard de son père, toute la scène immobile, gravée pour toujours en blanc et noir, au fond de sa mémoire glacée.

Pourquoi avait-elle ouvert cette porte ? Pourquoi ? Pourquoi quoi ? Elle ne savait plus pourquoi, elle ne savait plus quoi, elle ne savait plus... Elle était sortie de la maison en courant, se mordant les lèvres pour ne pas hurler, s'était jetée dans sa voiture, avait bousculé le pare-chocs de la voiture avant, de la voiture arrière, avait grincé contre un autobus couleur de sang voilé,

s'était enfoncée dans le fleuve du brouillard gris. Depuis
des heures, des jours peut-être, depuis quand ? Il n'y
avait plus de jour, il n'y avait plus de temps, elle roulait,
s'arrêtait, repartait, accrochée par les yeux au halo des
feux de la voiture qui la précédait lentement, qui s'arrêtait, qui repartait, au fond du fleuve mort qui noyait la
ville.

Les feux qui la précédaient s'arrêtèrent et ne repartirent plus. La lueur rouge en haut et à droite du pare-
brise palpitait. Il y avait dans le fleuve gris en dehors de
la voiture des bruits de cloches et de sirène étouffés, des
cris et des paroles, et des sifflets entourés de coton. Jane
sortit de sa voiture sans arrêter le moteur. C'était une
belle petite sportive du continent, couleur de citron, que
le brouillard recouvrait comme une housse de toile sale.
Jane sortit et s'en alla, laissant la portière ouverte. Elle
parvint jusqu'au trottoir. La grille d'un jardin devant une
maison l'arrêta. Elle repartit en longeant la grille. Le
brouillard était un des plus épais brouillards que
Londres eût jamais suinté. Il sentait la suie, le mazout, la
poubelle et le rat. Il se posa sur Jane, l'enlaça de ses bras
mouillés, glacés, baisa ses yeux pervenche, accrocha des
larmes à ses cils, trempa ses cheveux, leur donna la
couleur de l'acajou ciré, coula avec eux sur ses épaules et
mouilla sa robe.

Jane ne sentait ni le froid ni l'odeur du brouillard.
Elle marchait le long d'une grille devant une maison,
puis encore le long d'une grille devant une maison, et
encore et encore une grille interminablement toujours la
même. Elle n'en voyait ni le commencement ni la fin,
trois barreaux à la fois, du coin de l'œil gauche, le
fleuve gris noyait le reste.

Sa courte robe de soie verte, trempée, sous laquelle
elle ne portait qu'un slip orange, était devenue presque
transparente, moulait ses hanches à peine dessinées, ses
petits seins tendres que le froid crispait. Elle marchait le
long d'une grille, et d'une grille... Elle se heurta à une
forme sombre, lourde, plus haute et plus large qu'elle.
L'homme la regarda et de tout près il la vit nue sous le
brouillard. Elle voulut repartir. Il écarta un bras devant

elle. Elle s'arrêta. Il la prit par la main, la conduisit au
bout de la grille, entra avec elle dans une étroite allée,
lui fit descendre quelques marches, ouvrit une porte, la
poussa doucement dans une pièce et ferma la porte
derrière eux.

La pièce était sombre et sentait le hareng salé. Il
tourna un bouton. Une faible ampoule s'éclaira au plafond, entourée d'un abat-jour rose. Il y avait le long du
mur à gauche un lit étroit, soigneusement fait, recouvert
d'un couvre-lit de crochet blanc, dont le dessin représentait des anges avec des trompettes et qui pendait sur les
côtés avec des pointes de losanges terminées par
des glands. L'homme plia le couvre-lit et le posa sur le
dossier d'une chaise à la tête du lit. Sur la chaise il y
avait un transistor et un livre fermé. Il appuya sur le
bouton noir du transistor et les Beatles se mirent à
chanter dans la pièce entière. Jane les entendit et cela lui
donna une sorte de chaleur intérieure, un réconfort
familier. Elle était restée debout près de la porte et ne
bougeait pas. L'homme vint la prendre par la main, la
conduisit jusqu'au lit, la fit asseoir, lui ôta son slip, la
coucha et lui écarta les jambes. Quand il s'allongea sur
elle, elle se mit à crier. Il lui demanda pourquoi elle
criait. Elle ne savait pas pourquoi elle criait. Elle ne cria
plus.

Les Beatles avaient fini de chanter, remplacés par une
voix triste et mesurée. C'était le Premier ministre. Jane
se taisait. L'homme sur elle haletait discrètement, occupé
avec soin à son plaisir. Avant que le Premier ministre
eût commencé à énumérer les mauvaises nouvelles,
l'homme se tut. Au bout de quelques secondes il soupira,
se releva, s'essuya avec le slip orange tombé au pied du
lit, vint jusqu'à la petite table près du fourneau à gaz,
vida dans un verre ce qui restait de la bouteille de bière,
et but.

Il retourna près du lit, fit relever Jane avec des gestes
et des mots gentils, remonta avec elle les quelques
marches, la conduisit au bout de la petite allée, l'accompagna quelques pas le long de la grille puis la poussa
doucement dans le brouillard. Elle fut pendant un ins-

tant une pâle esquisse verte, puis disparut. Lui restait là, immobile. Il avait gardé à la main le slip orange qui dessinait au bout de son bras le fantôme flou d'une petite tache gaie. Il le mit dans sa poche et rentra chez lui.

2

SVEN était depuis deux semaines à Londres. C'était la première étape de son voyage. Il ne connaissait pas Londres, mais il avait trouvé refuge chez des amis, un couple de hippies allemands, qui l'avaient familiarisé avec les endroits sympathiques de la ville. Eux étaient venus à Londres parce que c'était la ville de la jeunesse, mais lui était parti de chez lui pour aller beaucoup plus loin.

Tous les après-midi, il se rendait à Hyde Park, s'asseyait au pied d'un arbre, et disposait autour de lui sur le gazon des images de fleurs, d'oiseaux, du Bouddha, de Jésus, de Krishma, du croissant musulman, du sceau de Salomon, de la svastika, de la croix égyptienne, et de quelques autres visages ou symboles religieux dessinés par lui-même sur des papiers de toutes couleurs, ainsi qu'une photo de Krishnamurti jeune beau comme Rudolph Valentino, et une de Gourdieff avec son crâne nu et ses moustaches de cosaque. Tous ces papiers multicolores fleurissaient l'herbe autour de lui et témoignaient à ses yeux de la multiplicité fleurie et joyeuse des apparences de l'Unique Vérité. Une Vérité dont il savait qu'elle existait et qu'il voulait connaître. C'était sa raison de vivre et le but de son voyage. Il avait quitté la Norvège pour aller la chercher à Katmandou. Londres était sa première étape. Katmandou se trouvait de l'autre côté de la Terre. Pour poursuivre son voyage, il lui fallait au moins un peu d'argent. Il disposait au centre de ses papiers fleuris un écriteau portant l'inscription : « Prenez une image et donnez une pièce pour Katmandou. » Il posait sur l'écriteau une boîte de conserve vide, s'asseyait le dos contre le tronc de l'arbre et commençait à chanter des chansons qu'il inventait en caressant sa guitare. C'étaient des chansons presque sans paroles, avec quelques mots qu'il répétait ; Dieu, amour, lumière et les oiseaux et les fleurs. Pour lui, tous ces mots désignaient la même chose. C'était leur visage commun qu'il espérait découvrir à Katmandou, la ville la plus sainte du monde, où toutes les religions de l'Asie se côtoyaient et se confondaient.

Les Londoniens qui passaient ne savaient pas où était Katmandou. Certains croyaient que ce nom qu'ils lisaient sur l'écriteau était celui de ce garçon à la barbe blonde et aux longs cheveux, beau comme devait l'être Jésus adolescent pendant les années mystérieuses de sa vie, quand nul ne sait où il était, et peut-être simplement se cachait-il pour se protéger pendant qu'il fleurissait, trop tendre et trop beau, avant d'être un homme assez dur pour être cloué. Ils écoutaient quelques instants la chanson nostalgique dont ils ne comprenaient que quelques mots — mais il n'y en avait pas d'autres — en regardant ce garçon si beau et si lumineux, avec sa courte barbe d'or frisée et ses longs cheveux, et sa guitare dont le bois était usé à l'endroit où battent les doigts de la main droite, et les fleurs de vingt couleurs qu'il avait posées autour de lui. Ils comprenaient qu'ils ne comprenaient pas, que quelque chose, là, leur échappait. Ils hochaient un peu la tête, ils éprouvaient une sorte de remords et ils donnaient quelque monnaie avant de s'en aller et d'oublier bien vite l'image de ce garçon et l'air de sa chanson afin que leur vie n'en soit point troublée. Ceux qui prenaient un papier fleuri le regardaient en s'en allant et ne savaient qu'en faire. Séparé des autres papiers, il leur paraissait moins gai. Il était comme une fleur qu'on a coupée, en passant, parmi d'autres fleurs, et qui tout à coup, au bout des doigts, n'est plus qu'une petite chose quelconque, embarrassante, et qui meurt. Ils regrettaient de l'avoir pris, ils ne

savaient comment s'en séparer, ils le pliaient et le mettaient dans leur poche ou dans leur sac, où bien le
déposaient rapidement dans une corbeille à déchets.

Les femmes parfois — certaines femmes fatiguées et
plus très jeunes — regardaient Sven longuement et
enviaient sa mère. Et elles se penchaient pour glisser
dans la boîte une pièce d'argent.

La mère de Sven ne savait pas où était son fils. Elle ne
se souciait pas de le savoir. Il avait l'âge d'être libre et
de faire ce qu'il voulait.

Cet après-midi, il s'était assis à l'endroit habituel, il
avait disposé ses dessins fleuris, son écriteau et sa boîte
vide, et il avait commencé à chanter. Le brouillard lui
était tombé dessus d'un seul coup. Il avait replié son
jardin, coiffé le capuchon de son duffle-coat et continué
de chanter, non plus dans l'espoir des pièces, mais parce
qu'il faut aussi chanter dans le brouillard. L'humidité
détendait les cordes de sa guitare, et par fractions de
tons il descendait à la mélancolie du mineur. Le fond du
fleuve lent poussa devant lui le corps de Jane. A la
hauteur de ses yeux il vit passer le bas de sa robe de
noyée, ses longues jambes mouillées, une main ouverte
qui pendait. Il leva les yeux mais le haut de la tête et du
corps étaient fondus dans l'eau grise. Il saisit la main
glacée au moment où elle allait disparaître, se leva et
découvrit le visage de Jane. Il était comme une fleur qui
s'est ouverte après le crépuscule, et qui croit que seule
existe la nuit. Sven comprit en un instant qu'il devait lui
enseigner le soleil. Il ôta son duffle-coat, le lui posa sur
les épaules et le ferma soigneusement autour d'elle et de
la chaleur qu'il lui donnait.

3

M. SEIGNEUR se souleva sur un coude et essaya de s'asseoir au bord du lit. Il n'y parvint pas. Tout le poids de la Terre pesait dans son ventre et l'écrasait contre le matelas. Mais qu'est-ce qu'il avait ? Qu'est-ce qu'il avait là-dedans ? Non, ce n'était pas le... Non, ce n'était pas un... Non, il ne fallait même pas penser à ce mot-là... Le médecin avait dit entéro... quelque chose, congestion, adhérences... Des maladies qu'on guérit. Pas le... N'y pensons pas... Il faut se soigner, patienter, ce sera long... Mais on guérit tout, aujourd'hui... la médecine c'est quelque chose... le progrès... On n'est plus comme avant, quand les médecins ne savaient pas... Ils tâtaient le pouls. « Tirez la langue »... La langue !... Les pauvres gens qui vivaient dans ce temps-là... Aujourd'hui on soigne... Les médecins ont fait des études... Ils savent... On m'a fait des analyses... Ils ont bien vu que c'était pas le... Le docteur Viret est un bon docteur. Il est jeune, il est énergique...

M. Seigneur regarda la table de nuit sur laquelle s'élevait la grappe serrée des boîtes de médicaments, comme une réduction massive des gratte-ciel de New York. M. Seigneur avait lu tous les prospectus contenus dans les boîtes. Il y avait beaucoup de mots qu'il n'avait pas compris, qu'il avait même eu de la peine à lire. Les médecins, eux, comprennent. Ils ont fait des études, ils comprennent, ils savent. Ils vous soignent. Les prospectus sont écrits par des savants. C'est sérieux. Les mé-

decins, les savants, c'est le progrès. C'est moderne. Avec
eux, on ne risque rien.

M. Seigneur se laissa retomber sur l'oreiller. Son
visage était couvert de sueur. Son ventre énorme n'avait
pas voulu bouger. Et de l'autre côté de son ventre, il
savait à peine s'il avait encore des jambes. Il appela
Mme Muret, la femme de ménage. Mais la cuisine, où
Mme Muret était en train de préparer le déjeuner, était
emplie par Mireille Mathieu qui criait sa peine de sa
voix de cuivre car l'homme qu'elle aimait venait de
prendre le train. Elle lui criait qu'elle ne l'oublierait
jamais, qu'elle l'attendrait toute sa vie, tous les jours et
toutes les nuits... Mais Mme Muret savait bien qu'il ne
reviendrait pas. Un homme qui prend le train sans se
retourner, cet homme-là ne revient jamais... Elle hocha
la tête, goûta la sauce de la blanquette et ajouta un peu
de poivre. Mireille était au bout de son dernier sanglot.
Il y eut un centième de seconde de silence pendant
lequel Mme Muret entendit l'appel de M. Seigneur.

Elle prit son transistor et ouvrit la porte de la
chambre. C'était un beau petit transistor, un japonais,
tout enveloppé de cuir, avec des trous d'un côté, comme
une passoire. C'était Martine qui le lui avait offert. Elle
n'aurait jamais osé s'en acheter un. Elle était toujours
juste ; la mère d'Olivier était souvent en retard pour
envoyer les mandats. Heureusement, depuis que M. Seigneur était malade, avec Mme Seigneur occupée au
magasin, ils la gardaient toute la journée, à quatre cents
francs de l'heure, ça faisait des bonnes semaines, et à
midi elle était nourrie. Le soir, elle emportait ce qui
restait dans une gamelle, pour Olivier. En rentrant, elle
le mettait sur le gaz et elle l'arrangeait un peu, elle
rajoutait de la sauce ou des pommes de terre, pour que
ça ait l'air d'un plat nouveau qu'elle avait fait rien que
pour eux deux. C'était toujours très bon. Elle était bonne
cuisinière. Olivier n'y faisait pas attention, il avait l'habitude de sa bonne cuisine, ça lui paraissait tout naturel.
L'essentiel, c'est qu'il se portait bien. C'était presque un
homme, maintenant, et il était si beau et si gentil... Elle
avait beaucoup de chance, c'était un grand bonheur...

Elle ne se séparait jamais de son transistor. Depuis qu'elle l'avait, elle n'était plus jamais seule. Il n'y avait plus jamais ces silences terribles où on réfléchit. C'était toute la vie autour d'elle, tout le temps. Evidemment, il y avait les nouvelles qui n'étaient pas toujours bonnes, mais on sait bien que le monde est comme il est, ça ne s'explique pas, on n'y peut rien, l'essentiel c'est de bien faire ce qu'on a à faire, et de causer du mal à personne, si chacun en faisait autant, les choses iraient moins de travers. Et puis il y avait toutes ces chansons, tous ces garçons et ces filles, si jeunes, qui chantaient toute la journée. Ça lui chauffait le cœur. Elle, elle n'avait jamais su chanter. Elle n'avait jamais osé. Alors, elle écoutait. De temps en temps, quand un garçon ou une fille recommençait une fois de plus une chanson qu'elle avait déjà beaucoup entendue, elle se laissait entraîner, mutine, à fredonner un peu avec lui ou avec elle. Mais elle s'arrêtait vite. Elle savait que sa voix n'était pas belle.

Un chœur d'annonceurs entra avec elle dans la chambre de M. Seigneur.

— Les pâtes Petitjean sont les seules qui contiennent du nutrigent !

M. Seigneur gémit.

— Vous ne pouvez pas arrêter ce machin, une minute ?

— Oui, oui, dit Mme Muret conciliante. Je vais l'arrêter. Qu'est-ce qui va pas ?

— Grâce au nutrigent, les pâtes Petitjean vous nourrissent sans grossir !

— Allez chercher ma femme, j'ai besoin du bassin...

— Vous n'y pensez pas, à cette heure-ci, c'est le coup de feu, elle suffit pas dans la boutique avec les deux petites. Je vais vous le passer.

Elle posa le transistor sur la table de nuit près des gratte-ciel.

— Quand on est malade, y a pas à avoir honte. Tournez-vous sur le côté. Un peu, là, encore un peu... Revenez... Voilà !

— Grâce au nutrigent qui dissout les féculents, les

pâtes Petitjean vous nourrissent sans encombrer les cellules de votre corps.

— Je vais vous les faire essayer, dit Mme Muret. Je dirai à Mme Seigneur d'en monter un paquet de la boutique. C'est ce qu'il ·vous faut, avec votre gros ventre.

Maintenant, c'était Dalida qui chantait, tragique. Elle aussi était abandonnée. On dirait que les femmes sont faites pour ça, les malheureuses. Mme Muret se demanda si elle emporterait un paquet de pâtes Petitjean pour Olivier. Avec du râpé et un bon bout de beurre. Mais Olivier avait plutôt besoin de s'étoffer. Il avait poussé si vite, et il travaillait tant. Elle aurait bien voulu qu'il prenne un peu de poids.

4

OLIVIER s'arrêta. Quelque chose bougeait à sa droite, sur le gazon, une palpitation claire qui accrochait sur le fond sombre de l'herbe gelée les restes des dernières lueurs du crépuscule. C'était un pigeon blessé qui essayait de fuir à son approche. Olivier le cueillit avec précaution. Ses doigts s'enfoncèrent sous la plume tiède et sentirent battre le cœur emballé. Il entrouvrit sa canadienne de velours marron et logea l'oiseau épouvanté dans la chaleur de la laine.

Il y eut une clarté soudaine. Les projecteurs venaient de s'allumer sur le Palais de Chaillot, ses jardins et ses jets d'eau. Olivier voyait la colline illuminée encadrée par les piliers sombres de la Tour Eiffel, comme un décor de théâtre qui attend l'entrée du premier personnage. Il respira profondément, exalté par la lumière et la solitude. Le Champ-de-Mars était désert et sombre. Toute la nuit fermait autour de lui sa sphère infinie, de froid, de malheur et d'injustice. Lui était là, debout, face à la lumière, au centre de ce monde noir dont la rumeur venait de partout vers lui, sourdement, comme la plainte d'un malade. Et, devant lui, il y avait cette lumière vers laquelle il suffisait de marcher en levant la tête. La nuit, l'injustice, le malheur seraient chassés, la lumière emplirait le monde, il n'y aurait plus d'hommes exploités par les hommes, plus de femmes harassées, lavant interminablement les vaisselles, plus d'enfants qui pleurent dans les taudis, plus d'oiseaux blessés... Il fallait chasser la

nuit, briser la nuit, le noir, l'injustice, mettre partout la
lumière. Il fallait *vouloir* le faire. Il fallait le faire. On le
ferait...

La Tour s'illumina, dressant vers le ciel sa longue
jambe rousse. Olivier dut se courber en arrière pour en
voir la pointe où le phare tournait parmi les étoiles. Le
ciel était clair, la nuit serait froide. Olivier glissa sa main
droite dans la fente de sa veste pour empêcher le pigeon
de tomber, et se dirigea vers la maison de Patrick. Il y
était déjà venu, accompagnant son copain à pied depuis
la Faculté de Droit. Patrick souriait un peu tandis
qu'Olivier parlait avec passion de ce qu'il fallait défaire,
de ce qu'il fallait faire, de ce qu'il fallait construire, de
ce qu'il fallait détruire, du monde injuste et absurde qu'il
fallait raser, du monde nouveau que tous les hommes
ensemble, ensuite, construiraient. Les parents de Patrick
habitaient en bordure du Champ-de-Mars. Olivier n'y
était jamais entré. Il sonna de la main gauche.

Ce fut André, le secrétaire privé de Mme de Vibier,
qui vint lui ouvrir.

Monsieur Patrick n'était pas encore rentré, mais il ne
tarderait pas.

André alla prévenir Mme de Vibier qu'un ami de son
fils attendait celui-ci au salon. Elle posa son stylo et plia
ses lunettes. Elle était en train de corriger le discours
qu'elle devait prononcer le surlendemain à Stockholm.
Elle demanda à André de téléphoner à Mrs Cooban, à
l'UNESCO, pour vérifier les chiffres des récoltes de riz
en 64 et 65 en Indonésie, et tâcher d'avoir ceux de 66. Il
n'était pas 18 heures, Mrs Cooban devait être encore à
son bureau. En tout cas, sa secrétaire. Et qu'il revoie un
peu la conclusion. Elle était trop lyrique, pas assez précise. Ce que réclament les congressistes, ce sont des faits.
Elle serait de retour mardi par l'avion de 9 heures. Qu'il
prépare les réponses au courrier, enfin celles qu'il
pourrait, le plus possible, elle n'aurait pas beaucoup de
temps, elle repartirait à 17 heures pour Genève et elle
avait rendez-vous à 14 heures chez Carita.

— Vous ne verrez pas Monsieur ? demanda André. Il
ne rentre que mercredi...

— Nous nous retrouverons dimanche à Londres, dit-elle. Patrick gardera peut-être ce garçon à dîner. Prévenez Mariette. Le mâcon que nous avons bu à midi était plat. C'est le dernier que Fourquet a livré ?

— Oui madame.

— Téléphonez-lui de le reprendre, je n'en veux pas. S'il n'a rien de mieux en beaujolais, qu'il me donne un petit bordeaux, pas trop fruité, pour tous les jours. Quand je dis un vin courant pour tous les jours, ça ne veut pas dire un vin quelconque !

— Bien, madame. Il a envoyé sa facture du trimestre.

— Il est bien pressé. Qu'il nous donne d'abord satisfaction. Goûtez son bordeaux quand il arrivera.

— Oui, madame.

Elle se leva pour aller voir ce garçon qui attendait son fils. Elle aimait garder contact avec la jeunesse. Avec Patrick, il n'y avait pas de contact possible. Quand elle essayait de lui parler, il la regardait en souriant un tout petit peu, comme si ce qu'elle disait ne pouvait pas avoir d'importance. Il répondait « oui, maman », avec beaucoup de douceur, jusqu'à ce qu'elle cessât de parler, découragée.

Il y avait, presque au milieu du salon, une grande gerbe de roses dans un vase ancien de porcelaine vert pâle, posé à même le sol, sur l'extrémité d'un tapis de Chine, près du clavecin vert pâle peint de guirlandes roses. En entrant, Olivier était allé droit vers les fleurs et s'était penché sur elles, mais au bout de leurs longues tiges, elles ne sentaient rien. Entre les deux fenêtres, qui s'ouvraient sur la Tour et sur Chaillot, il y avait un autre bouquet sur une table basse. Celui-là était de fleurs séchées, de plumets et de palmes, et un oiseau mort aux plumes moirées était posé presque au sommet, les ailes ouvertes comme un papillon.

Olivier s'assit sur un fauteuil vert pâle aux pieds tordus filetés de vieil or, et regarda. Au-dessus du bouquet sec, il y avait un Gauguin avec des filles violettes et pourpres et un cheval jaune, au-dessus du clavecin une baigneuse de Renoir, toute mangée de soleil, et au milieu du panneau qui faisait face aux fenêtres, un grand cardinal rouge, austère, un peu craquelé.

En le regardant, Olivier reconnut les yeux et le nez de Patrick, et quand Mme de Vibier ouvrit la porte, il crut voir entrer le cardinal qui s'était fait couper les cheveux, la barbe et la robe.

Il se leva. Elle venait à lui en souriant et lui tendait la main.

Il sortit vivement de sa canadienne sa main droite qui tenait le pigeon, prit l'oiseau dans sa main gauche et tendit sa main droite vers Mme de Vibier.

Sa main droite était souillée de sang, et dans sa main gauche, le pigeon était mort.

— Ah mon Dieu! dit Mme de Vibier, vous chassez les pigeons?

— Moi? dit Olivier stupéfait.

— Pauvre bête! Quelle horreur!

Mme de Vibier avait ramené sa main vers elle et la serrait sur sa poitrine en regardant le pigeon dont la tête pendait entre le pouce et l'index d'Olivier, le bec ouvert et l'œil voilé.

Olivier se sentit devenir pourpre de confusion et de colère. Comment pouvait-on croire que lui... Ses oreilles brûlaient. Il jeta le pigeon aux pieds du cardinal et traversa le salon en trois pas. Dans l'entrée, il se trompa de porte, ouvrit une penderie, un bureau et l'office, trouva enfin la sortie dissimulée sous un rideau de velours prune, claqua la porte, courut jusqu'au milieu du Champ-de-Mars, courut jusqu'à l'Ecole militaire. L'air glacé lui brûlait les bronches. Il se mit à tousser et s'arrêta.

5

— QU'EST-CE que tu voulais qu'elle pense ? demanda Patrick. Mets-toi à sa place...

Il regardait Olivier avec un soupçon de moquerie et beaucoup d'amitié. Ils étaient assis à la terrasse du Sélect. Olivier buvait un jus d'orange et Patrick de l'eau minérale. Patrick ressemblait à sa mère, en modèle réduit. Il était aussi grand qu'elle, qui était aussi grande que le grand portrait du cardinal. Il était réduit dans le sens de l'épaisseur. Il semblait que les dernières réserves de force vitale de sa race se fussent épuisées à lui construire une charpente osseuse étirée en hauteur. Et il n'était rien resté pour bâtir de la chair autour. Ses cheveux d'un blond pâle étaient coupés presque ras, avec une frange très courte en haut du front. Des lunettes sans monture chevauchaient son grand nez mince, aigu, un peu cassé et tordu vers la gauche, comme celui de sa mère et celui du cardinal. A l'endroit de la cassure, la blancheur de l'os se devinait. Sa bouche était grande et ses lèvres pâles mais ouvertes, des lèvres qui aimaient la vie et auraient pu être gourmandes si elles avaient eu du sang derrière la peau. Ses oreilles étaient petites et d'une forme parfaite. Des oreilles de fille, disait sa mère. L'une était toujours plus rose que l'autre, jamais la même, cela dépendait d'un coup de vent, d'un rayon de soleil, d'une émotion. Quand il souriait, il découvrait des dents très blanches, translucides à leur extrémité. Elles semblaient neuves et fragiles.

Dans toute cette pâleur, cette minceur, cette fragilité, on découvrait tout à coup un élément solide : le regard des yeux bruns, extraordinairement éveillé et présent à la vie.

— Mais qu'est-ce que tu venais faire à la maison ? demanda-t-il.

— Carlo venait juste de me dire que tu partais, je pensais que je pouvais encore te faire changer d'avis...

— Tu sais bien que j'étais décidé depuis longtemps...

— Je croyais que tu blaguais, que tu en parlais comme ça, mais qu'au moment de partir...

— Je pars demain.

— Tu es complètement dingue ! Ils sont huit cents millions !...

— Cinq cents !...

— Cinq cents millions, tu trouves que c'est pas assez ? Qu'ils ont encore besoin de toi, *en plus*, pour creuser des puits ?

— Là où je vais, oui...

— Tu parles ! Du vent ! C'est pas pour eux que tu y vas, c'est pour toi... Tu fous le camp, tu désertes...

Patrick, très calme, regarda Olivier en souriant doucement.

— Tout ce que nous faisons, c'est d'abord pour nous-mêmes. Même Dieu sur la croix. Il n'était pas très content de ce que les hommes étaient devenus. Ça le tourmentait. Il s'est fait clouer pour mettre fin à ce tourment. Il a agonisé un bon coup, mais après il était tranquille...

— Et maintenant, tu crois qu'il est encore tranquille quand il nous regarde du haut de ses nuages, ton barbu ?

Le sourire de Patrick s'effaça.

— Je ne sais pas... je ne crois pas...

Il répéta, presque dans un souffle :

— Je ne crois pas...

Il était devenu très grave. Il murmura :

— Il doit souffrir de nouveau, il doit saigner...

— Me fais pas rigoler, dit Olivier... Tu fous le camp

en Inde, tu fous le camp dans les nuages, tu fous toujours le camp, tu nous laisses tomber...

— Vous n'avez pas besoin de moi... Vous avez des tas de types costauds...

— D'accord ! Pour casser la baraque, quand on s'y mettra, on n'aura pas besoin de toi, mais pour reconstruire, des types comme toi il y en aura jamais assez... Il faut trouver du nouveau !... Tu as entendu ce que disait Cohen, hier soir, c'est la base qu'il faut réinventer !... L'important, c'est de définir des rapports de l'homme avec...

Patrick se plaqua les mains sur les oreilles. Il grimaçait comme s'il entendait grincer une scie sur du verre.

— Je t'en prie ! dit-il... Des mots, des mots, des discours, et encore des discours ! J'en suis plein, j'en déborde, ça ne peut plus entrer, ça me sort par les oreilles !

Il soupira et but une gorgée de Vichy.

— Des discours ? C'est pas des discours, dit Olivier un peu interloqué. Il faut bien...

— La barbe, dit tranquillement Patrick. Chaque fois que mon père et ma mère sont à la maison, je les entends parler des mesures qu'il *faut* prendre contre la faim dans le monde, des plans qu'il *faut* élaborer pour venir en aide à ceci et à cela... Et quand ils ne sont pas à la maison, c'est qu'ils sont en train de faire des discours sur le même sujet devant leurs comités ou leurs sous-commissions, à Genève, à Bruxelles, à Washington, à Singapour ou à Tokyo, partout où il y a une salle de réunion assez grande pour recevoir les délégués du monde entier, qui ont tous un discours à placer contre la faim ! Et toi et tes copains vous êtes pareils ! Vous parlez, vous parlez, et vous ne dites rien. Qu'est-ce que c'est, la société de consommation ? Un gargarisme ! Quatre mots qui vous chatouillent la gorge et la cervelle en passant. Un petit plaisir... Vous vous masturbez avec des mots. Tu en connais, toi, des sociétés qui ne consomment pas ? Moi j'en connais... Celle où je vais, par exemple. Les types se couchent par terre et ils ne consomment plus parce qu'il n'y a rien à consommer. Et

quand ils ont fini de he pas consommer, c'est les asticots
qui les consomment. Pendant ce temps, on fait des discours partout. Vous parlez, vous parlez, et les crevards
crèvent. Ils n'ont même pas la consolation d'entendre
qu'on se fait du souci pour eux et qu'on va un jour ou
l'autre réinventer les bases de la société. Même si c'est la
semaine prochaine, votre révolution, ça ne les concerne
pas, ils seront déjà morts...

— Eh bien dis donc ! dit Olivier. Toi qui aimes pas
les discours !...

— C'est fini, dit Patrick. Je m'en vais. Je m'en vais
parce que j'ai honte. Honte pour nous tous. Je vais faire
des petits trous dans le sable, comme tu dis. Et même si
je ne réussis qu'à en tirer trois gouttes d'eau pour faire
pousser un radis pour faire bouffer un type pendant
trois secondes, au moins ça sera ça de fait.

6

Et puis est venu le mois de mai. Pendant que l'hiver passait, Jane a oublié peu à peu le choc terrible qu'elle avait subi cet après-midi de novembre où le brouillard noyait la ville comme un fleuve mort. Oublié n'est pas exact. L'image en noir et blanc, l'instantané figé, est resté gravé au fond de sa mémoire, mais elle n'y attache plus d'importance. Il n'y a plus rien de tragique dans son monde, tout a changé autour d'elle.

Elle n'est pas retournée habiter dans la maison de son père. Sa mère est à Liverpool, remariée à un homme qui possède des bateaux sur toutes les mers. Jane comprend maintenant pourquoi sa mère a voulu divorcer. A moins que ce soit parce que son père est resté seul qu'il... Peu importe. Son père est libre. Sven lui a dit : liberté, amour. Love. Amour pour toutes les créatures. Dieu est amour. L'homme doit retrouver la voie de l'amour. Au bout de l'amour, il trouvera Dieu. Parfois, il lui fait fumer quelques bouffées de marihuana. Alors · elle s'enfonce de nouveau dans le fleuve de brouillard, mais c'est un brouillard tiède et rose, dans lequel elle se sent bien, comme lorsqu'on est sur le point de s'endormir et qu'on se détache du poids du monde.

Elle habite avec Sven, Karl et Brigit, dans une chambre que Karl a louée. Il y a deux lits pas très larges, un réchaud à gaz et un poêle à pétrole. Sven a peint des fleurs sur les murs. Karl et Brigit sont de Hambourg. Depuis que Sven leur a parlé de Katmandou, ils ont décidé de partir avec lui. Le soir, ils allument le poêle à pétrole et des bougies. Ils n'aiment pas l'électricité. A la flamme d'une bougie, Sven allume une cigarette qu'ils se passent de l'un à l'autre. Elles sont difficiles à trouver, et chères. A Katmandou, on trouve le hachisch au marché, en vente libre, tout naturellement, comme le persil en Europe. Et personne ne vous interdit quoi que ce soit. C'est le pays de Dieu. Liberté, *Love*. Le hachisch n'est pas plus cher que le persil, peut-être moins.

Jour après jour, Jane a senti la carapace de peur, d'égoïsme, d'interdictions, d'obligations, de rancunes, que son éducation et ses relations avec les autres humains avaient cimentée autour d'elle, se fendre, s'écailler, tomber, disparaître entièrement. Elle est délivrée, il lui semble qu'elle est née une deuxième fois, ou plutôt qu'elle vient seulement de naître, dans un monde où les êtres ne se font plus la guerre, mais se tendent les mains avec le sourire de l'amitié.

Sven lui a expliqué : la société qui oblige et qui interdit est mauvaise. Elle rend l'homme malheureux, car l'homme est fait pour être libre, comme un oiseau dans la forêt. Rien n'appartient à personne, tout est à chacun. L'argent qui permet d'accumuler des biens personnels est mauvais. Le travail, qui est une obligation, est mauvais. Il faut quitter cette société, vivre en marge d'elle, ou ailleurs. La combattre est mauvais. La violence est mauvaise car elle crée des vainqueurs et des vaincus, elle remplace d'anciennes contraintes par des obligations nouvelles. Toutes les relations entre humains qui ne sont pas celles de l'amour sont mauvaises. Il faut quitter la société, s'en aller. Quand nous serons assez nombreux à l'avoir quittée, elle s'écroulera d'elle-même.

Sven prend sa guitare et chante. Jane se sent légère, libérée. Elle sait que le monde oùellevivaitauparavant libérée. Elle sait que le monde où elle vivait auparavant est horrible et absurde. Elle est maintenant en dehors de lui. Elle le regarde comme une prison dont elle vient de sortir. Derrière ses portes de fer et ses murs hérissés de verre, les prisonniers continuent de se battre et de se déchirer. Elle a pitié d'eux, elle les aime, mais elle ne peut rien pour eux, il faut qu'ils fassent eux-mêmes l'effort de sortir. Elle peut les appeler et leur tendre les mains, elle ne peut pas briser les portes. Elle, maintenant, est dehors au soleil, dans la paix, avec ses amis, dans l'amour. Ils ont jeté les armures et les armes, ils sont nus, ils sont libres.

La cigarette passe de l'un à l'autre. Sven chante le nom de Dieu. *God. Love.* Dehors il y a du brouillard ou pas, c'est sans importance. Dans la chambre, il y a la lumière d'or des bougies. L'odeur de la marihuana se mélange à celle de la cire et du pétrole. Ils sont délivrés. Ils font l'amour, un peu, comme un rêve. *Love.*

7

POUR franchir les frontières, Jane a besoin de son passeport et de la signature de son père. Elle est retournée le voir et lui a annoncé son départ. La police avait ramené la voiture le lendemain du brouillard. Il n'avait pas parlé de la disparition de sa fille, à cause du scandale. Il s'était adressé à une agence privée, sérieuse, qui lui avait très rapidement donné des nouvelles.

Il est médecin. Il a reconnu la marihuana dans les yeux de Jane. Inquiet, il a tendu la main vers elle, l'a posée sur son bras. Jane lui a souri. Il lui a semblé que ce sourire lui parvenait d'une distance incroyable, à travers des années d'épaisseur de vide. Il a retiré sa main.

C'est un long et dangereux voyage qu'elle a commencé. Il le sait. Mais il ne peut rien faire, rien lui dire, il a perdu le droit d'interdire ou de conseiller. Il lui propose de l'argent, elle le refuse. Ils se regardent quelques instants, puis il dit *good luck*... Elle le regarde, elle ouvre la bouche pour parler, elle ne dit rien, elle sort.

Ils sont partis tous les quatre serrés dans la voiture couleur citron. A Milan, ils n'avaient plus d'argent. Jane a vendu sa voiture et sa bague, et Brigit son collier d'or. Cela leur a donné de quoi payer quatre billets d'avion pour Bombay. Sven désirait traverser l'Inde avant d'arriver au Népal, mais au consulat on leur a refusé le visa s'ils ne présentaient pas leur billet de retour. L'Inde n'a pas les moyens d'accueillir et de garder des bouches inutiles. Ils ont changé deux allers contre deux retours, et avec les lires qui leur restaient, acheté une moto d'occasion et un petit paquet de dollars qu'ils ont partagé en deux.

Karl et Brigit ont accompagné Sven et Jane à l'aérodrome. Ils ont regardé l'avion décoller, monter vers le ciel en s'appuyant sur quatre piliers de fumée grise, tourner comme un pigeon voyageur pour chercher l'appel de l'Orient, puis disparaître vers l'horizon d'où chaque matin arrive le soleil.

Karl est remonté sur la moto, Brigit s'est assise derrière lui, il a mis le moteur en marche d'une détente joyeuse du jarret, il lui a fait cracher tout son bruit et sa fumée en signe de joyeux départ, puis il l'a calmée, et ils ont démarré doucement vers l'est, la Yougoslavie, la Grèce, la Turquie, l'Iran, l'Afghànistàn, le Pàkistàn, l'Inde, le Népal, Katmandou...

C'était un merveilleux voyage, ils étaient libres, le temps ne comptait pas, il leur restait assez de dollars pour acheter de l'essence jusqu'au bout. Pour manger, on verrait. Et pour coucher, il y a toujours de la place sous le ciel.

La moto était rouge, Karl était roux. Ses cheveux lui tombaient en boucles épaisses jusqu'aux épaules comme une perruque de grand seigneur du XVIIe siècle. Sa barbe et sa moustache flambaient autour de son visage. Toute sa tête était comme un soleil. Il avait des lèvres épaisses et très roses et de grands yeux couleur de feuille de menthe, brillants de gaieté. Pour rouler, il avait acheté des lunettes bleues, larges comme des hublots, et pour empêcher ses cheveux de lui revenir dans le visage, noué autour de sa tête un cordon de soie verte dont les pompons lui pendaient sur la nuque. Il portait un pantalon à rayures verticales multicolores et une chemise rouille imprimée de tournesols. Brigit se tenait appuyée contre son large dos, les bras serrés autour de sa taille. Elle était un peu endormie. Elle fumait la marihuana dès le matin. Elle portait un blue-jean et un polo de coton bleu délavé, avec un long collier de perles de bois d'olivier. Elle était très mince. Ses cheveux noirs étaient coupés court, sans forme. Elle les entretenait elle-même avec des ciseaux.

Leur voyage s'acheva alors qu'ils avaient à peine franchi la moitié du chemin. Ils avaient, depuis plusieurs jours, après de nombreuses pannes et des difficultés de plus en plus grandes pour se ravitailler en essence, abandonné la moto aux pneus définitivement éventrés par les cailloux de la route. Ils continuaient à pied, parfois recueillis par un camion ou une voiture d'avant le déluge, la plupart du temps seuls sur la route interminable, entre un pauvre village et un autre village misérable, exténués par le manque de drogue et de nourriture, écrasés par le soleil, brûlés de soif et de poussière.

Ce jour-là, ils avaient marché pendant des heures sans voir un être humain ou un animal, à part les mouches, qui les suivaient et les harcelaient, surgies semblait-il du néant. Des taons énormes tournaient autour d'eux, dans l'odeur de leur sueur, attendant un instant d'inattention pour se poser sur un coin de peau nue et y planter leur trépan. De part et d'autre de la route s'étendait un paysage de collines rouges sculptées par l'érosion de l'eau et du vent, sans un arbre, sans un brin d'herbe, se chevauchant jusqu'à l'horizon et au-delà, dans une désolation calcinée.

Le soleil baissait derrière eux, projetant devant leurs pas une ombre de plus en plus longue que perçaient les éclats blancs des cailloux. Ils continuaient d'avancer malgré leur fatigue, dans l'espoir de trouver avant la nuit un village avec de l'eau et peut-être de quoi manger. Chacun portait tout ce qu'il possédait dans un petit sac cylindrique balancé dans le dos autour de la corde qui le fermait. Celui de Brigit était de toile blanche et celui de Karl bouton d'or, rendus pareils par la poussière rousse que la sueur de leur dos transformait en mastic.

Karl entendit le premier bruit du moteur. Il s'arrêta et se retourna. Empourpré par l'énorme boule du soleil déclinant, un nuage de poussière venait vers eux du fond de la route. Ensuite ils virent le camion. Dès que celui-ci arriva à proximité, Karl fit de grands gestes et le camion s'arrêta à leur hauteur. C'était un ancien camion militaire allemand, qui semblait avoir traversé trente guerres. Le pare-brise était fendu et les portes de la cabine manquaient. Un géant au crâne rasé et à la peau presque noire tenait le volant. Il regardait Karl et Brigit en riant sous son énorme moustache. Deux autres hommes assis à côté de lui riaient et plaisantaient en criant presque. Sur le plateau, il y avait un chargement de briques, et une dizaine d'hommes assis ou debout. Les uns étaient vêtus de loques européennes, d'autres du costume local, tous couverts de la même poussière. En riant, ils leur firent signe de monter. Le plateau était haut. Karl poussa Brigit qui n'avait plus de forces. Un moustachu la prit par les poignets et la souleva comme une plume. Karl se hissa à son tour. Le camion repartit. Un homme fit asseoir Brigit sur les briques, devant lui. Quand elle fut assise, en riant, il lui mit les mains sur les seins. Elle le frappa pour le faire lâcher prise. Il se baissa, prit le polo de coton par le bas, le souleva avec violence et le lui arracha par-dessus la tête, l'obligeant à lever les bras sans qu'elle pût résister. Un autre déjà déchirait les bretelles de son soutien-gorge. Karl se jeta sur eux. Un homme le frappa à la tête avec une brique. La brique se cassa, Karl tomba. Ils couchèrent Brigit sur les briques. Elle se débattit encore pendant qu'ils lui ôtaient son blue-jean. La vue de son petit slip bleu pâle les fit rire énormément. Ils lui tinrent les bras et les jambes et elle ne bougea plus. Le premier en eut très vite fini avec elle. Le poids de l'homme l'écrasait contre les briques. Au quatrième, elle s'évanouit. Le chauffeur arrêta son camion et vint avec ses deux compagnons rejoindre les hommes du plateau. Le soleil se couchait. Le ciel à l'ouest était rouge comme une forge, et presque noir à l'autre horizon où brillait déjà une énorme étoile. Le chauffeur n'eut pas la patience d'attendre son tour. Il saisit Karl, inconscient, dont le sang coulait dans les cheveux rouges, et le jeta sur la route. Il lui arracha son pantalon et son slip et entreprit de se satisfaire avec lui. Deux autres l'avaient suivi et regardaient en riant, dont un vieux à barbe blanche, coiffé d'un turban crasseux.

La douleur ranima Karl qui cria. Le vieux lui mit son pied nu sur la bouche. Le dessous de son pied était dur comme de la pierre crevassée. Karl tourna sa tête fendue, dégagea sa bouche, cria et se débattit. Le vieux se baissa et lui planta son couteau dans la gorge. C'était un couteau qu'il avait fait lui-même. La lame en était large, longue et courbe, et des incrustations de cuivre ornaient son manche d'os blanc. C'était un bel objet d'artisanat, qui aurait fait la joie d'un touriste.

Quand ils se furent tous satisfaits, même le vieux, soit avec elle, soit avec lui, ou avec les deux, ils cassèrent la tête de Brigit avec une brique et traînèrent les deux corps nus derrière un monticule. Ils prirent la bague de Karl, le collier et le bracelet de Brigit, et emportèrent tous leurs vêtements.

L'horizon était sombre et brûlant comme un charbon qui s'éteint, avec un ourlet de feu qui faisait briller du même reflet rouge sur les deux corps pâles le sperme et le sang répandus.

Un chien sauvage, impatient, fou de faim, hurlait derrière les collines. D'autres voix lui répondirent du fond de la nuit qui venait.

Le camion repartit en crachant et grinçant de tous ses joints. Sur le plateau, ils vidaient en jacassant le sac jaune et le sac blanc et se disputaient leur contenu. Le vieux passa à son cou le collier de bois d'olivier. Il riait. Sa bouche était un trou noir. Le chauffeur alluma le phare, celui de gauche. Celui de droite n'existait plus.

8

LE mieux était de descendre à la station Odéon, mais la police l'avait déjà probablement fermée. La rame pourtant s'arrêta. Il n'y avait personne sur le quai. Nous fûmes trois à descendre. Les deux autres étaient une vieille femme qui portait un cabas usé et parlait toute seule à voix basse, le regard perdu, et un grand nègre très maigre, vêtu d'un pantalon bois de rose et d'une veste verdâtre qui flottait autour de lui. Chaussé d'immenses souliers jaunes pointus, il marchait nonchalamment à grandes enjambées molles. J'arrivai avant lui à l'escalier. La vieille femme, derrière, raclait le ciment râpeux de ses pantoufles usées. Les grilles étaient normalement ouvertes. Je sortis sans difficulté.

C'était le lundi 6 mai 1968, celui que les journaux du lendemain allaient nommer « le lundi rouge » parce qu'ils ignoraient que d'autres jours, plus rouges encore, allaient lui succéder. Les étudiants qui depuis des semaines démolissaient les structures de la Faculté de Nanterre avaient annoncé le samedi précédent qu'ils viendraient manifester aujourd'hui devant la Sorbonne. C'était comme s'ils avaient annoncé qu'ils allaient allumer un feu de camp dans un grenier à foin. Toute la maison risquait de flamber. Ils le savaient. C'était sans doute ce qu'ils désiraient. Brûler la baraque. Les cendres, paraît-il, sont un bon engrais pour les récoltes nouvelles.

On a rarement l'occasion d'apprendre par la presse, la

*radio et la télévision, qu'une révolution commencera
lundi à deux heures de l'après-midi, entre la place Maubert et Saint-Germain-des-Prés.*

*Je suis dévoré par une curiosité qui ne sera jamais
satisfaite, je voudrais tout savoir et tout voir. Et par une
anxiété perpétuelle concernant le sort de ceux et de ce
que j'aime. Et j'aime tout. Je ne pouvais pas ne pas être
là ce lundi après-midi. J'avais laissé ma voiture aux
Invalides et pris le métro. La station Odéon était
ouverte. Je sortis.*

*Je surgis de terre dans l'insolite. Le boulevard Saint-
Germain était vide. Le flot des voitures avait totalement
disparu, laissant à nu le fond du fleuve. Quelques garçons et filles s'agitaient, se déplaçaient rapidement sur le
bitume, comme des poissons à la recherche d'une flaque.
A l'ouest, une foule assez clairsemée d'étudiants qui
étaient, eux aussi, « venus voir » occupait le carrefour
Mabillon et celui de la rue de Seine. Ils parlaient par
petits groupes, ils bougeaient à peine. Ils ne s'étaient pas
encore engagés dans l'événement. A l'est, un mince cordon de policiers casqués barraient la chaussée un peu
avant le carrefour Saint-Michel et semblaient attendre
que l'événement se précisât. A mi-chemin entre eux et la
foule, le boulevard était occupé par une esquisse déri-
soire de barricade, composée de quelques panneaux de
bois posés à plat sur la chaussée, de cageots, de poubelles et de deux ou trois caisses. Une centaine d'étudiants s'agitaient autour d'elle comme des fourmis qui
viennent de découvrir le mince cadavre d'une libellule et
veulent le faire savoir à la fourmilière entière. Sur la
plus haute caisse, Olivier était debout.*

*En sortant du métro, je sentis que je pénétrais dans un
instant fragile, bref et tendu, comme lorsque le percu-
teur a frappé l'amorce et que le coup n'est pas parti. On
ne sait pas si la cartouche est mauvaise ou si le fusil va
éclater. On le regarde et on attend, en silence.*

*C'était un grand silence, malgré les explosions sourdes
qu'on entendait du côté de la place Maubert, et les
traînées de cris qui se déchiraient le long du boulevard
et s'enflaient parfois en clameurs ou en slogans scandés.*

Rien de cela ne parvenait à emplir le vide laissé par
l'énorme absence du flot et du bruit des voitures. C'était
comme la disparition soudaine de la mer au ras du
rivage. Quelque chose allait venir et s'installer dans ce
vide. C'était inévitable, physique, cosmique. Il y avait un
trou dans l'univers des habitudes, quelque chose allait le
combler, personne encore ne savait quoi.

Autour du schéma de la barricade, l'agitation crois-
sait. Les étudiants arrachaient à la chaussée des fragments de bitume et les lançaient aux policiers qui les
leur renvoyaient. Quelques garçons parfois franchissaient la barricade, couraient pour donner de l'élan à
leur projectile et sautaient en le lançant accompagné
d'injures. C'était une sorte de danse vive et légère, ces
garçons étaient jeunes et sans poids, tout en mouvements
vifs, en grands gestes de tout leur corps vers le haut. La
foule du carrefour de la rue de Seine s'épaississait
rapidement et se mettait à bouger. Des groupes rejoignaient en courant la barricade et la dépassaient, lançant
des morceaux de bois, des fragments d'asphalte, et poussant de plus en plus fort leurs cris de défi.

Les policiers ripostèrent par quelques grenades lacrymogènes, qui éclatèrent avec un bruit mou, libérant au
ras du sol des jets tourbillonnants de fumée blanche. Les
assaillants refluèrent en courant pour éviter leurs effets
immédiats, puis repartirent à l'assaut, provoquant une
nouvelle chute de grenades. Ils refluèrent de nouveau,
puis recommencèrent.

Il y avait encore à ce moment-là dans l'action engagée
quelque chose de joyeux et d'allègre. Ce fut un moment
très court, comme celui qui prélude aux grands orages,
quand, sous un ciel encore bleu, les coups de vent
brusques troussent les branches et leur arrachent déjà des
feuilles. Si on tourne le dos à l'horizon où s'entassent les
ténèbres et la fournaise, on ne voit que les gestes des
arbres que le vent invite à se libérer de l'esclavage de
leurs racines, et qui craquent et gémissent dans leurs
efforts pour s'envoler.

Pour toute la jeunesse de Paris, c'était une énorme
récréation qui avait interrompu les disciplines et les

*devoirs. Ces deux camps face à face, ces courses aller-
retour sur la grande chaussée vide me faisaient penser au
vieux jeu de « barres » dont il est déjà question dans les
romans de la Table Ronde et qu'on jouait encore dans
les cours des collèges lorsque j'étais élève ou pion. Une
grenade éclata à quelques pas de moi. L'acidité lacrymogène me viola les narines. Je me mis à pleurer, mais
je cessai tout à coup d'être spectateur absent, comme au
cinéma, pour devenir témoin.*

*Avec une sorte d'alacrité, débarrassé du poids des
règles et des ans, je me mêlai aux garçons et aux filles
qui fluaient et refluaient sur le grand terrain de ce jeu
sans arbitre et sans lois. Ils couraient dans un sens puis
dans un autre, passaient de chaque côté de moi sans me
voir, comme l'eau de la marée montante et retombante
autour d'une barque pleine de sable. Une vieille dame
effarée, un peu grosse, un peu bête, avait choisi ce
moment pour promener son chien, un fox noir et blanc.
Un garçon se prit les pieds dans la laisse, fit tomber la
femme, projeta au loin le chien hurlant sans voir ni lui
ni sa maîtresse. Elle était par terre, ahurie, tremblante,
elle avait perdu une chaussure, son talon saignait, elle
avait peur, elle ne comprenait rien. Ils couraient autour
d'elle, autour de moi, ils ne nous voyaient pas, nous
n'étions pas dans les dimensions de leur univers.*

*Debout sur la plus haute caisse au milieu .de
l'embryon de barricade, Olivier faisait des gestes et
criait. Un mouchoir pressé sur mon nez, les joues mouillées de larmes, je m'approchai pour voir et savoir ce
qu'il disait.*

*Il portait sa canadienne de velours marron, dans le
dos de laquelle flottait le pan d'une écharpe capucine
qui lui enveloppait le cou. C'était sa grand-mère qui la
lui avait tricotée. Elle avait insisté ce matin pour qu'il la
prît, parce qu'il toussait un peu et se plaignait de la
gorge.*

*Ses cheveux lisses, fins, couleur de soie sauvage, cou-
laient jusqu'au bas de ses joues dont ils cachaient en
partie le creux juvénile. Sa peau était mate, comme
hâlée, mais blêmie en dessous par une longue fatigue.*

*Entre ses cils noirs, si épais qu'ils semblaient fardés, ses
yeux avaient la couleur claire des noisettes mûres tom-
bées dans l'herbe et que la rosée et le soleil du matin
font briller.*

*Le bras droit dressé, il criait à ses camarades de
quitter ces lieux où leur action était inutile et d'aller se
joindre au défilé de Denfert-Rochereau. Mais ils n'enten-
daient plus rien que le battement de leur propre sang. Ils
commençaient à jouir de leurs mouvements et de leurs
cris. Les va-et-vient de leur masse de plus en plus dense
les excitaient de plus en plus. Leurs attaques devenaient
plus dures, plus rapides, s'enfonçaient plus loin dans le
boulevard. De la pointe de leur violence jaillissaient
maintenant des pavés et des débris de fonte.*

*En face d'eux, le cordon de police était devenu un
bouchon compact. Coude à coude, dos contre poitrine,
sur vingt mètres d'épaisseur, casqués, vêtus de cirés qui
brillaient comme sous la pluie, les policiers constituaient
une masse effrayante de silence et d'immobilité. Derrière
eux se rangeaient lentement des cars aux fenêtres grilla-
gées, roue dans roue, côte à côte, d'un trottoir à l'autre
et sur plusieurs épaisseurs. Quand tout fut prêt, cela se
mit en mouvement avec une lenteur écrasante, comme
un de ces monstrueux reptiles du secondaire dont les
déplacements nivelaient le sol et faisaient déborder les
étangs. La bête projetait devant elle de lourdes trompes
d'eau, qui nettoyaient les trottoirs, renversaient et cata-
pultaient les panneaux, les poubelles et les hommes,
faisaient éclater les fenêtres, noyaient les appartements.
Les grenades lacrymogènes roulaient et explosaient partout. Dans le crépuscule qui venait, leurs rubans de
fumée paraissaient plus blancs. Les étudiants avaient fui
rapidement dans toutes les petites rues. Des groupes de
policiers les poursuivaient. Rue des Quatre-Vents, un
clochard qui dormait sur le tas de sable d'un chantier
se réveilla brusquement. C'était un ancien légionnaire,
encore costaud, perdu de nostalgie et de vin. Il se leva et
vit des uniformes monter à l'assaut, il se mit au garde-à-
vous et salua.*

Au coin de la rue de Seine, une pluie de pavés arrêta

les policiers qui arrivaient. Ils noyèrent la rue sous un flot de grenades. Un brouillard blanc monta jusqu'aux étages. De grands nuages gris roulaient au-dessus des toits. Une motocyclette pétaradait, portant deux journalistes masqués de blanc, coiffés d'énormes casques jaunes imprimés du nom de leur agence. Celui qui conduisait reçut un pavé dans les côtes, tandis qu'une grenade éclatait sous sa roue avant. La moto s'écrasa sur le trottoir devant la devanture d'un chemisier. Celui-ci avait déjà tiré sa grille. Hagard, il essayait de distinguer à travers la vitre ce qui arrivait dans la fumée. C'était le commencement de la fin de son monde. Il s'efforçait de sauver ses chemises. Il les ôtait rapidement de la vitrine, il les passait à sa femme, qui les cachait dans des tiroirs.

9

A cinq heures du matin, Mme Muret, emportant son transistor, descendit l'escalier de son petit logement, traversa les deux cours pavées du vieil immeuble, sortit et s'arrêta sur le trottoir. Elle regarda à gauche et à droite, espérant voir surgir la grande silhouette d'Olivier, avec son écharpe autour du cou. Mais la rue du Cherche-Midi était vide. C'était la fin de la nuit, la lumière des lampadaires devenait blême et semblait exténuée. L'air avait une odeur acide qui lui fit cligner les yeux comme lorsqu'elle épluchait des oignons. Le transistor chantonnait. Elle s'assit sur la borne de pierre au coin de la porte cochère. Ses jambes n'en pouvaient plus. Une 2 CV passa, pressée, bruyante, comme un insecte. Il n'y avait qu'une personne à l'intérieur. Elle ne put pas voir si c'était un homme ou une femme.

Elle avait tout entendu sur son transistor, les barricades, les voitures brûlées, les batailles entre les étudiants et la police. Et par sa fenêtre elle avait entendu des explosions, sans arrêt, là-bas, du côté de la rue de Rennes, les pin-pon pin-pon des cars de police qui tournaient dans tout le quartier, et les avertisseurs des ambulances, à toute vitesse. Chaque fois son cœur s'arrêtait. Olivier, mon petit, mon grand, mon nourrisson, c'est pas possible, c'est pas toi qu'ils emportent ? Dès qu'il est sorti de la maternité, elle l'a pris dans ses bras et elle l'a toujours gardé. Il avait quelques jours ; maintenant il a vingt ans. Parfois, quand il était petit, sa

mère passait, le prenait, l'emportait une semaine ou deux
sur la Côte d'Azur ou à Saint-Moritz, ou Dieu sait où.
Elle le lui rendait enrhumé, amaigri, les yeux battus,
émerveillé, plein d'histoires qu'il ne parvenait pas à
raconter jusqu'au bout. Il s'éveillait la nuit en criant, le
jour il rêvait, il lui fallait très longtemps pour retrouver
son calme.

A mesure qu'il grandit, sa mère trouva de plus en plus
de raisons pour ne pas l'emmener. Olivier attendait toujours de reprendre à ses côtés ses rêves interrompus,
mais elle passait rapidement, l'embrassait, lui disait « la
prochaine fois, bientôt », le quittait en lui laissant un
vêtement de luxe trop grand ou trop petit, que la grand-
mère ensuite allait échanger, ou un jouet qui n'était pas
de son âge. Elle ne savait pas ce qu'est un enfant, un
garçon, un jeune homme. Après chacune de ses visites
éclair, qui laissait dans le petit logement de la rue du
Cherche-Midi un parfum long à se faire oublier, Olivier
restait sombre, rageur, coléreux, pendant des jours ou
des semaines. Elle apportait parfois des paquets de
revues, de tous les pays, pleines de photos d'elle en
couleurs. Il y en avait même du Japon, de l'Inde, avec
des caractères étranges qui ressemblaient à des dessins.
Olivier en avait tapissé le mur de sa chambre au-dessus
de son lit. Certaines en pleine page telles que le maga-
zine les avait publiées, d'autres en gros plans, soigneusement découpées avec les vieux ciseaux à broder de
sa grand-mère, et recollées sur des papiers à dessin
crème, bleu, vert ou anthracite.

Tous ces visages dissemblables de sa mère, avec ou
sans chapeau, avec des cheveux longs ou courts, plats ou
bouclés, noirs, blonds ou roux, ou même argent, avec
une bouche pâle ou saignante, avaient un trait commun :
les yeux bleu pâle, très grands et qui semblaient toujours
étonnés et un peu effrayés, comme ceux d'une fillette
qui découvre la mer. La foule des visages montait
jusqu'au plafond de la petite chambre d'Olivier. C'était
comme un ciel où toutes les étoiles auraient eu le regard
de sa mère. Dans une grande enveloppe commerciale, au
fond du tiroir de la vieille table qui lui servait de

bureau, sous des cahiers et des notes de cours, il gardait celles de ses photos où elle était presque nue.

Le jour de son dix-septième anniversaire, elle lui offrit une pipe et un paquet de tabac hollandais. La grand-mère avait fait faire un moka chez le pâtissier de la rue de Rennes. Il lui avait promis de n'y mettre que du beurre, c'était une vieille cliente, il fallait lui faire plaisir. Mais il l'avait fait à la margarine, comme d'habitude, avec un soupçon de beurre pour donner l'arôme. On a le droit, on peut écrire sur la devanture « Pâtisserie au beurre » du moment qu'on en met un peu, c'est légal. Le plaisir des clients, c'est ce qu'ils croient, si on faisait rien qu'au beurre, ils apprécieraient même pas. La grand-mère avait dressé la petite table ronde de la cuisine avec la nappe blanche brodée, et trois assiettes à filets dorés, et les vieux couverts d'argent. Elle avait acheté une bouteille de champagne à Prisunic et planté sur le moka dix-sept petites bougies bleues. Sur le réchaud à gaz, dans la coquelle de fonte, un beau poulet finissait de se dorer au milieu de pommes de terre nouvelles et de gousses d'ail. C'était une recette qu'elle tenait de Mme Seigneur, qui était d'Avignon. Les gousses d'ail cuites de cette façon dans le jus, on n'imaginerait pas comme c'est bon, comme c'est doux. De la moelle.

Olivier, qui guettait de la fenêtre, vit une petite Austin rouge franchir le portail entre les deux cours, virer presque sur place, reculer jusqu'à la porte de l'escalier et s'arrêter pile. Sa mère en sortit. Elle était vêtue d'un tailleur de cuir vert d'eau à la jupe très courte, avec un léger chemisier bleu et un long collier de jade. Ses cheveux, ce jour-là, étaient blond pâle et lisses comme ceux de son fils. Elle plongea le buste dans la voiture et se redressa en étreignant à deux bras un pot enveloppé de papier d'argent, d'où s'élançait une énorme azalée rose. A son index pendait un petit paquet bleu au bout d'un fil havane, et, à son coude, son sac de cuir vert, un peu plus foncé que son tailleur.

Le visage enfoui dans les fleurs, elle chercha du pied l'entrée de l'escalier. Elle était comique, embarrassée, et ravissante. Olivier, heureux, dévala les marches pour

venir l'aider. La grand-mère reçut l'azalée en hochant la
tête. Où c'est qu'elle allait bien pouvoir la mettre ? Elle
fit le tour des deux chambres et revint dans la cuisine
avec la plante. Elle était trop grande et ne tenait nulle
part. Finalement, elle la posa dans l'évier. Elle montait
bien plus haut que le robinet, jusqu'à la moitié du garde-
manger. Elle débordait jusqu'au dossier de la chaise
d'Olivier. Elle gênerait partout, on pourrait plus bouger,
on pourrait pas la garder. Elle demanderait à Mme Seigneur de la lui prendre dans sa salle à manger. Mais
comment faire pour la porter jusque là-bas ? Dans
l'autobus, on la laisserait pas monter. Il faudrait un taxi.
Ça allait lui coûter le prix d'une heure de travail... Ah
décidément, elle était bien gentille, mais elle pensait à
rien, comme toujours.

Olivier s'était assis pour ouvrir son paquet. Effaré, il
regardait la blague en peau de gazelle à coins d'or, la
pipe à fourneau d'écume enrobé de cuir, à tuyau
d'ambre. Il s'efforça de sourire avant de relever la tête
pour regarder sa mère. Il lui avait pourtant écrit au
début du trimestre qu'avec Patrick et Carlo, ils avaient
décidé de ne jamais fumer tant qu'il y aurait dans le
monde des hommes que le prix d'une cigarette aurait pu
empêcher de mourir de faim. Chacun d'eux s'était
engagé en face des deux autres. C'était un engagement
solennel, presque un vœu. Cette décision avait eu une
grande importance pour Olivier, il en avait fait part à sa
mère et lui en avait exposé les motifs dans une longue
lettre. L'avait-elle déjà oublié ? Peut-être ne lisait-elle pas
ses lettres... elle n'envoyait que des cartes postales...
Peut-être ne l'avait-elle jamais reçue... Son courrier
devait lui courir après à travers le monde...

Il se tourna vers elle, elle était penchée vers le réchaud
à gaz, humait le parfum qui montait de la coquelle.

— Oh ! un poulet cocotte !

On aurait dit qu'elle découvrait un mets rarissime, une
merveille comme on n'a jamais l'occasion d'en manger.

— Qu'il sent bon ! Quel dommage ! Je prends l'avion
à deux heures quinze... Il faut que je file, j'ai à peine le

temps. Pourvu qu'il y ait pas de bouchon d'ici la porte
d'Orléans !

Elle les embrassa rapidement, promit de revenir bientôt les voir, engagea Olivier à « être sage », descendit
vivement l'escalier, tap-tap-tap-tap, leva la tête vers la
fenêtre, leur fit un sourire et un signe de la main avant
de s'engouffrer dans l'Austin rouge qui vrombit, cria,
démarra en trombe et disparut sous le porche de la
première cour.

C'était un vieil immeuble divisé en deux parties. Celle
qui entourait la première cour avait quatre étages. Elle
était principalement occupée, jusqu'en 1914, par des
familles d'officiers. Le dernier général était mort à
temps, juste avant la guerre. La deuxième cour était
entourée par les écuries et les remises de voitures, sur-
montées des chambres des cochers et des ordonnances.
Les écuries servaient maintenant de dépôts ou d'ateliers
aux artisans du quartier, et les chambres avaient été
réunies par deux ou trois, pour composer des logements
bon marché. Il y avait quatre montées d'escalier. Entre
les deux du fond subsistait la fontaine avec son auge de
pierre où venaient boire les chevaux, et son énorme
robinet de cuivre d'où ne coulait plus rien.

Olivier resta un moment immobile, les dents serrées,
les muscles des mâchoires crispés, fixant le porche
sombre où la petite voiture couleur de coquelicot s'était
enfoncée et avait disparu.

Sa grand-mère, un peu en retrait, le regardait avec
inquiétude, sans rien dire. Elle savait que dans de tels
moments, il vaut mieux ne rien dire, on est toujours
maladroit, on croit apaiser et on blesse. Le bruit du
moteur de la petite voiture s'était perdu dans la rumeur
lointaine du quartier. Les bruits de la rue ne parvenaient
au fond de la deuxième cour que comme un grondement
assourdi et un peu monotone qu'on finissait par ne plus
entendre. Il était rare de trouver tant de calme dans un
quartier aussi vivant. C'était ce qui avait décidé M. Palairac, qui avait sa boucherie sur la façade, à acheter
toute l'aile gauche. Il s'y était fait installer un appartement moderne, éclairé au néon, en indirect dans les

corniches du plafond. Il utilisait ses écuries pour garer
sa camionnette et ses deux voitures. Celle du fond lui
servait à entreposer dans des paniers de fer les os et les
déchets qu'un camion anonyme venait ramasser tous les
mardis. Palairac disait que ça servait à fabriquer des
engrais, mais des gens du quartier prétendaient que
c'était le camion d'une usine de margarine, d'autres
d'une fabrique de « bouillons » en comprimés. L'hiver,
ça ne gênait pas, mais dès que les chaleurs commençaient, ce coin de la cour sentait le sang pourri, et
l'odeur attirait de grosses mouches noires dans tous les
appartements.

Olivier se détourna de la fenêtre, revint lentement vers
la table, poussa la chaise pour pouvoir passer sans bousculer l'azalée, s'arrêta et regarda son assiette. La pipe
rare et la blague de luxe y reposaient sur le papier déplié
qui les avait enveloppées. Le ruban havane pendait sur
la nappe blanche. Il portait en lettres plus foncées, ton
sur ton, le nom du magasin qui avait vendu les deux
objets. Olivier replia le papier autour d'eux et les tendit à
sa grand-mère.

— Tiens, tu te feras rembourser. Tu auras de quoi
t'acheter un manteau pour l'hiver prochain...

Il entra dans sa chambre, ôta ses chaussures, monta sur
son lit et, en commençant par le haut, se mit à ôter du
mur les portraits de sa mère. Certains étaient fixés avec
du scotch, d'autres avec des punaises. S'ils ne venaient
pas facilement, il tirait et déchirait. Quand il eut terminé, il revint dans la cuisine, tenant entre les deux
mains, à plat, la liasse de photos. Il ouvrit avec le pied la
porte du placard à poubelle, sous l'évier, et se baissa au-
dessous de l'azalée.

— Olivier ! dit sa grand-mère.

Il interrompit son geste, eut un instant d'immobilité,
puis se redressa et regarda autour de lui, cherchant un
endroit où poser ce qu'il tenait entre les mains et ne
voulait plus voir.

— Donne-moi ça, dit sa grand-mère. Il faut quand
même pas.. Elle fait ce qu'elle peut... Si tu crois que
c'est facile, la vie...

Elle alla porter les photos dans sa chambre. Elle ne savait pas où les mettre. Elle trouverait bien une place dans l'armoire. En attendant, elle les posa sur le marbre de sa table de nuit, sous le transistor. Elle ne le faisait pas marcher quand Olivier était là, ça l'énervait. D'ailleurs, quand il était là elle n'avait pas besoin de musique.

10

LE transistor annonça que tout était fini, les derniers manifestants dispersés, les incendies éteints, et les barricades en cours de déblaiement. Olivier n'était pas rentré. Elle eut la certitude qu'il avait été blessé et emmené à l'hôpital. L'angoisse lui écrasa le cœur. Elle sentit la borne de pierre fondre sous elle et le mur basculer derrière son dos. Elle ferma les yeux très fort et secoua la tête. Il fallait tenir bon, aller au commissariat, se renseigner. Au moment où elle se levait, elle entendit la pétarade de la moto de Robert, le commis de Palairac. C'était lui qui arrivait le premier, le matin, il avait la clef de la boutique, il commençait la mise en place. Il était entré chez Palairac en 1946, il avait cinquante-deux ans, il connaissait les clientes mieux que le patron.

Il arrêta son moteur et descendit de moto. Il vit Mme Muret passer à côté de lui comme un fantôme. Il l'arrêta du bras.

— Où c'est qu'on va comme ça ? Qu'est-ce qui vous arrive ?

— Olivier est pas rentré. Je vais au commissariat. Il lui est sûrement arrivé quelque chose.

— Pensez-vous ! Ils ont fait une belle mayonnaise, cette nuit, avec ses copains !... Ils doivent être en train d'arroser ça !

— Il boit pas ! Même pas de la bière !

— Ils l'arrosent au jus de fruits, c'est leur vice... C'est pas la peine d'aller au quart, on va leur téléphoner, attendez une minute, je vais ouvrir la grille, vous téléphonerez de la caisse.

Il poussa sa moto dans la cour. Il était grand et sec, avec des bras durs comme du fer. Au moment de téléphoner, il dit qu'il avait réfléchi, il valait peut-être mieux pas. C'était pas la peine de donner le nom d'Olivier à la police, ils risquaient de le mettre sur leur liste. Une fois qu'on est sur une liste, c'est pour la vie.

— Oh mon Dieu ! dit Mme Muret.

Elle aurait voulu s'asseoir, il n'y avait pas de chaise dans la boutique, sauf celle de la caissière, qui était encastrée. Robert voulut la raccompagner chez elle, elle dit qu'elle aimait mieux rester en bas, dans son logement elle devenait folle. Elle retourna s'asseoir sur la borne. Le transistor avait repris la chansonnette. Toute la nuit il n'avait joué que de la musique. S'il recommençait les chansons, c'est que ça allait mieux.

Olivier rentra à sept heures moins le quart. Il était harassé et radieux. Il avait une traînée noire sur la joue droite et sur le devant de sa canadienne. Il s'étonna de trouver sa grand-mère en bas. Il l'embrassa et la gronda doucement. Il l'aida à remonter l'escalier, en la rassurant, elle ne devait pas avoir peur, ils étaient les plus forts, quand ils recommenceraient, tout le peuple de Paris les suivrait et le régime s'écroulerait. Alors on pourrait reconstruire. Et cette fois, ils ne se laisseraient pas posséder par les politiciens, qu'ils soient de gauche ou de droite.

Le cœur de Mme Muret battait à tous petits coups, à toute vitesse, dans sa poitrine, comme celui du pigeon blessé. Elle avait cru que le cauchemar s'était achevé avec la nuit, et elle comprenait que ça ne faisait que commencer. Elle s'efforça de cacher le tremblement de ses mains, elle mit une casserole d'eau sur le feu et dit à Olivier de s'allonger pendant qu'elle lui préparait un café au lait et des tartines. Mais quand le café au lait fut prêt, Olivier s'était endormi. Ses pieds pendaient hors du lit parce qu'il n'avait même pas pris la peine de retirer ses chaussures et il ne voulait pas salir la couverture. Avec précaution, elle lui ôta ses souliers, souleva ses

jambes et l'allongea. Il ouvrit un peu les yeux et lui
sourit, puis se rendormit. Elle alla chercher un duvet
dans l'armoire pour le couvrir. C'était un édredon américain en piqué rouge, devenu vieux rose avec le temps.
Elle le posa sur lui, se redressa et resta debout, immobile, près du lit. De le voir là, si paisible, abandonné
dans le sommeil comme un enfant, elle sentait ses forces
lui revenir. Il respirait calmement, ses traits étaient détendus, ses cheveux souples coulaient sur l'oreiller et
découvraient le bas de ses oreilles. Le sourire qu'il lui
avait donné était resté un peu accroché à ses lèvres et
mettait une lumière de tendresse sur son visage. Il était
beau, il était heureux, il était tendre comme un bour-
geon, il croyait que tout allait fleurir...

Mme Muret soupira et retourna à la cuisine. Elle
revida le bol de café au lait dans la casserole qu'elle
posa sur le réchaud. Il n'aurait qu'à allumer le gaz. Il
fallait qu'elle s'en aille chez M. Seigneur, elle ne pouvait
pas le laisser comme ça, ce pauvre homme, comme il
était...

Quand elle rentra, le soir, Olivier était parti. Il avait
bu le café au lait, mangé les tartines, mangé aussi le
reste de l'épaule de mouton et la moitié du reblochon. Il
avait lavé le bol, la casserole, et tout le reste. Sur la table
de la cuisine, il avait laissé un mot : « Ne t'inquiète pas,
même si je ne rentre pas de la nuit. »

Il ne rentra qu'au mois de juin

II

L'HOTEL particulier de Closterwein occupait le cœur
de cet oasis de verdure et de paix que constitue, au bord
du grand tumulte des boulevards extérieurs, la Villa
Montmorency. La grille qui entourait son parc était
doublée jusqu'à son sommet de plaques de métal peintes
de vert neutre. De l'extérieur, on n'apercevait que le
sommet des arbres et même lorsqu'on franchissait le
portail, on ne voyait pas encore la demeure, habilement
entourée d'arbres de toutes tailles, avec une quantité
suffisante de feuillages persistants pour la protéger des
regards même en hiver. Il fallait franchir ce rideau par
un double virage pour découvrir, derrière un gazon parfait, une grande et harmonieuse maison blanche, horizontale, précédée d'un petit perron à colonnes dans le style
colonial américain, qui surprenait et dépaysait les visiteurs, frappait les plus pauvres d'une admiration désin-
téressée car cela dépassait leurs envies et leurs rêves, et
faisait gonfler de dépit le foie des plus riches. Il n'y
avait pas un autre milliardaire dans Paris qui possédât
une telle maison dans un tel emplacement. Ce n'était pas
seulement une question d'argent ; il avait fallu aussi de
la chance et du goût. Les Closterwein avaient du goût,
de l'argent et la chance les servait depuis plusieurs siècles.

On entrait dans la maison par trois larges basses
marches de marbre blanc, accueillantes, apaisantes. Au
milieu du hall était mis en évidence le dernier chef-

d'œuvre de César : sur une stèle de bronze, un bouquet
de tubes dentifrices aplatis et tordus en hélice.

C'était le sourire ironique par lequel Romain Closterwein signifiait qu'il n'ignorait pas le snobisme nécessaire,
et qu'il y sacrifiait volontiers. Mais cela n'allait pas plus
loin que le hall. Sa collection particulière, soigneusement
entreposée dans sa cave blindée et climatisée, comportait
un millier de tableaux qui allaient des primitifs aux
fauves et à quelques contemporains pour la plupart
inconnus des critiques, en passant par Botticelli, Bruegh-
hel et Gustave Moreau, Van Gogh, Paul Klee et Carzou.
Il n'achetait que ce qu'il aimait. Il avait refusé un
Rubens qui était pourtant une affaire, et si par hasard
un Picasso se fût glissé dans sa cave, il aurait payé pour
qu'on l'en balayât.

De temps en temps, selon la saison, son humeur et son
goût du moment, il faisait changer les toiles accrochées
dans les appartements. Mais il gardait en permanence
dans sa chambre à coucher un coq de Lartigue, rouge,
orangé et jaune, explosion de joie sur laquelle il aimait,
le matin, ouvrir les yeux, et un panneau inconnu de la
Dame à la Licorne, celui qui expliquait le mystère de
tous les autres et que le conservateur du Musée de Cluny
le suppliait en vain, depuis des années, de le laisser au
moins regarder.

Dans son bureau, pour retrouver sa sérénité après les
journées d'affaires, il avait fait accrocher, juste en face
de son fauteuil de travail, un grand panneau à la mine
de plomb de Rémy Hétreau. Il lui suffisait de lever les
yeux pour se perdre dans un paysage féerique, où des
arbres en dentelles sortaient des fenêtres et des toits d'un
château baroque entouré par les mille vagues brodées
d'une mer contenue. Des personnages jouaient avec des
ballons de verre ou des harpes épanouies comme des
aloès. Sur un radeau de trois pieds carrés, où poussait un
arbre, une femme gantée jusqu'aux épaules se préparait à
aborder et tendait vers le rivage une main gracieuse d'où
pendait un sac à la mode. Sa robe l'enveloppait depuis
les chevilles et laissait nus ses seins menus, à peine
perceptibles. Pour garder son équilibre, elle avait enroulé

autour de l'arbre ses longs cheveux blonds. A la proue
d'un petit bateau de bois taillé à la main, dont un
mameluk tendait les voiles, une fille debout sur la pointe
d'un pied lançait un ballon à un garçon à chapeau
pointu qui l'attendait sur la rive. Elle avait omis de
boutonner le pont arrière de sa jupe plissée et montrait
innocemment les candides rondeurs de son derrière. A
l'horizon, de minuscules pèlerins s'appuyant sur leur
canne montaient sans se presser vers les montagnes
modérées. Il émanait de ce tableau une telle paix, une
telle grâce, qu'il suffisait à Romain de le regarder pendant deux minutes pour oublier qu'il était un forban
intelligent se taillant un chemin à coups de sabre dans la
foule des forbans imbéciles, et pour retrouver la certitude qu'il existait, ou qu'il avait existé, ou qu'il existerait
quelque jour quelque part un paradis pour les âmes qui
sont pareilles à celles des enfants. Il n'aurait pas fallu
qu'il le regardât plus longtemps, il y aurait perdu l'indifférence glacée qui lui était nécessaire. Son âme était
peut-être comme celle d'un enfant, puisqu'il se sentait
chez lui quand il entrait dans ce paysage, mais son esprit
n'était qu'une intelligence objective et son cœur un
muscle qui fonctionnait parfaitement. Sans cet esprit et
ce cœur blindés, il n'aurait pas possédé la douce maison
blanche au bord du gazon parfait, ni les mille tableaux
dans la cave.

Grand, large, massif mais sans ventre, il paraissait à
peine plus de quarante ans. Il en avait cinquante-cinq. Il
tenait de ses ancêtres baltes des cheveux blonds très
clairs, qu'il faisait couper court, et des yeux couleur de
glace. Il aimait être à l'aise dans ses vêtements et ne pas
sentir ce qu'il portait. Il s'habillait chez Lanvin et choisissait ses vins chez Chaudet, aidé des conseils d'Henry
Gault ou de François Millau, car il reconnaissait qu'il
n'était pas très fin du palais. L'un et l'autre étaient ses
amis, autant qu'il pouvait avoir des amis. Il les invitait
parfois à sa table pour avoir leur avis sur une nouvelle
ou une classique préparation de son chef, un cuisinier
inspiré, élève du grand Soustelle, qu'il avait volé à

Lucas-Carton et admis dans sa cuisine après lui avoir
fait faire un stage chez Denis.

Mathilde frappa à la porte de son bureau et entra
avant qu'il l'y eût invitée. Elle lui ressemblait d'une
façon saisissante, peut-être parce qu'elle portait les cheveux presque aussi courts que les siens. Elle avait le
même regard glacé, la même résolution dans les
mâchoires, la même bouche mince, mais plus dure. Elle
était vêtue d'un blouson de gabardine culotté, à grosse
fermeture éclair, d'un blue-jean délavé, et chaussée de
mocassins marron avec des chaussettes noires. Elle portait un foulard noir autour du cou.

Elle vint jusqu'au bureau, regarda son père avec une
sorte de défi et lui dit :

— Je vais à la mani.

Il lui sourit avec affection, et un peu d'ironie. Elle
était la plus jeune de ses enfants. Un peu bizarre. Ça lui
passerait, c'était l'âge, tous ceux de son âge étaient
bizarres, elle avait dix-huit ans. Il comprenait mieux ses
fils. L'aîné apprenait une partie du métier à la Lloyds de
Londres, l'autre, après une licence de droit rapidement
obtenue, élargissait à Harvard ses connaissances théo-
riques, avant d'entrer en stage à la Deutsche Bank.
Mathilde, elle, ne savait pas bien ce qu'elle voulait. Pour
le moment, elle suivait des cours de sociologie.

Il s'étonna qu'elle fût venue lui dire où elle allait.
D'habitude, elle ne le lui disait ni avant ni après.

— Tu vas où tu veux, dit-il doucement.

Puis il se reprit, il y avait un mot qu'il ne comprenait
pas.

— Qu'est-ce que c'est, la mani ?

Elle haussa les épaules.

— La manifestation... Cette fois, on passe sur la Rive
Droite. On se réunit à la Bastille, à Saint-Lazare et à la
gare du Nord. Ils s'imaginent qu'ils nous tiennent enfermés au Quartier, qu'ils n'ont qu'à faire le mur autour,
avec leurs cars et leurs salauds de C.R.S. ! Ils vont
voir...

Romain Closterwein cessa lentement de sourire. Il
demanda :

— « Ils », à ton idée, qui est-ce, « ils » ?

— Eux, dit-elle. Toi !...

Elle était là, debout devant lui, raide, tendue par une passion froide... Si pareille à lui et en même temps si différente... Une fille... Sa fille... Il pensa qu'il était temps d'intervenir.

— Tu ne veux pas t'asseoir, une minute ?

Elle hésita un instant, puis s'assit sur une chaise, celle où prenait place la secrétaire, Mme de Stanislas, lorsqu'elle venait noter les instructions pour la journée.

— C'est très bien d'être révolutionnaire à ton âge, dit-il ; Léon Daudet a écrit quelque part qu'il n'avait aucune estime pour un homme qui n'avait pas été royaliste ou communiste à vingt ans. Aujourd'hui, royaliste ne signifie plus rien. On dit « fasciste ». Et les communistes sont devenus les radicaux-socialistes du marxisme. Les mots ont changé, la remarque reste juste. Il faut faire sa rougeole politique infantile. Ça purge l'intelligence. Mais si on se remue trop, on risque de rester malade pour la vie...

Elle écoutait sans le quitter des yeux. Il lui tendit ouvert le coffret de cigarettes. Elle fit « non » de la tête. Il en prit une mais l'écrasa dans le cendrier à la deuxième bouffée.

— Tu me fais devenir nerveux, dit-il. Tu es ma fille, et tu te conduis comme si tu étais bête... Tu sais bien que tout ce mouvement est fabriqué... Bien sûr, tes petits amis sont sincères, mais le cheval qui galope vers le poteau est sincère aussi. Il a cependant un cocher sur le dos...

— Un jockey, dit-elle.

Il fut surpris, puis sourit.

— Tu vois, je ne sais plus mes mots... Tes amis ignorent qu'ils sont « drivés », mais toi tu devrais le savoir... Tu n'es quand même pas la fille d'un épicier... Tu as entendu George avant-hier... Il s'est tu quand tu es entrée, mais tu en avais assez entendu... Tu sais qu'il travaille pour Wilson, mais avec du dollar, la livre est trop pauvre. Il fait subventionner quelques groupes, des

chinois, des anarchistes. A travers deux ou trois épaisseurs d'intermédiaires. Et pas très cher, pour qu'ils
restent purs. C'est de l'argent qui est prétendu venir des
collectes. Il paie aussi quelques individus, plus solide-
ment. Oh, pas ceux dont on entend les noms à la radio...
D'autres plus obscurs et plus efficaces... Et il n'y a pas
que George, tu penses bien... Il y a aussi les Américains
qui travaillent avec du mark. Il y a aussi Van Booken,
tu le connais, le Hollandais ? Lui, je ne sais pas comment
il a des roubles... Il y a même un Italien, mais il n'a que
des mots...

Il espérait qu'elle allait sourire, mais elle restait gla-
ciale, muette. Il continua :

— Il y a même moi ! Je donne ma publicité au
Monde, qui encourage ces jeunes gens avec beaucoup de
sérieux. C'est ma façon d'intervenir. Tu vois, je reste
dans la légalité. Toutes ces actions s'embrouillent un
petit peu, évidemment, mais elles sont efficaces. Ce sont
des levures différentes, mais la pâte n'en lève que mieux.
Elle est bonne. Les Français sont jobards, et la jeunesse
aussi. Alors, les deux... Tu n'imagines pas, bien entendu,
qu'aucun de nous ait l'intention de subventionner une
révolution jusqu'à la réussite ? Il s'agit seulement de
casser de Gaulle. Les Américains parce qu'il les empêche
de s'installer en France, les Anglais parce qu'il est en
train de les asphyxier, ce que ni Napoléon ni Hitler
n'ont réussi, les Hollandais parce qu'ils veulent vendre
leur margarine à l'Angleterre, les Italiens simplement
parce qu'il les ignore. Les Allemands ne font rien. De
toute façon, ils sont gagnants.

« Nous, mon groupe, nous voulons simplement qu'il
s'en aille avant qu'il essaie de réaliser ce projet de « par-
ticipation » qui est la grande idée de sa vieillesse. Participer ! C'est bien une idée de vieux militaire, c'est-à-dire
une idée infantile... Les ouvriers et les chefs d'entreprises
ont autant envie de participer que les chiens et les chats !
Les patrons ne voudront rien donner, naturellement, et
les ouvriers, naturellement, veulent tout prendre... »

Elle regardait son père comme s'il eût été un enfant
qui essayait de se rendre intéressant en débitant des mots

incohérents. Il prenait peu à peu conscience qu'il avait devant lui une étrangère, une sorte d'être au visage de femme, mais qui venait d'un autre univers, et dans les veines de qui coulait un sang aussi froid que celui d'un poisson. Il se tut un instant, alluma une nouvelle cigarette, ferma les yeux comme s'il était gêné par la fumée, et quand il les rouvrit, termina rapidement.

— Alors je t'en prie, va à la mani si ça t'amuse, mais ne soit pas dupe ! Et tâche de ne pas prendre de risques, ça ne vaut pas le coup !...

Elle se leva, s'approcha du bureau, regarda son père de haut en bas.

— Tout ça, nous le savons, dit-elle très calmement. Vos petits jeux imbéciles... Vous croyez que vous avez allumé le feu... Vous croyez que vous l'éteindrez quand vous voudrez ?... Nous brûlerons tout ! Dans le monde entier !... Vous ne vous rendez compte de rien, vous êtes encore à l'autre bout du siècle, vous êtes trop loin même pour nous voir, vous êtes répugnants, vous êtes morts, vous êtes pourris, vous tenez encore debout parce que vous vous imaginez que vous êtes vivants, mais nous allons vous balayer comme de la charogne !

Elle marcha à grands pas raides vers la porte. Lorsqu'elle y fut parvenue, elle se tourna une dernière fois vers lui. Il y avait des larmes sur la glace de ses yeux.

— Je te hais, dit-elle, je te ferai fusiller !

Elle sortit.

Il se leva, lentement, au bout de quelques minutes, en s'appuyant des deux mains aux accoudoirs du fauteuil. L'univers autour de lui n'était plus le même. Il n'y avait plus que des ruines.

12

SA mère !... C'est sa mère qui doit s'occuper d'elle !...

Quand elle rentrerait ce soir, il fallait qu'elle trouve sa mère à la maison. Sa mère saurait lui parler, lui s'était montré complètement stupide, il lui avait parlé comme à un garçon. Ce n'est pas à la raison d'une fille qu'il faut s'adresser, même si elle est intelligente. D'ailleurs, même la fille la plus intelligente du monde n'est pas réellement intelligente au sens où l'entend un esprit masculin. Il ne faut pas « expliquer» à une fille, ça ne sert à rien, il faut la toucher par un autre moyen, il ne savait pas exactement comment, il ne s'était jamais posé la question, cela n'avait pas été nécessaire, il s'était marié, il avait eu des maîtresses sans avoir à faire aucun effort, son argent le rendait comme un dieu, et avec sa propre fille il s'était toujours parfaitement entendu, il lui avait donné toujours tout ce qu'elle désirait, et laissé la liberté la plus grande, il lui avait fait confiance, il ne pensait pas avoir eu tort, s'être mal conduit, s'être trompé... Alors, cette phrase horrible, pourquoi ?... A cause de ce qu'il avait dit, certainement, il l'avait blessée dans ses sentiments, profondément, il l'avait outragée. Seule sa mère pouvait rattraper ça, lui expliquer... Non, pas expliquer, lui parler, la reprendre, l'emmener quelque part loin de ce troupeau imbécile. Ça risquait toujours de devenir grave, elle risquait d'être blessée, de se faire tripoter par des voyous. Elle prenait des risques pour rien. C'était trop bête, bête, bête !

Mais où donc était sa mère ? Il ne s'en souvenait plus. Ah oui, en Sardaigne, chez les Khan... Il téléphona. Il ne put pas obtenir la communication. La liaison était interrompue. Il demanda si c'était une grève. Une voix masculine à l'accent méridional lui dit qu'on ne savait pas. Puis on ne répondit plus.

Il appela Jacques, son premier pilote, lui donna l'ordre d'aller chercher Madame en Sardaigne. Il ne savait pas s'il y avait un aérodrome. S'il n'y en avait pas, qu'il atterrisse en Italie et loue un bateau. Envol immédiat.

Jacques répondit qu'il regrettait, c'était impossible, le réseau de contrôle était en grève, aucun avion ne pouvait plus s'envoler d'aucun terrain.

Il appela le général Cartot. Bien entendu, voyons ! Le réseau de contrôle militaire fonctionnait... Romain obtint une liaison radio avec Toulon, un hydravion de l'aéronavale pour aller en Sardaigne, et l'assurance qu'on ramènerait Mme Closterwein jusqu'à Brétigny.

Mais Mme Closterwein avait quitté le village des Khan depuis une semaine sur le yacht de Niarkos. Elle avait débarqué à Naples d'où elle s'était envolée pour Rome, et de Rome pour New York. Elle allait passer Pentecôte chez les cousins de Philadelphie. Elle lui avait écrit tout cela, mais la lettre n'arriva à Paris qu'en juillet. De toute façon, sa présence à Paris n'aurait servi à rien. Mathilde ne rentra ni le soir ni le lendemain, mais seulement le 29 juin. Ses cheveux avaient poussé. Elle était maigre et sale. Elle portait les mêmes chaussettes. Elle n'avait plus son foulard. Elle alla tout droit à la salle de bains sans regarder personne. Les domestiques n'osèrent pas lui adresser la parole, mais Gabriel, le maître d'hôtel, téléphona à Monsieur, à la Banque, qui n'avait fermé que trois jours, pour une grève symbolique. Gabriel lui dit « Mademoiselle est rentrée ». Il répondit « Merci Gabriel ». Il l'avait cherchée à la Sorbonne, à l'Odéon, partout où il avait pu entrer. Il savait par le préfet qu'elle n'était pas dans un hôpital, et qu'elle n'avait jamais été arrêtée. Un matin, il décida de ne plus la chercher et de ne plus l'attendre. Quand il se retrouva en face d'elle, c'était lui qui s'était mis à ressembler à sa fille : il avait perdu toute tendresse pour cette inconnue qui avait son visage.

Elle s'était lavée, décapée, fardée, parfumée, habillée. Elle avait soigné ses mains, mais son visage amaigri était dur comme de la pierre, et son regard encore plus froid que le jour de son départ. Elle n'avait certainement pas oublié la petite phrase qu'elle lui avait dite, et elle savait qu'il ne pouvait pas l'avoir oubliée. Il se demandait si elle regrettait de l'avoir prononcée, ou de n'avoir pas pu faire ce qu'elle avait promis.

Elle s'était assise dans le fauteuil de velours vert. Ils n'échangèrent aucune parole concernant son absence ou son retour, ou exprimant une émotion ou de la simple courtoisie. Ce fut elle qui parla la première. Elle dit qu'elle pensait être enceinte et désirait aller se faire avorter en Suisse. Elle avait déjà sur son passeport toutes les autorisations nécessaires pour franchir les frontières. Il lui fallait seulement de l'argent. Il lui donna un chèque sur une banque de Genève. Elle partit dans sa Porsche. Il n'eut plus de nouvelles jusqu'au télégramme de l'ambassade de France à Katmandou

13

A la Sorbonne, Olivier occupait avec Carlo, un petit bureau en haut d'un escalier. Il avait collé sur la porte une des affiches tirées par les élèves des Beaux-Arts. Elle portait en grosses lettres les mots : POUVOIR ETUDIANT. Il avait écrit au-dessous, à la craie, « Discussion permanente ». Constamment, des garçons et des filles montaient jusque-là, poussaient la porte, jetaient leurs affirmations, posaient des questions, redescendaient pousser d'autres portes, poser d'autres questions, affirmer leurs certitudes et leurs incertitudes. Dans la lumière glauque qui tombait de sa verrière, le grand amphithéâtre abritait une foire permanente d'idées. Et c'était vraiment comme un grand marché libre où chacun vantait sa marchandise avec la conviction passionnée qu'elle était la meilleure.

Olivier n'avait que quelques pas à franchir pour passer de son bureau à une des galeries supérieures de l'amphi. Il y venait parfois, jetait un regard vertical vers les rangées de bancs presque toujours entièrement occupés. C'était une mosaïque de chemises blanches et de pulls de couleurs. Le rouge dominait. Et les têtes rondes posées sur ce fond comme des billes. A la tribune, devant les drapeaux noir et rouge, les orateurs se succédaient. Olivier écoutait, s'énervait de ne pas toujours comprendre ce que désirait celui-ci ou celui-là. Il trouvait qu'ils étaient confus, diffus, et parfois vaseux, qu'ils perdaient leur temps à des querelles de mots, alors que

tout était si simple : il fallait démolir, raser le vieux
monde, et en reconstruire un neuf, dans une justice et
une fraternité totales, sans classes, sans frontières, sans
haine.

« Pouvoir Etudiant ». Oui, c'était à eux, les étudiants
qui avaient eu le privilège d'acquérir de la culture, de
conduire leurs frères ouvriers à la conquête d'une vie
délivrée de l'esclavage du capitalisme et des contraintes
des bureaucraties socialistes. Le vieux slogan de la Répu-
blique lui faisait battre le cœur. Liberté, Egalité, Fraternité. Ces trois mots disaient tout. Mais depuis que la
bourgeoisie les avait gravés sur les façades de ses mairies
où elle enregistrait les noms de ses esclaves et brodés sur
ses drapeaux qui les entraînaient vers les tueries, les trois
mots étaient devenus des mensonges qui dissimulaient le
contraire de ce qu'ils proclamaient : l'Oppression,
l'Exploitation, le Mépris. Il fallait les purifier au grand
feu de la révolte et de la joie. C'était simple, simple,
simple. Tous ces types derrière leurs micros, en train de
couper les idées en quatre et de sodomiser les mouches,
allaient asphyxier la Révolution sous leurs phrases.

En sortant de la galerie, un après-midi, il écrivit sur le
mur du couloir : « Orateurs de malheur ! » et souligna
d'un trait furieux où il brisa sa craie. Il jeta dans l'escalier le fragment qui lui restait aux doigts, haussa les
épaules et rentra dans le bureau. Il y trouva une fille
assise sur le coin de la table, en train de discuter avec
Carlo. Olivier la connaissait vaguement. Elle préparait le
certificat de sociologie comme lui. Il l'avait vue parfois
au cours. On lui avait dit que son père était banquier.

Carlo, debout, exécutait devant elle son numéro de
charme italien. Il parlait, marchait, faisait des gestes,
souriait, portait les mots vers elle avec les mains. Elle le
fixait d'un regard bleu glacé. Il exposait le point de vue
d'Olivier sur le rôle que devaient jouer les étudiants
auprès des ouvriers. Il n'avait pas beaucoup d'idées per-
sonnelles, il était l'écho de son ami.

Elle l'interrompit d'une voix sèche :

— Vous êtes prétentieux comme des poux ! Qu'est-ce
que vous voulez apprendre aux ouvriers ? Il faudrait que

vous sachiez quelque chose ! Qu'est-ce que tu sais, toi ?
Qu'est-ce qu'on t'a appris, à la fac ?

— On nous a appris à penser ! dit Olivier.

Elle se tourna vers lui :

— Tu penses, toi ? Tu en as de la chance !

Elle se leva.

— Votre « Pouvoir Etudiant », c'est une histoire de
petits cons... Tu as vu, Mao, ce qu'il en fait des étudiants ? A l'usine, d'accord, mais à la chaîne ! et les
profs, à la commune rurale ! A ramasser le fumier !

— Je sais, dit Carlo, mais à quoi ça sert ?

— Et toi ? Tu sers à quoi ? Vous avez brûlé quelques
vieilles bagnoles et maintenant vous faites de la mousse
avec des mots... Vous occupez la Sorbonne au lieu de la
démolir !... Vous n'avez même pas tué un C.R.S. ! Ils
sont tous au complet, bien rouges et bien gras, à cent
mètres d'ici, en train d'attendre en jouant à la belote que
vous soyez endormis par vos propres discours pour vous
foutre dehors ! « Pouvoir Etudiant » ! Vous me faites
rigoler. Pouvoir de mes couilles !

— Tu en as pas, dit Carlo.

— Vous non plus ! Vous êtes des petits-bourgeois
cons !...

— Toi, tu es pas une petite-bourgeoise, dit Olivier, tu
couches dans le caviar, et tu as bu de l'or à tous tes
repas depuis que tu es née...

— Ce que j'ai bu, je le vomis !

Elle sortit brusquement. Carlo eut un élan pour la
suivre, puis se ravisa. Il aurait aimé lui démontrer qu'il
possédait bien ce qu'elle l'accusait de ne pas avoir. Mais
une fille comme ça, il faudrait la convaincre, lui démontrer que... Il n'aimait pas ce genre. Des filles qui restent
sur la défensive, même quand elles sont en train de jouir,
ça enlève tout le plaisir. Qu'elle aille donc se masturber
avec le petit Livre Rouge...

14

Il y eut ce dimanche étonnant où tout Paris vint visiter ses enfants retranchés dans le Quartier Latin. Il faisait beau, c'était comme un jour de fête, les Parisiens en vestons neufs, leurs femmes en chemisiers légers de printemps, s'aggloméraient sur les trottoirs du boulevard Saint-Michel, ou place de la Sorbonne, autour des jeunes orateurs qui exposaient leurs idées. Des camelots profitaient de ce public inespéré, étalaient leur marchandise, des cravates, des portefeuilles, des cartes postales, des bijoux fantaisie qui brillaient au soleil comme des fleurs. Un petit vieux à barbe jaune vendait des dragons chinois en papier.

Les curieux emplissaient la cour de la Sorbonne, ses couloirs et ses escaliers, d'une foule lente qui lisait les affiches et les inscriptions avec stupéfaction. Une phrase verticale partait du milieu d'un mur et s'achevait sur le sol d'un palier. Elle ordonnait : « Agenouille-toi et regarde ! » Il n'y avait rien à voir que la poussière.

Un peu après quinze heures, Romain Closterwein faillit rencontrer sa fille. Il avait fait le tour de tous les bureaux et de tous les amphis sans la voir. Il redescendit dans la cour, passa devant une pancarte qui indiquait, en lettres rouges sur du carton ondulé, qu'il y avait une garderie d'enfants au troisième étage, escalier C, à droite, et s'arrêta, songeur devant une affiche, qui semblait trahir, avec humour et gentillesse, un commencement de lassitude, et peut-être aussi un soupçon de

rancœur en face des revendications matérielles des ouvriers en grève. Elle représentait une barricade de petits
pavés noirs sur laquelle se dressait un groupe d'étudiants
colorés et serrés comme un bouquet. Ils brandissaient un
drapeau rouge dont la flamme horizontale portait les
mots : « Nous exigeons la satisfaction de nos revendications : PAS PLUS DE QUARANTE HEURES DE
BARRICADES PAR SEMAINE ! »

Mathilde passa derrière lui, à quelques pas. Elle ne le
vit pas plus qu'il ne la vît. Un lent, épais courant de
foule les séparait. Elle entra par la porte d'où il était
sorti. Elle se frayait un chemin à coups de coudes dans
le couloir. Elle était pleine de fureur contre les épiciers
qui venaient voir la révolte comme ils seraient venus au
cirque. Elle commença à monter l'escalier.

Les premières inscriptions à la craie sur le mur commençaient à s'effacer : *Oublie tout ce qu'ils t'ont appris,
commence par rêver !* Quelqu'un avait barré le mot
« rêver » et écrit au-dessus : « brûler ». Une autre main
avait barré « brûler » et écrit au-dessus : « baiser ». En
face de la porte du bureau du « Pouvoir Etudiant » une
inscription toute récente, tracée en noir au pistolet, affirmait : « Les syndicats sont des bordels. » La porte du
bureau était grande ouverte. Des curieux entraient,
regardaient les quatre murs, la petite table, les chaises,
parfois l'un d'eux s'asseyait pour se reposer un peu. Ils
ressortaient en emportant leur étonnement et leur curiosité insatisfaite.

Mathilde avait eu le désir de revoir Olivier. Elle s'était
souvenue de sa phrase : « On nous a appris à penser »
ou quelque chose de semblable. Il fallait le délivrer de
cette erreur énorme. Elle était partie trop vite. Ce type
avait l'air d'un type bien. Elle avait pensé à lui en se
réveillant dans la chambre d'hôtel miteuse où elle avait
passé la nuit avec un noir, par conviction antiraciste. Ça
n'avait pas été plus moche qu'avec un blanc. Elle avait
bien dormi, après. C'est lui qui l'avait réveillée. Il voulait
recommencer. Elle l'avait repoussé, il avait failli la
battre, mais il avait eu peur de ses yeux. Elle avait pensé
à ces deux types du petit bureau en haut de l'escalier, et

surtout à celui qui avait des yeux noisette et des cheveux
de soie, le long de ses joues. Un type qui croyait, mais ce
qu'il croyait était idiot. Elle était revenue, pour le
convaincre.

Dans le petit bureau, elle ne trouva que les curieux
qui entraient et sortaient lentement. Carlo était sur la
place de la Sorbonne à cheval sur le dos d'un penseur de
pierre. Il regardait avec amusement un camelot anar-
chiste rigolard, qui avait, pour un jour, remplacé son
éventaire de stylos à bille par des dépliants politiques
illustrés, et qui bonimentait contre Dassault et les Roth-
schild.

Olivier avait fui, écœuré, devant le morne flot des
curieux. Il avait essayé de discuter avec les premiers. Ils
répondaient des idioties ou le regardaient avec stupeur,
comme s'il descendait d'une soucoupe volante. Il était
parti déjeuner chez sa grand-mère. Il l'avait trouvée
toute bouleversée : M. Seigneur était mort dans la nuit
de vendredi, tout d'un coup. C'étaient les événements qui
l'avaient démonté, il avait pas pu mettre ça au-dessus de
lui, il s'était laissé aller. Depuis si longtemps qu'il se
retenait de mourir, on pensait plus qu'il en était si près.
Et ses malheurs étaient pas finis, le pauvre : les pompes
funèbres étaient en grève, y avait personne pour l'enter-
rer. Mme Seigneur s'était adressée au commissariat,
c'était des soldats qui étaient venus, avec un cercueil
trop petit, gros comme il était, y avait personne pour en
faire un sur mesure, tout le monde était en grève, alors
ils l'avaient emporté comme ça, dans leur camion, enveloppé dans une couverture, le pauvre, Mme Seigneur
savait même pas où il était, et elle avait fermé la crémerie tout un jour plein, il fallait bien quand même, le samedi toute la journée, au moment où tout se vendait si
bien ; les clientes emportaient des pleins cabas à chaque
bras, n'importe quoi, des conserves, du riz, du sucre,
tout ce qui se mange pour mettre dans leurs placards,
elles avaient peur.

15

MATHILDE redescendit l'escalier et ne le remonta plus. Les curieux s'écoulèrent de la Sorbonne et du Quartier Latin. L'action violente reprit. Mathilde s'intégra à un petit groupe actif qui se procurait mystérieusement des scies mécaniques pour couper les arbres, des barres à mine pour desceller les pavés, des casques de motocyclistes, des manches de pioches et des lunettes étanches antilacrymogènes, pour les combattants. Pendant les journées d'accalmie, le groupe allait d'une faculté à l'autre, faisait voter des motions, constituait des comités d'action. Mathilde oublia complètement les deux garçons du petit bureau. Carlo oublia Mathilde. Mais Olivier ne l'oublia pas. Ce qu'elle avait dit l'avait frappé. Il n'allait pas se laisser endoctriner par une punaise milliardaire maoïste, mais une partie de ses affirmations avait trouvé en lui des cordes tendues toutes prêtes à entrer en résonance. Oui, trop de mots, oui, trop de prétention intellectuelle. Oui, trop de petits-bourgeois cons qui se payaient une petite récréation révolutionnaire sans danger. Taper sur les flics, casser les carreaux, flamber les bagnoles, hurler les slogans, c'était plus excitant qu'une surprise-partie. Si ça devenait tout à coup dangereux, on rentrerait vite chez papa-maman. Chaque fois qu'ils pouvaient attraper un micro, ils faisaient des laïus contre la société de consommation, mais ils avaient toujours bien consommé, depuis leur premier biberon.

Oui, la vérité était chez les ouvriers. Eux connaissaient vraiment, parce qu'ils les subissaient dans leur chair, chaque minute de leur vie, l'injustice et l'esclavage.

Olivier s'apercevait que même sans parler, lorsqu'il essayait seulement de formuler sa pensée et ses sentiments au-dedans de lui-même, il ressassait les mêmes images creuses, les mêmes clichés que tous les vaseux accrochés à un micro. Il ne fallait plus *parler*, même au-dedans de soi-même, il fallait *agir*.

Il entraîna Carlo dans le cortège qui se rendit à Billancourt, pour apporter aux ouvriers de Renault en grève l'appui et l'amitié des étudiants révoltés. L'accueil des grévistes fut plus que réservé. Ils ne laissèrent entrer personne à l'intérieur de l'usine occupée. Ils n'avaient pas besoin de ces gamins pour mener leur affaire. Aucun des ouvriers, même les plus jeunes, ne pouvait croire à la vérité d'une révolte qui n'amenait aucune véritable répression. Ces barricades du Quartier Latin, c'était un jeu d'enfants gâtés. Les C.R.S. mettaient des gants avant de foncer sur les enfants de bourgeois. Le matraquage, ce n'est qu'une forme un peu plus vive de la fessée. Quand les ouvriers, eux, arrachent les pavés, ça ne traîne pas, on leur tire dessus. Pas de gants, du plomb. Mais les bourgeois ne peuvent pas faire tirer sur leurs enfants. Ils ont installé l'ordre bourgeois, en 89, en liquidant une classe entière à la guillotine. Ils liquideraient aussi bien la classe ouvrière s'ils n'avaient pas besoin d'elle pour fabriquer et acheter. Mais ils ne peuvent pas tuer leurs enfants, même si ceux-ci cassent les meubles et mettent le feu aux rideaux.

Les ouvriers et les étudiants se regardaient à travers les barreaux du portail de l'usine. Ils échangeaient des phrases banales. Le calicot « Etudiants ouvriers unis » que deux garçons avaient apporté depuis la Sorbonne pendait mollement entre ses deux supports. Le drapeau rouge et le drapeau noir avaient l'air fatigué. Il aurait fallu un peu de vent, un peu de mouvement chaleureux pour les faire flotter. Il y avait seulement cette grille fermée, et ces hommes derrière, qui semblaient défendre leur porte contre l'amitié. Olivier eut tout à coup l'impression de se trouver au zoo, devant une cage où se trouvaient enfermées des bêtes faites pour les grands espaces, à qui on avait volé leur liberté. Des visiteurs venaient leur dire des mots gentils et leur apporter des friandises. Ils se croyaient bons et généreux. Ils étaient du même côté de la grille que les chasseurs et les geôliers. Un étudiant passa à travers les barreaux le produit d'une « collecte de solidarité ». Olivier serra les dents. Des cacahuètes ! Il s'en alla à grands pas furieux. Carlo ne comprenait pas. Qu'est-ce que tu as ? Qu'est-ce qui te prend ?

Rentré à la Sorbonne, Olivier arracha l'affiche « Pouvoir Etudiant » collée sur la porte du petit bureau. Il barra le mot « permanente » qui suivait le mot « Discussion » et en écrivit un autre au-dessus, en lettres capitales : « Discussion TERMINEE ! » avec un grand point d'exclamation.

Il se battit furieusement à chaque escarmouche avec la police. Pendant « la nuit terrible » du 24 mai, il grimpa au sommet d'une barricade et se mit à hurler des insultes aux flics. Tout à coup, il se rendit compte avec lucidité qu'il était en train de « poser », de faire du tableau vivant, de parodier des images historiques, mais que l'image resterait une image : les flics ne tireraient pas, il ne s'écroulerait pas, saignant, sur la barricade. De plus, avec son casque blanc et ses larges lunettes, il avait l'air d'un personnage de bandes dessinées pour adolescent rêvant d'aventures fantastiques. Il les arracha et les jeta derrière lui. Etreignant son manche de pioche, il sauta devant la barricade. Des voitures brûlaient, des grenades éclataient, leurs tourbillons de vapeur blanche s'effilochaient dans la nuit rouge et noire. Derrière leur brume, Olivier voyait bouger vaguement la masse sombre et luisante de la police. Il fonça sur elle en courant. Trois policiers vinrent à sa rencontre. Il frappa le premier avec rage. Son bâton heurta un bouclier de caoutchouc et rebondit. Il reçut un coup de matraque sur la main et un autre sur l'oreille. Il lâcha son arme. Un autre coup de matraque, sur le côté du crâne, le fit tomber à genoux. Un coup de pied dans la poitrine l'allongea à terre, les

lourdes chaussures lui frappèrent les reins et les côtes. Il
essaya de se relever. Il pleurait de honte et de rage, et de
gaz lacrymogène. Son nez et son oreille saignaient. Il
parvint à saisir à deux mains la matraque d'un policier
et tenta de la lui arracher. Une autre matraque le frappa
à la jointure du cou et de l'épaule. Il s'évanouit. Les
policiers le ramassèrent pour aller le jeter dans un car.
Mais de la brume blanche traversée de flammes un
groupe emmené par Carlo surgit brusquement en hurlant
des insultes et les attaqua. Ils laissèrent tomber Olivier
comme un sac pour faire face à la meute, qui se dispersa
aussitôt, les entraînant à sa poursuite. Olivier, évanoui,
le cou tordu, son écharpe rouge traînant dans le ruisseau, le bas du visage luisant de sang, gisait à cheval sur
le trottoir et la chaussée, les pieds plus hauts que la tête.
Une grenade éclata à quelques mètres, et le couvrit d'un
voile blanc. Carlo et les deux autres garçons arrivèrent
en toussant et pleurant, ramassèrent Olivier et l'emportèrent du côté des flammes.

16

Deux éléphants blancs gigantesques se dressaient
dans le bleu du ciel. Des mains depuis longtemps mortes
— mais la mort est la délivrance — les avaient taillés à
même la roche dans le sommet de la colline qui, tout
autour d'eux, avait été déblayé et emporté au loin. Cela
s'était passé il y avait peut-être mille ans, peut-être deux
mille ans... Les hommes vêtus de blanc, les femmes en
saris de toutes couleurs — de toutes couleurs sauf le
jaune — qui montaient dans le sentier vers les éléphants,
vers le ciel, vers le dieu, ne savaient pas ce que signifient
mille ans ou deux mille ans. Ce n'était pas plus loin que
la veille ou le lendemain, c'était peut-être aujourd'hui.

Le sentier, qui tournait trois fois autour de la colline
avant de parvenir entre les jambes des éléphants, avait
été creusé siècle après siècle par les pieds nus des pèlerins. Ils en avaient fait peu à peu une tranchée étroite
dont les bords montaient jusqu'à leurs genoux. On ne
pouvait y cheminer que l'un derrière l'autre, et c'était
bien ainsi, car chacun se trouvait alors seul sur la pente
à gravir, en face du dieu qui le regardait venir du cœur
de la colline.

Sven marchait devant Jane, et Jane devant Harold.
Sven, sans se retourner, un peu essoufflé, expliquait à
Jane que les Indiens ne se représentaient pas le temps
sous la forme d'un fleuve qui s'écoule, mais comme une
roue qui tourne. Le passé revient au présent en passant
par l'avenir. Ces éléphants, qui sont là aujourd'hui,

étaient là déjà hier. Et la roue du temps, lorsqu'en roulant elle atteindra demain, les trouvera déjà là. Ainsi pendant mille ans, ainsi depuis mille ans. Où est le commencement ?

Jane entendait vaguement ce que lui disait Sven pardessus le murmure des voix des pèlerins et le tintement de leurs clochettes de cuivre. Elle se sentait heureuse, légère, portée, comme un navire qui a enfin quitté le port crasseux et flotte doucement sur un océan de fleurs, choisit ses escales, s'y pose s'il lui plaît, embarque ce qu'il veut et reprend le vent de la liberté.

Hier il avait plu, pour la première fois depuis six mois, et, dans la nuit, la colline s'était vêtue d'une végétation courte et drue. Chaque brin d'herbe se terminait par un bouton clos. Au lever du soleil ils avaient ouvert tous ensemble leurs milliards de calices d'or. En un instant, la colline était devenue une flamme de joie, éclatante et ronde, brûlante au centre de la plaine nue. Les fleurs couvraient entièrement la colline d'une robe somptueuse, couleur de soleil.

Elles étaient vierges, elles ne sentaient rien et ne produisaient pas de graines. Elles étaient nées seulement pour fleurir et tendre vers le soleil leur vie minuscule qui lui ressemblait. Ce soir, à son coucher, elles se fermeraient toutes ensemble et ne se rouvriraient plus.

Jane, Sven et Harold avaient peu mangé la veille. Sven avait donné la moitié de son biscuit à Harold. Et, ce matin, ils n'avaient plus rien. Il leur restait cinq cigarettes. Ils en avaient partagé une avant de commencer à gravir la colline.

La foule agglomérée autour de la colline, qui attendait depuis des jours et des jours le cri d'or du dieu, lui avait répondu en frappant ses clochettes, et en les levant, de toutes les directions de la plaine, vers le fruit de lumière qui venait de mûrir au milieu de la terre grise. Puis elle avait commencé lentement à tourner autour de lui, en prononçant le nom du Dieu et les noms de ses vertus.

Les astrologues avaient dit à quel moment la pluie tomberait sur la colline, et les pèlerins étaient venus de partout. La plupart étaient des paysans qui venaient

demander à Dieu de retenir la pluie et de la répandre
sur leurs champs. Car ils avaient semé à l'automne et
depuis il n'avait pas plu. Leur semence n'avait pas
germé, et leur terre était devenue comme de la cendre.
Ils avaient marché pendant des jours avec leurs femmes,
leurs enfants et leurs vieillards. La faim leur était si
habituelle qu'ils ne savaient plus qu'ils en souffraient.
Quand l'un d'eux n'avait plus assez de force pour marcher, il se couchait et respirait tant qu'il en avait encore
la force. Quand il n'avait plus la force, il cessait.

La foule qui attendait depuis des jours autour de la
colline emportait chaque matin ses morts un peu à
l'écart, tout autour d'elle, et leur ôtait leur vêtement afin
que les lents oiseaux lourds qui eux aussi étaient venus
au rendez-vous pussent leur donner en eux une sépul-
ture. Et la pluie était tombée, et ce matin les vivants
étaient heureux d'être restés vivants et d'avoir vu le dieu
d'or fleurir sur la plaine de cendres.

Au moment où toutes les clochettes avaient retenti, les
lourds oiseaux, dérangés par le bruit, s'étaient arrachés
des morts, et planaient autour de la foule qui tournait
autour de la colline.

Sven regardait vers le haut, Jane regardait vers le bas,
Harold regardait Jane, Jane regardait la robe d'or de la
colline qui semblait plonger dans le lent tourbillon de la
foule comme dans une mer de lait semée de fleurs
flottantes. Les fleurs étaient les femmes en saris de
toutes les couleurs — de toutes les couleurs sauf le
jaune — car le jaune était, ici et ce jour-là, la couleur
réservée au dieu. La foule blanche, fleurie, tournait
autour de la colline, s'étirait dans le sentier de pierre et
montait goutte à goutte vers la porte ouverte entre les
éléphants, sous l'arc de leurs trompes unies comme les
mains d'une prière. A la limite de la foule, au-dessus
d'elle, dans le ciel redevenu bleu, tournait la ronde des
oiseaux noirs.

En bas de la colline, par une autre porte encadrée de
dentelles de pierre, sortaient les pèlerins qui avaient vu
leur dieu. Il emplissait la colline dans laquelle il avait été
taillé. Assis au niveau de la plaine, il dressait jusqu'au

sommet la pyramide de ses seize têtes qui souriaient vers les seize directions de l'espace, et déployait autour de son torse la corbeille harmonieuse de ses cent bras qui tenaient, montraient, enseignaient des objets et des gestes. Des ouvertures percées dans la roche l'éclairaient du reflet du ciel. Chaque pèlerin, en montant vers lui, avait cueilli une fleur, une seule, et en redescendant par le sentier qui tournait autour de lui à l'intérieur de la colline, la lui offrait. Quand Jane entra par la porte entre les éléphants et découvrit le premier visage du dieu, dont les yeux clos lui souriaient, le tapis de fleurs d'or apportées une à une atteignait déjà le doigt tendu de sa main la plus basse, qui désignait la terre, commencement et fin de la vie matérielle. Au-dedans, au-dehors, chacun, chacune, en tournant autour de la colline et sur elle et dans elle, continuait de murmurer le nom du dieu et les noms de ses vertus, et avant de les recommencer frappait légèrement sa clochette de cuivre. Le son de ces clochettes fleurissait au-dessus du bruissement des voix et le couvrait de la même couleur que les fleurs de la colline.

Harold en avait plein les jambes. Au train où ça allait on serait encore là ce soir, et on n'aurait toujours rien mangé. Il regrettait d'avoir décidé de suivre Jane et Sven au lieu de descendre avec Peter vers Goa. Il les avait rencontrés à l'aérodrome de Bombay. Lui et Peter descendaient de l'avion de Calcutta. C'était Peter qui avait payé les billets. Il arrivait de San Francisco, il avait encore de l'argent. Harold, lui, s'était mis en voyage il y avait plus d'un an, il en connaissait les ressources et les périls. Il avait dit à Sven et Jane, quand ceux-ci lui avaient parlé de Brigit et de Karl, que le chemin qu'ils avaient choisi était plein de dangers. Peu de filles en sortaient intactes. On y risquait même sa vie. Puis on avait parlé d'autre chose. Karl et Brigit, c'était hier. On se rencontre, on se rassemble, on s'aide, on se sépare, on est libre...

Harold était né à New York d'un père irlandais et d'une mère italienne. Il avait les yeux clairs de son père et les immenses cils noirs de sa mère. Ses cheveux bruns

tombaient en longues ondulations sur ses épaules. Une
fine moustache et une courte barbe encadraient ses
lèvres qui restaient bien rouges même lorsqu'il ne mangeait pas assez. Quand Jane le vit pour la première fois,
il portait un pantalon de velours vert, une chemise rouge
délavée, imprimée de fleurs noires, et un chapeau pour
dame qui jardine, en paille, à larges bords, garni d'un
bouquet de fleurs et de cerises en plastique. Sur sa
poitrine pendait au bout d'un cordon noir une boîte
marocaine, en cuivre ciselé, qui contenait un verset du
Coran. Jane le trouva amusant et beau. Il la trouva belle.
Le soir, ils firent l'amour au bord de l'océan dans la
lourde chaleur humide, tandis que Peter, éreinté, dormait, et que Sven, assis à la limite de l'eau, essayait
d'accueillir en lui toute l'harmonie de la nuit énorme et
bleue.

Harold avait proposé à Jane de venir avec lui et Peter
à Goa, mais elle avait refusé. Elle ne voulait pas quitter
Sven. Sven était son frère, son libérateur. Avant sa rencontre avec lui, elle était une larve recroquevillée dans
les eaux noires de l'absurdité et de l'angoisse qui emplissaient le ventre du monde perdu. Sven l'avait prise dans
ses mains et tirée vers la lumière. Elle ne voulait pas le
quitter, ils allaient ensemble à Katmandou, ils iraient
ensemble où il voudrait. C'était lui qui voulait, c'était lui
qui savait.

Elle avait couché avec Harold parce que cela leur
avait fait plaisir à tous les deux, et parce qu'il n'y a pas
d'interdiction et pas de honte. Les lois du monde nouveau où Sven l'avait fait entrer étaient l'amour, le don,
la liberté. Sven n'avait presque pas de besoins physiques
et ne soupçonnait même pas ce que signifiait le mot
jalousie. Harold fumait peu et mangeait beaucoup
chaque fois que c'était possible. Il n'était pas du tout
mystique, il pensait que Sven était tordu et Jane superbe.
Après tout, Goa ou Katmandou, cela lui était égal, il
avait laissé partir vers le sud Peter et son argent, et avait
suivi vers le nord Jane et Sven. Ce n'était pas exactement
la direction du Népal, mais Sven voulait visiter les
temples de Girnar, et il n'y a qu'en Occident qu'on croit

que le chemin le plus court est celui qui va tout droit.

Jane s'épanouissait de bonheur entre les deux garçons. Elle était unie à Sven par la tendresse et l'admiration, et à Harold par la joie de son corps. Mais parfois, le soir, à l'étape, elle venait s'allonger auprès de Sven dans l'herbe sèche ou la poussière au bord du chemin désert, et commençait doucement à lui ouvrir ses vêtements. Car elle avait besoin de l'aimer aussi de cette façon, de l'aimer complètement. Et sans bien savoir se le formuler, elle sentait qu'en le rappelant ainsi dans son corps, elle l'empêchait de s'engager entièrement dans une voie où il risquait peut-être de se perdre.

Il lui souriait, il la laissait faire, malgré son détachement de plus en plus grand de ce désir dont il aspirait à se délivrer tout à fait. Mais il ne voulait pas décevoir Jane, lui faire aucune peine. Avec elle d'ailleurs, ce n'était pas l'entraînement aveugle de l'instinct, mais plutôt un échange d'amour tendre. Il lui disait très peu de mots, gentils, pleins de fleurs. Elle osait à peine parler. Elle lui disait de petites choses enfantines, à voix très basse, il l'entendait à peine. Elle se serrait contre lui, le caressait. Il lui fallait longtemps pour faire monter son désir. Il s'en délivrait rapidement en elle, comme un oiseau épuisé.

Harold, descendant lentement dans la colline, trouvait que ce dieu était superbe, d'accord, mais il avait trop faim pour apprécier entièrement sa beauté. Et pour trouver de quoi manger, au milieu de tous ces crevards, ça ne serait pas facile. Ils n'avaient plus d'argent, et presque plus de cigarettes. Il fallait se procurer quelques roupies.

Quand il sortit par la porte basse, il s'assit sur le bord du chemin et tendit la main pour mendier.

17

OLIVIER avait repris connaissance derrière la barricade et recommencé le combat. Chaque pulsation de ses artères lui enfonçait un couteau dans l'oreille gauche. L'intérieur de son crâne était plein de bruits fantastiques. Quand une grenade éclatait, il croyait entendre Hiroshima. Les appels de ses amis s'enflaient en clameurs, et des tocsins convergeaient des quatre horizons vers le centre de son cerveau. La nuit violente ronflait en grondements et tourbillons sonores, et sa tête lui semblait la contenir toute.

Dans les jours qui suivirent, les étudiants commencèrent peu à peu à quitter la Sorbonne. Du vieux bâtiment sali et dégradé, ils s'en allaient chaque jour plus nombreux. Des éléments étrangers y pénétraient et s'y incrustaient, aventuriers, clochards, et quelques policiers. Un de ceux-ci, pour donner le change, vint avec sa femme et ses trois enfants, des couvertures, des biberons, un réchaud à alcool, tout un bazar, s'installa sous les combles. Il se prétendait chômeur et sans logis. Les étudiants firent une quête pour lui, dans la rue. Mais personne ne donnait plus. Les Parisiens trouvaient que la récréation avait assez duré. Les ouvriers avaient obtenu des augmentations qu'ils n'auraient jamais osé espérer un mois auparavant, et les patrons et les commerçants commençaient à penser à l'addition.

M. Palairac en devenait violet de fureur en servant ses clientes. Ces petits crétins prétentieux qui voulaient tout

casser, qu'est-ce qu'ils cherchaient ? Ils en savaient rien !
Mais les syndicats le savaient, eux ! Ils avaient pas perdu
le nord, les syndicats. Ils avaient eu qu'à attendre, les
bras croisés, assis sur le tas. On avait bien été obligé de
leur donner ce qu'ils voulaient, pour qu'ils reprennent le
travail... Tout ça, c'était ces petits merdeux qui l'avaient
déclenché. Et maintenant, l'addition, qui est-ce qui va la
payer ? C'est toujours pas eux !...

Par précaution, M. Palairac avait commencé à augmenter le prix de l'aloyau, juste un peu, sans que ça se
remarque. Pas les bas morceaux, elles en veulent jamais,
elles savent plus faire un mironton ou un bouilli, il faut
que ça cuise à la minute, il y a plus de cuisinières, rien
que des bonnes femmes qui pensent qu'à aller au cinéma
ou au coiffeur, pas étonnant que leurs gosses veuillent
tout avaler sans en foutre une rame ! Lui, il se levait
encore à quatre heures du matin pour aller aux Halles. Il
avait plus vingt ans, pourtant, ni même quarante... Mais
le travail, on le lui avait appris à coups de pied dans le
cul. A douze ans, après le certificat... On lui avait pas
demandé s'il voulait aller à la Sorbonne, lui !...

Et il jetait avec indignation le morceau sur le plateau
de la balance automatique. La flèche bondissait, il notait
le chiffre le plus haut, raflait le paquet avant que ça
redescende. Il avait toujours oublié d'enlever un peu de
gras ou de déchet. Pas grand-chose, quelques grammes.
A la fin de l'année, ça fait quelques tonnes. A la caisse,
sa femme se trompait en rendant la monnaie. Jamais à
son désavantage. Et pas avec n'importe qui. Pas avec les
vraies bourgeoises qui comptent bien leurs sous, mais
avec les petites ménagères, les jeunes, on leur donne la
monnaie, elles ramassent, elles regardent même pas. Et
avec les hommes. Ils auraient honte de compter. Parfois,
quelqu'un s'apercevait. Elle s'excusait, elle était
confuse.

18

JUSQU'AU dernier jour, Olivier refusa de croire qu'ils avaient perdu. Tout était ébranlé, il suffisait de pousser encore un peu, de secouer un bon coup, il suffisait que les ouvriers continuent la grève encore quelques semaines, peut-être quelques jours, et toute la société absurde allait s'écrouler sous le poids de ses propres appétits.

Mais les usines rouvraient les unes après les autres, il y avait de nouveau de l'essence dans les pompes et des trains sur les rails. Il alla à Flins encourager les grévistes de Renault, et ce fut là qu'il comprit que tout était terminé. Ils n'étaient plus qu'une poignée à rôder autour de l'usine, pourchassés par les C.R.S., regardés de loin par les piquets d'ouvriers indifférents, sinon hostiles. Sur le point d'être capturé par les C.R.S., acculé contre la berge, il sauta à l'eau et traversa la Seine à la nage.

Il y avait des barrages sur les routes, il dut couper à travers champs. Un paysan lui envoya son chien aux trousses. Au lieu de fuir, Olivier s'accroupit et attendit le chien. C'était un briard crotté et privé d'amour. Olivier l'accueillit avec des mots d'amitié et lui tapota la tête. Le chien, fou de bonheur, lui mit les deux pattes sur les épaules, sortit sa langue entre ses poils, lui lécha en deux coups tout le visage puis se mit à gambader autour de lui en aboyant d'une voix d'outre-basse. Olivier se redressa lentement. La joie du chien tournait autour de

lui sans l'atteindre. Il se sentait froid comme l'eau de la
Seine dont il venait de sortir.

Il rentra à la Sorbonne et s'enferma dans le petit
bureau. Il restait allongé sur une couverture, sans parler,
les yeux ouverts, regardant à l'intérieur de lui-même le
vide énorme laissé par l'écroulement de ses espérances.
Carlo lui apportait à manger, s'inquiétait de le voir si
sombre, lui disait que rien n'était perdu, ce n'était qu'un
début, on recommencerait. Olivier n'essayait même pas
de discuter. Il savait que c'était fini. Il avait compris que
le monde ouvrier, sans lequel aucune construction n'est
possible, était un monde étranger qui ne les accepterait
jamais. Ils étaient les produits ratés de la société bour-
geoise, les fruits d'un arbre trop vieux. Ils avaient appelé
eux-mêmes la tempête qui les avait détachés de la
branche. L'arbre allait mourir une saison prochaine mais
eux ne mûriraient nulle part. Ils n'étaient pas un début,
mais une fin. Le monde de demain ne serait pas construit par eux. Ce serait un monde rationnel, nettoyé des
sentiments vagues, des mysticismes et des idéologies. Ils
avaient porté la guerre dans les nuages, les ouvriers
avaient gagné au ras du sol la bataille des bulletins de
salaires. Dans un monde matériel, il faut être matéria-
liste. C'était la seule *manière* de vivre, mais est-ce que
cela pouvait constituer une *raison* de vivre ?

Olivier ne participa pas à l'ultime baroud de la rue
Saint-Jacques. Autour de lui, dans la Sorbonne, se réglè-
rent les derniers comptes entre les étudiants, les épaves,
les malfrats et les policiers. Quand ces derniers entrèrent
dans le bureau pour le faire sortir, il n'eut même pas un
réflexe de défense. Le navire était échoué, on quittait le
bord. C'était un naufrage sans gloire, dans la vase. Ils
sortirent de la Sorbonne sur le trottoir encombré de
paquets de policiers en uniforme et en civil. Olivier dit à
Carlo :

. — Je ne reviendrai jamais ici.

Carlo l'accompagna le long de la rue de Vaugirard et
de la rue Saint-Placide. Le jour venait de se lever,
quelques voitures passaient, rapides. Un camion de lai-
tier s'arrêta devant une crémerie et repartit, laissant sur

le trottoir la ration de lait du quartier. Carlo jeta une
pièce de un franc dans une caisse et prit un berlingot. Il
en déchira un coin avec les dents et but à longs traits,
puis tendit à Olivier le récipient biscornu.

— Tu en veux ?

Olivier fit « non » de la tête. Le lait pur lui donnait la
nausée. Carlo but encore, et jeta le berlingot sous les
roues d'un camion qui fit gicler le reste de son sang
blanc.

— Qu'est-ce que tu vas faire ? demanda Carlo.

— Je ne sais pas...

Quelques pas plus loin, Olivier, demanda à son
tour :

— Et toi ?

— J'ai plus qu'un certificat, je vais pas laisser tomber
maintenant...

— Tu seras prof ?

— Qu'est-ce que tu veux que je sois ?

Olivier ne répondit pas. Il courba les épaules et mit les
mains dans ses poches. Il avait froid. C'est à ce moment
qu'il s'aperçut qu'il n'avait plus son écharpe. Pendant les
pires bagarres, il avait toujours veillé à ne pas la perdre,
car il savait que cela aurait fait de la peine à sa grand-
mère. Et, finalement, il l'avait tout simplement oubliée
dans le petit bureau en haut de l'escalier. Il n'était pas
question d'y retourner. L'écharpe devait fleurir de son
arabesque capucine un coin du parquet désert. Non...
Elle était sur le dossier de la chaise derrière le bureau. Il
s'en souvenait maintenant, il la voyait. Il eut un court
frisson. Il lui sembla qu'il était déshabillé.

— Tu as encore de quoi payer un café ?

— Oui, dit Carlo.

Le café-tabac au coin de la rue du Cherche-Midi était
ouvert, tous ses néons intérieurs allumés, de la sciure
fraîche répandue sur le sol. Au comptoir, M. Palairac
prenait son premier vin blanc de la journée. Il pesait près
de cent kilos. Avec l'âge, un peu de ventre lui était venu,
mais l'essentiel restait d'os et de viande. Il n'avait pas
encore commencé de travailler, sa tenue blanche était
immaculée. Le lourd tablier sur la hanche droite l'enve-

loppait comme une cuirasse. Il connaissait bien Olivier
il l'avait vu grandir. On pouvait même dire qu'il l'avait
nourri. Bien sûr, la grand-mère payait les biftecks, mais
c'était quand même lui qui les avait fournis ! Depuis le
biberon !... Ça lui donnait bien le droit de lui dire ce
qu'il pensait, à ce petit morveux ! Il le regarda entrer
avec son copain, et l'apostropha quand ils passèrent
devant lui.

— Alors, c'est fini, la rigolade ?

Olivier s'arrêta, le regarda, puis se détourna sans
répondre et vint s'accouder au comptoir. Carlo le rejoignit.

— Deux express, dit Carlo.

— Alors, on ne répond même pas ? dit M. Palairac.
J'ai peut-être plus le droit de causer ? Plus le droit de
respirer ? Je suis trop vieux ? Juste bon à crever ? Et ta
grand-mère, qui se ronge les sangs depuis des semaines
qu'elle t'a pas vu ? Qu'elle crève aussi ! C'est une vieille !
Toi, tu t'en fous ! Tu mets la baraque en l'air, tu fous le
bordel partout et tu t'amènes les mains dans les poches
boire tranquillement un petit café. C'est quand même un
monde !

Olivier semblait ne pas entendre. Il regardait la tasse
que le garçon posait devant lui, y mettait deux sucres, y
plongeait la petite cuiller, tournait... M. Palairac prit son
verre de vin blanc et en but une gorgée. C'était le petit
muscadet du patron. Bon... Il reposa son verre et se
tourna de nouveau vers Olivier.

— Et qu'est-ce que ça t'a rapporté, tout ça, hein ?
Tout le monde a fait son beurre, sauf vous ! Les
ouvriers, les fonctionnaires, ils se sont tous taillé des
biftecks sur votre dos ! vous êtes les cocus !

Olivier, maintenant, le regardait, d'un regard minéral,
le visage sans expression, les yeux immobiles, les paupières figées. Il était comme une statue, comme un
insecte. M. Palairac éprouva une sorte de peur et se mit
en colère pour secouer l'insolite, revenir dans le monde
ordinaire des hommes ordinaires.

— Qui c'est qui va payer la note, maintenant, hein ?

Qui c'est qui va passer au percepteur ? C'est toujours pas
vous, sales petits merdeux !

L'évocation de la feuille d'impôts le rendit violet de
fureur. Il leva son énorme main de boucher comme pour
prendre l'élan d'une gifle.

— Si j'étais ton père, tiens !...

Fût-ce le geste de menace ou le mot « père » qui
déclencha la risposte d'Olivier ? Peut-être la réunion des
deux. Il sortit comme l'éclair de son immobilité, rafla
sur le comptoir le récipient d'aluminium qui contenait
les morceaux de sucre et du même élan l'écrasa sur la
figure du boucher. Le couvercle transparent se brisa, une
arête écorcha la joue de M. Palairac qui se mit à hurler,
recula, trébucha sur une caisse de bouteilles de Cinzano
vides qui attendait le passage du livreur et tomba en
arrière au milieu d'une pluie de morceaux de sucre. Ses
cent kilos atterrirent sur le juke-box qui percuta la façade du Cherche-Midi. La glace s'écroula en poignards
de lumière sur M. Palairac étendu dans la sciure. Le
juke-box s'alluma, un disque se mit en place. Olivier
saisit un guéridon et le lança à la volée par-dessus le
comptoir dans les étagères de bouteilles. Il prit une
chaise par le dossier et se mit à frapper sur tout ; il la
faisait tourbillonner autour de lui comme un cyclone et
frappait tout ce qu'il pouvait atteindre. Il avait les yeux
pleins de larmes et ne voyait plus que des formes vagues
et des couleurs floues qu'il frappait. Le garçon accroupi
derrière le comptoir dans les tessons et les alcools répandus, essaya d'atteindre le téléphone. Un coup de
chaise fit voler ce dernier dans la machine à café. Un jet
de vapeur fusa vers le plafond. Carlo criait.

— Arrête ! Olivier ! Arrête ! Bon Dieu, arrête !

Du juke-box sortait la voix d'Aznavour. Il chantait :

> *Qu'est-ce que c'est l'amour ?...*
> *Qu'est-ce que c'est l'amour ?...*
> *Qu'est-ce que c'est l'amour ?...*

Personne ne lui répondait.

19

MAIS pourquoi tu as fait ça ? Pourquoi ?

Elle s'était laissée tomber sur une chaise de la cuisine, elle n'en pouvait plus, elle regardait Olivier en levant un peu la tête. Il était debout devant elle, immobile, il ne disait rien.

Elle ne l'avait plus revu depuis la mort de ce pauvre M. Seigneur. Pas de nouvelles, rien. Elle savait seulement qu'il était dans ces bagarres, cette folie... Elle avait tellement maigri... Ça ne se voyait pas beaucoup de l'extérieur, mais elle était devenue légère comme une boîte vide. Ce matin, le transistor avait enfin annoncé que tout était terminé. Olivier allait rentrer ! Et voilà qu'il rentrait avec cette horreur !

Juste au moment où le cauchemar était fini !... Tout recommençait ! Et encore pire !... C'était pas juste, mon Dieu... C'était pas juste, elle en avait déjà assez vu, assez enduré, elle aurait bien eu le droit, maintenant qu'elle était vieille et si fatiguée, d'espérer un peu de tranquillité ; elle demandait même pas du bonheur, mais tranquille, être un peu tranquille...

— Mais pourquoi tu as fait ça, mon Dieu ? Pourquoi tu as fait ça ?...

Olivier hocha doucement la tête. Qu'est-ce qu'il aurait pu lui expliquer ? Après un instant de silence, elle lui demanda, d'une voix qui osait à peine se faire entendre :

— Tu crois qu'il est mort ?

Olivier se tourna vers la table, où son café au lait refroidissait.

— Je ne sais pas... Je ne crois pas... Les types comme lui, ça a la vie dure... Il a été coupé par le verre...

— Mais pourquoi tu as fait ça ? Qu'est-ce qu'il t'avait fait ?

— Ecoute, il faut que je m'en aille, la police va arriver...

Il lui parlait très doucement, pour essayer de la blesser le moins possible. Il se pencha vers elle et l'embrassa sur ses cheveux gris.

— Est-ce que tu peux me donner un peu d'argent ?

— Oh, mon pauvre petit !

Elle se leva d'un élan, sans effort, elle était devenue si légère, elle alla dans sa chambre, ouvrit son armoire, prit un livre recouvert d'un morceau de papier peint à grandes fleurs. C'était un agenda du Bon Marché de 1953. Elle déplia le papier de couverture. C'était là, entre le papier et le cartonnage, qu'elle cachait ses économies, quelques billets, une pauvre épaisseur. Elle les prit tous, les plia en deux et vint les mettre dans la main d'Olivier.

— Va-t'en, mon poussin, va-t'en vite avant qu'ils arrivent ! Mais où vas-tu aller ? Oh mon Dieu, mon Dieu !...

Olivier déplia les billets, en prit un seul qu'il enfonça dans sa poche et posa les autres sur la table.

— Je te le rendrai. Est-ce que tu sais où est Martine en ce moment ?

— Non, dit-elle, je ne sais pas... Tu n'as qu'à téléphoner à son agence...

Ils entendirent en même temps l'avertisseur du car de police, dont le son parvenait étouffé, par-dessus les cours et les immeubles.

— Les voilà ! Va-t'en vite ! Ecris-moi, ne me laisse pas sans nouvelles !...

Elle le poussait dans l'escalier, toute folle d'inquiétude.

— M'écris pas ici ! S'ils surveillaient !... Chez Mme-

Seigneur, 28, rue de Grenelle.. Dépêche-toi ! Oh mon
Dieu, ils sont là !

Le pin-pon, pin-pon était tout proche. Mais il ne
s'arrêta pas, il continua, s'éloigna, s'éteignit. Quand
Mme Muret se rendit compte qu'il n'y avait plus de
danger, Olivier était parti.

20

Un enfant nu dormait au bord de la mer. C'était un garçon, doré comme un épi d'août. Une gourmette d'or encerclait sa cheville droite. Ses cheveux à peine nés avaient la couleur et la légèreté de la soie vierge. Chaque douce partie de son corps était élastique et pleine de possibilités de joies, et uniquement de joies. Il était une graine qui se gonfle et va germer et va devenir une fleur ou un arbre, une joie ou une force. Ou de la joie sur de la force : un arbre fleuri.

Il était couché sur le côté droit. Olivier, arrêté près de lui, le regardait verticalement, voyait son œil gauche de profil, fermé par la frange des cils couleur de miel, et la petite main droite dodue, épanouie sur le sable, la paume vers le ciel, comme une marguerite rose.

Il compta les pétales : un peu, beaucoup, passionnément, à la folie, pas du tout...

Pas du tout.

C'était tout ce qu'il pouvait espérer, lui comme les autres, un, deux, trois, quatre, cinq. Pas du tout. La marque universelle.

Olivier fit quelques pas de plus et s'arrêta. Il était arrivé.

Six chevaux de Camargue peints sur toute leur surface de fleurs et d'arabesques psychédéliques, dans les tons des glaces sucrées, étaient tenus en laisse par six filles sophistiquées, vêtues de manteaux de fourrure, sous le grand soleil de la Méditerranée. Un septième, peint uniquement d'énormes marguerites jaunes, était monté par la plus belle des filles, la seule qui eût autour des os

de la chair savoureuse. Elle portait un manteau ample et
court, fait de bandes horizontales de renard blanc et de
renard bleu pâle. Sa longue perruque bleue était couronnée de marguerites blanches.

Bêtes et mannequins composaient, sur un fond de
pinède surmonté d'azur impeccable, un groupe insolite-
ment beau, devant lequel un photographe se déplaçait et
s'agitait comme une mouche à laquelle on a coupé une
aile. Courbé sur son appareil, il visait l'univers par morceaux, appuyait — clic ! — en emprisonnait une tranche,
courait plus loin, plus près, à gauche, à droite, s'age-
nouillait, se relevait, criait :

— Soura, nom de Dieu ! Tu me le tiens, ce canasson,
oui ou merde ?

Soura, dont le cheval agitait la tête, répondit merde
avec l'accent anglais, caressa le cheval, lui flatta les
naseaux.

— *Quiet ! Quiet !... Be quiet !... You're beautiful !*
Elle l'embrassa sur les lèvres.

Clic !

— Tu te dépêches un peu ? On crève, sous ces ma-
chins !

C'était une rousse qui protestait, aux boucles courtes
flamboyantes piquées de trois boules d'hortensias pas
mûrs, d'un vert qui commençait à tourner au rose évanoui. Ses yeux étaient peints en vert gazon jusqu'au
milieu des tempes. D'une main elle tenait la bride d'un
cheval-jardin, de l'autre elle fermait sur elle un manteau
de vison d'une teinte coq-de-cuivre sous lequel elle était
nue.

— C'est ton métier de crever ! Colle-toi à ton canard !
Et souris ! Un peu de sexe, bon Dieu ! Comme si c'était
ton mâle !

Il y eut quelques ricanements, car Edith-la-Rousse
appréciait peu les mâles.

— Il pue, cette vache ! dit-elle, il sent le cheval !

Elle se colla contre lui et lui fit un sourire éblouissant,
de profil, juste sous son œil.

Clic !

Marss surveillait les opérations du volant de son véhi-

cule qui ressemblait à rien et qu'il avait baptisé Bob. Il
l'avait fait fabriquer pour se déplacer dans sa propriété.
C'était une sorte de deux-tiers de jeep, à quatre moteurs
électriques sur les quatre roues. Cela passait partout en
bourdonnant comme une abeille, et pouvait tourner sur
place car les quatre roues étaient directrices. Il y avait
un siège devant le volant, et un autre qui lui tournait le
dos.

Pour qu'il fût en harmonie avec sa collection qu'il
était en train de faire photographier pour *Vogue* et
Harper's Bazaar, Marss l'avait fait peindre la semaine
précédente couleur fleur-d'iris-écrasée-dans-la-crème. Il
portait un slip de bain assorti brodé d'un épi de maïs
vertical à la place du sexe. Sa peau était couleur de
cigare, y compris celle de son crâne qu'on apercevait
sous la brume blonde de ses cheveux légers et rares. Il
essayait de se maintenir en forme par la natation, l'équi-
tation, les massages, le sauna, mais sa musculature
s'enveloppait de plus en plus, et son épi de blé pointait
sous une brioche qu'il déclarait due à l'eau gazeuse, bien
qu'il bût son whisky toujours sec.

Assis sur le siège qui lui tournait le dos, Florent, dit
Flo, le modéliste créateur de la collection, se rongeait les
ongles d'angoisse en regardant son œuvre, et de temps
en temps trépignait.

— C'est pas mal, tout ça, dit Marss.

Il avait une voix très basse, nonchalante et fatiguée.

— ... C'est pas mal, mais ça manque d'actualité...

Flo, bouleversé, se tourna vers lui.

— Quoi ? Quoi ? Quoi ? Qu'est-ce que tu veux
dire ?

— Je veux dire : ça manque d'actualité, répéta Marss
très paisiblement. Avec ce qui vient de se passer à
Paris, le style fleuri, c'est complètement dépassé... Tes
chevaux peints, il y a deux mois, c'était génial, aujour-
d'hui, c'est plus vieux que des vieilles tantes...

— Ooooooh !...

Flo poussa un long gémissement et sauta à terre.

— Tu me dis ça à moi ! A moi !...

— A qui veux-tu que je le dise ! C'est toi qui penses,

non ? Eh bien, tu penses en retard... Tu aurais dû aller faire un tour sur les barricades...

L'assistant de Flo, un adolescent blond au tendre visage, soigné des pieds à la tête comme la vierge destinée au sultan, regardait, bouleversé, déchiré, son maître désemparé s'approcher vertigineusement de la crise de nerfs. Il vola à son secours.

— Si on leur mettait un drapeau rouge ? suggéra-t-il ?

Marss, étonné, se tourna vers lui.

— ... Je veux dire... Aux chevaux... un drapeau rouge au derrière... ou deux ou trois, comme ça, une gerbe... sur leur gros cul...

— C'est ça, dit Marss, pour foutre la frousse à tous mes acheteurs américains !...

Il se tourna de nouveau vers Flo.

— Il est complètement con, ton bonhomme...

— Martine ! Qu'est-ce qui te prend ? criait le photographe. Ça ne va pas, non ?

Au centre du groupe, la fille à cheval sur les marguerites avait abandonné la pose et, appuyée des deux mains sur son cheval, se tournait carrément vers Marss, la bouche à demi ouverte de stupéfaction et de crainte. Son manteau s'était ouvert, dévoilant un soutien-gorge et un slip minuscules, de dentelle rouille. Elle eut tout à coup un frisson et, des deux mains, referma son manteau jusqu'au col.

Marss fit un demi-tour sur son siège pour regarder derrière lui qui regardait Martine. Il vit Olivier. Martine regardait Olivier. Olivier regardait Martine.

Marss fronça les sourcils, descendit et s'approcha d'Olivier :

— Qu'est-ce que vous faites ici ? C'est une propriété privée !

— Excusez-moi, dit Olivier sans s'émouvoir. Je suis venu voir Martine...

— Vous la connaissez ?...

Olivier eut un petit sourire presque triste.

— On se connaît depuis longtemps, mais on ne se voit pas souvent...

— Qui êtes-vous ?

Le cheval de Martine arriva au galop et s'arrêta pile. Sa croupe bouscula Marss qui se cramponna au pare-brise de Bob. Martine se pencha et tendit une main vers Olivier.

— Viens ! Monte !... Ne reste pas ici ! Tu déranges tout le monde !...

Il sauta, elle le tira, il rampa sur le dos du cheval-marguerites, réussit à poser une jambe, se trouva à cali-fourchon entre Martine et le col du cheval, et, s'il faisait face à l'avant, c'était bien par miracle.

Elle frappa de ses talons nus un pétale du côté droit, du côté gauche le cœur d'une fleur.

— Hue !...

Le cheval partit au petit trot. Marss, appuyé à Bob, n'avait pas dit un mot. Il regarda la fille et le garçon sur la bête s'éloigner vers l'autre extrémité de la plage, rapetisser sur le sable d'or. Ce sable lui avait coûté très cher. Il l'avait fait venir d'une île du Pacifique. Un plein cargo. Il n'y avait pas une autre plage aussi radieuse dans tout le monde occidental.

Il fit le tour de Bob et se retrouva près de Flo.

— C'est fini pour aujourd'hui, dit-il. Tâche de trouver une idée pour demain.

Au moment où il allait remonter sur son véhicule Soura s'approcha de lui. Elle était maigre comme une arête. Elle portait un manteau à damiers roux et blancs. Chaque carré avait vingt centimètres de côté. Les blancs étaient de l'hermine, les roux de l'hermine teinte. Elle était coiffée d'une perruque blanche qui encadrait son visage maquillé en ocre rouge, traversé par d'immenses yeux verdâtres. Elle pointa un doigt prolongé d'un ongle démesuré vers le bucéphale qui disparaissait au bout de la plage derrière un chapelet de rochers importés d'un haut plateau d'Espagne, puis reporta sa main derrière la tête de Marss, en écartant l'index et le médium en forme de cornes.

— You !... Coucou ! dit-elle.

— Possible, répondit Marss paisiblement.

21

ELLE lui avait dit cent fois qu'elle ne voulait pas qu'il vînt la voir dans son travail, elle lui avait interdit de se faire connaître de ses photographes ou de ses relations professionnelles. Elle exerçait un métier terrible. La marchandise qu'elle vendait, c'était l'apparence de son visage et de son corps. Depuis vingt ans elle avait appris à les mettre de mieux en mieux en valeur. Depuis plus de dix ans déjà elle se battait quotidiennement contre l'âge, pour l'empêcher de mordre sa chair et sa peau. Au prix d'un effort sans défaillance et chaque jour accru, elle réussissait à rester incroyablement plus jeune qu'elle ne l'était. C'était l'apparence. Le temps avait malgré tout creusé à l'intérieur d'elle-même, comme dans chaque vivant, ses petits tunnels, ses demeures multiples et minuscules qui finiraient, inexorablement, par se rejoindre pour constituer l'énorme caverne dont le plafond un jour s'effondre. Elle avait pleine conscience de la fragilité de son équilibre. Elle était ce qu'elle paraissait, et ce qu'elle paraissait pouvait tout à coup apparaître sinistrement différent. La concurrence, dans son métier, était atroce. Une multitude de filles jeunes, maigres, affamées comme des sauterelles, se battaient pour le moindre cliché avec une férocité farouche, sans pitié, que le monde des mâles ne peut même pas imaginer. Si cela n'avait été contraire aux usages et réprimé par la loi, chacune d'elles eût avec délectation coupé en morceaux toutes les autres, sans cesser de sourire aux

photographes. Si ces filles apprenaient que la jeune, la
superbe Martine avait un fils de leur âge, elles hurle-
raient de triomphe, lui inventeraient des rides partout,
des seins flétris et des fesses pendant jusqu'aux talons.
En une seconde, elle deviendrait la vieille, la chauve,
l'édentée, la fossile. Elles la piétineraient à mort et tasse-
raient son cadavre dans la poubelle.

— Elles sont si vaches que ça ? demanda Olivier.

— Vaches ? dit Martine. Tu veux dire des crocodiles !... Et encore... A côté d'elles, les crocodiles, c'est
des petits chats... Enfin, **tu es venu**... Le tout, c'est qu'on
sache pas qui tu es.

Elle ne lui en voulait pas. Elle n'en avait jamais voulu
à personne, pas même à la vie, qui lui avait pourtant
joué quelques tours. Et la première peur passée, elle était
heureuse d'avoir son fils entre ses bras. Elle tenait les
rênes, les bras allongés de chaque côté de la taille d'Olivier. Le cheval marchait au pas, dans dix centimètres
d'eau, parallèlement à la plage. Chaque coup de sabot
faisait jaillir de la mer une gerbe de lumière, qui écla-
boussait les pieds nus de Martine et les chaussures érein-
tées d'Olivier. Ce dernier avait chaud. Il avait posé son
blouson sur le cou du cheval, en travers. Le manteau de
Martine s'était ouvert et ses bras et les pans du manteau
encadraient Olivier et le serraient contre elle comme au
fond d'un nid.

Elle sentait le corps de son garçon contre le sien
comme elle ne l'avait jamais senti, même lorsqu'il était
tout petit. Il pesait sur sa poitrine, elle sentait la peau de
son dos contre la peau nue de son ventre, à travers la
chemise trempée de sueur, elle recevait l'odeur de sa
transpiration mêlée à l'odeur du cheval dont la large
échine lui ouvrait les cuisses comme pour un accouche-
ment. Le soleil lui brûlait le visage sous les fards et la
baignait sous la fourrure d'une sueur qui se mêlait à
celle de son enfant. Il était mouillé d'elle, comme s'il
venait de sortir d'elle, avec encore les pieds dans son
ventre.

Elle n'avait jamais connu cela. Elle n'avait pas voulu
souffrir, elle avait accouché sous anesthésie. En se

réveillant, elle s'était trouvée mère d'une petite chose laide et grinçante qu'elle n'avait pas poussée hors d'elle de toutes les forces de sa chair pour la faire gicler dans ıa vie, qu'elle n'avait pas recueillie, petite larve si atrocement écorchée d'elle, dans l'abri immédiat de ses bras en corbeille, sur son ventre épuisé, dans la chaleur de son amour inépuisable. Il était né sans elle, pendant qu'elle n'était pas là. Quand elle était revenue, on lui avait dit « c'est un garçon », et on lui avait montré une grimace saucissonnée dans du linge blanc. On les avait présentés l'un à l'autre comme deux étrangers destinés à cohabiter pendant une croisière dont on ne connaît ni la durée ni la destination. Elle s'était rendormie, soulagée, puisque l'événement était inévitable, que cela fût terminé, déçue d'avoir fait quelque chose d'aussi misérablement laid.

Lui, on l'avait couché dans du linge rêche et aseptisé. Il avait continué de pleurer, tournant à gauche et à droite sa petite grimace tiède encore imbibée des eaux intérieures, cherchant avec un désespoir de noyé quelque chose qui était la bouée vers la vie, quelque chose de chaud dans le monde glacé, quelque chose de tendre et de doux dans ce monde écorcheur, une source dans ce monde desséché.

Mais ce qu'il cherchait sans le connaître, il ne le trouverait jamais. Sa mère dormait, on lui avait bandé les seins dans une camisole de toile raide très serrée, pour lui faire passer le lait. On avait présenté à la bouche du petit grimaceur avide un objet mou qui sentait une odeur morte et contenait un liquide indifférent. Il l'avait refusé avec colère, dérobant son petit visage plissé, serrant ses lèvres jusqu'à ce qu'un hurlement de rage les rouvrît. On y avait alors introduit la tétine, l'eau sucrée avait coulé sur sa langue, qu'un réflexe venu du fond de l'éternité avait aussitôt arrondie en gouttière et collée autour du caoutchouc. Il avait cessé de pleurer, il avait bu, il s'était endormi.

22

ILS étaient assis sous un pin parasol dont l'ombre et le parfum rejoignaient la mer.

Le cheval, énervé par la peinture qui lui collait les poils, se vautrait dans l'eau, les pattes en l'air. Il se redressa d'un bond, s'ébroua, hennit de plaisir, et partit au petit trot vers des gazons et des massifs de fleurs tentateurs, les flancs dégoulinants de marguerites fondantes.

Martine avait ôté sa perruque et son manteau. Après tout, on était dans le Midi, et entre slip-soutien-gorge et bikini, quelle différence ? Et il faisait vraiment trop chaud... Elle avait ramassé de longues aiguilles de pin et les tressait machinalement en écoutant Olivier se justifier de sa venue et en donner les raisons. Quand on a des gosses, il faut s'attendre à des tuiles, un jour ou l'autre. Elle eut tout à coup une vague de peur et posa la même question que la grand-mère :

— Tu l'as pas tué, au moins !

Olivier fit la même réponse. Elle eut un geste d'insouciance.

— Ça se tassera, tout ça... Y aura sûrement une amnistie... Tu as qu'à te reposer quelque temps sur la côte, puis tu pourras rentrer à Paris...

Tranquillement, il répondit :

— Jamais...

— Jamais ?...

Elle était étonnée, et un peu irritée. Qu'est-ce qu'il allait encore chercher ?

— Les bouchers ! les flics ! les profs ! les syndicats !
les salauds ! les cons ! j'en ai marre ! je fous le
camp !...

— Tu sais, dit-elle avec sagesse, où que tu ailles, des
salauds et des cons, tu en trouveras une bonne
récolte...

— Possible, mais je veux plus être le crétin et le cocu
au milieu d'eux... Tu vois, tu me connais... Enfin je ne
sais pas... peut-être tu me connais... peut-être pas... mais
tu sais que je mens jamais...

— Je sais...

— Je peux pas mentir... je peux pas... Même si on
devait me couper la tête je peux pas... C'est la grand-
mère qui m'a appris ça... Elle me disait : « Le mensonge,
c'est dégoûtant. » Et quand je lui mentais, même pas
plus gros que ça, au lieu de me punir, elle me regardait
comme si j'avais été un bout de tripe pourri. Elle m'évi-
tait dans l'appartement, elle se tenait à l'écart de moi,
dès que j'arrivais dans une pièce elle allait dans une
autre en rasant les murs loin de moi, elle se bouchait pas
le nez, mais rien qu'à voir sa figure, je savais que je
puais. Et quand je me jetais vers elle pour lui demander
pardon, elle tendait les bras pour me tenir à l'écart, elle
me disait : « Va d'abord te laver ! Savonne-toi ! Et
frotte !... »

Martine souriait, un peu attendrie. Elle dit doucement :

— C'est quelqu'un, la grand-mère !...

— Elle se fait vieille, dit Olivier. Pense à elle quand je
serai parti, va la voir, la laisse pas trop longtemps
seule...

— Partir ? Où tu veux partir ?...

— Ecoute... Tout ce blabla sur le mensonge, c'était
pour te dire que je suis devenu comme la grand-mère, le
mensonge, je peux pas le supporter, il pue, il me fait
vomir... Et toute votre société, c'est rien qu'une montagne de mensonges, une montagne de charognes pour-
ries habitée par des asticots. Les hommes politiques
mentent ! Tous ! De la droite à la gauche ! Les curés
mentent ! Les savants mentent ! Les marchands

mentent ! Les écrivains mentent ! Les profs vomissent tous les mensonges qu'ils ont avalés quand ils étaient élèves. Même les filles et les garçons de mon âge mentent, parce que s'ils se voyaient comme ils sont ils tomberaient raides morts. J'ai cru qu'on allait pouvoir changer tout ça, je te jure ! J'y ai cru ! J'ai pensé qu'on allait pouvoir passer tous les asticots au lance-flammes, et recommencer une société avec des hommes et des femmes libres ! vrais ! avec de l'amour ! et de la vérité ! Je te jure, j'y ai cru !...

— Tu es complètement fou, dit Martine. La vérité, quelle vérité ? Il faut bien s'arranger, si on veut vivre !...

— Il n'est pas indispensable de vivre, dit Olivier.

— Oh ! dit Martine, voilà les grands mots... Et où c'est que tu espères trouver un coin sans mensonge ?

— Nulle part, dit Olivier. Je sais que ça n'existe pas... Mais je sais un endroit où je peux prendre un tas de fric ! Je vais aller le chercher et je vais le semer pour en récolter un tas encore plus gros. Je serai plus vache que les plus vaches et plus salaud que le pire salaud ! Et sans arrêter de dire la vérité ! Ça fera crever un tas d'asticots autour de moi. Et quand je serai milliardaire, je gueulerai la vérité si fort qu'il faudra bien que le monde change, ou qu'il crève.

— Tu me fais rigoler avec ta vérité, dit Martine Qu'est-ce que ça veut dire ? Ça n'existe pas !...

— Si ! Ça existe ! dit Olivier, et c'est pas compliqué... C'est le contraire du mensonge.

23

ASSIS dans Bob, à demi dissimulé derrière le tronc d'un tilleul fleuri qui bourdonnait d'un peuple d'abeilles, Marss regardait à la jumelle Martine et Olivier. Il vit Martine se reculer pour mieux s'adosser au fût rose du pin, puis passer son bras autour des épaules du garçon, et l'attirer doucement vers elle jusqu'à ce qu'il fût allongé de tout son long, la tête reposant sur ses cuisses. Il voyait remuer les lèvres de l'un et de l'autre, et enrageait de ne pas entendre un mot de ce qu'ils disaient.

— Mon gros bébé, dit Martine, où comptes-tu le trouver, ton tas de fric ? Tiens, c'est joli : « ton-tas-de-fric ». Tu te rappelles quand tu étais petit, que je te racontais : un-tas-de-riz, un tas-de-rats, le tas-de-riz tenta-le-tas-de-rats, le tas-de-rats-tenté tâta-le-tas-de-riz ?

— Tu m'as jamais raconté ça ! dit Olivier. C'est la grand-mère...

Martine soupira.

— Tu crois ?

— Tu parles !

— C'est peut-être vrai... Elle me le racontait à moi aussi quand j'étais gamine, ça me fascinait.

Olivier se sentit envahi par une vague de tendresse. Il voyait de bas en haut le visage de sa mère, avec les petits trous de son nez entre ses grands yeux peints en bleu jusqu'à ses cheveux. Elle avait l'air d'une petite fille qui a joué avec les bâtons de maquillage de sa mère.

— Tu es belle, lui dit-il. Tu es plus belle que toutes ces putes. Pourquoi tu as peur d'elles ?

Elle lui caressa doucement le front, rejetant en arrière les petites boucles de ses cheveux humides de sueur. Elle avait failli ne pas le reconnaître avec ses cheveux courts. Il se les était coupés lui-même avant de quitter Paris, à cause des flics. Il était très beau comme ça, plus dur, plus homme.

— Tu es gentil, dit-elle, mais tu es bête... Je serais dix fois plus belle que j'aurais toujours... tu vois, j'ose même pas me dire mon âge à moi à haute voix, j'ose même plus le penser... Pour les filles de vingt ans, si elles le savaient, je serais plus qu'une vieille carcasse... Comme une de ces bagnoles, tu sais, qu'on voit des fois au bord d'une route, dans le fossé, tout éventrée, on lui a fauché ses roues, son moteur, ses banquettes, même le rétroviseur. Elle est plus bonne qu'à devenir un tas de rouille.

Elle rejeta l'horreur du tableau, rappela à elle tout son optimisme.

— Bon ! C'est pas pour demain ! Alors, ce tas de fric ? Ça m'intéresse, moi ! Où tu vas le dénicher ?

Olivier cracha une épine de pin amère qu'il était en train de mâchouiller.

— Tout simplement dans les poches de ton mari !
— Ton père ?
— Il paraît...
— Dis donc, toi !... Voyou !
— Pardonne-moi... Je veux dire, il paraît que j'ai un père, quelque part dans le monde...
— Je sais même pas où il est...
— Moi, je le sais...

Marss était de plus en plus furieux de ne rien entendre. Qu'est-ce qu'ils pouvaient bien se dire ? Qui était ce petit gigolo ? Ces filles, elles sont toutes pareilles, dès qu'il y a un jeune qui se présente, avec sa petite gueule fraîche et sa queue dure, elles deviennent folles ! leur ventre n'est plus qu'un aspirateur !...

Par réflexe, en pensant au jeune garçon, il gonfla sa poitrine et rentra sa brioche. Il transpirait, il se sentait vieux, laid et mou. C'était une erreur masochiste due à sa trop grande fortune. Il ne croyait pas qu'il lui fût

possible d'être — non pas aimé, l'amour laissons ça aux
lectrices de *France-Dimanche* — mais, au moins, désiré
ou même supporté agréablement par une femme. Il pensait qu'elles en voulaient toutes, et uniquement, aux
miettes de ses milliards. Il n'avait pas tort. Sauf en ce
qui concernait Martine. C'était une fille de bon cœur,
elle éprouvait pour lui une grande affection, et beaucoup
de plaisir à partager son lit. Il avait un visage d'homme
du Nord, aux lignes nettes, et un grand corps solide, un
peu lourd, mais beau. Elle aimait le caresser, poser sa
tête sur le coffre de sa poitrine puis faire basculer sur
elle tout ce grand poids qui devenait alors doux, violent,
souple et chaud comme une bête sauvage un peu lasse.
Si elle avait dû le perdre, elle en aurait non seulement
éprouvé de l'ennui, parce qu'il était la sécurité, le port
bien abrité dans lequel elle s'était amarrée, mais elle
aurait eu de la peine. Vraiment. Et plus encore que des
filles, c'était de lui qu'elle craignait qu'il apprît son âge.
Elle était certaine qu'il eût immédiatement éprouvé un
réflexe de recul peut-être même de répulsion. Il lorgnait
volontiers vers les gamines...

Sans croire tout à fait à l'affection de Martine, Marss
sentait confusément qu'elle n'était pas comme les autres.
Elle avait l'œil moins polarisé vers les devantures des
bijoutiers, ils passaient parfois des moments ensemble,
allongés au soleil ou à l'ombre, sans désir, sans calculs,
silencieux, seulement bien d'être ensemble. Avant d'avoir
Martine auprès de lui, il n'avait jamais connu un tel
désarmement, toujours sur ses gardes, même entre les
draps. C'était à cause de cela, et de certaines joies spon-
tanément partagées, certains éclats de rire fusant en
même temps, que sa liaison avec elle durait plus
qu'aucune autre n'avait duré, même avec des filles plus
belles. C'était à cause de cela que la brusque apparition
de ce jeune voyou et l'image dans sa lunette de son
intimité avec Martine lui mordaient intérieurement la
poitrine d'une espèce de rage de cœur qu'il n'avait, elle
non plus, jamais connue auparavant.

— Mais qu'est-ce qu'ils peuvent bien se raconter ? Il
la pelote même pas !

Brusquement, il pensa qu'il avait quelque part un micro directionnel, sur ampli, long comme un télescope, avec lequel il pouvait entendre péter une mouche à un kilomètre. Il appuya à fond sur le démarreur, Bob fit un tourbillon autour de l'arbre et grimpa vers la villa. Le micro devait être quelque part dans un placard.

— J'ai lu un article sur lui dans *Adam,* dit Olivier. Une dizaine de pages de photos en couleurs. Il est à Katmandou, dans le Népal, il organise des chasses au tigre pour les milliardaires...

— Le Népal ? Où c'est ça ?

— Au nord de l'Inde, juste au pied de l'Himalaya. Il les emmène aussi chasser le yéti ! Les cloches !

— Quel type ! dit Martine avec un peu de nostalgie.

— Il a des sherpas, des tas d'éléphants, des jeeps, des camions, c'est un truc sur une grande échelle, une vraie usine. Ils donnaient les tarifs de son hôtel dans la forêt. *Rien que l'hôtel :* 80 dollars par jour et par personne !

— Ça fait combien ?

— 40 000 balles !

— Merde !

— Alors les éléphants, les jeeps, les rabatteurs, tout le bazar, tu te rends compte de ce qu'il doit leur piquer ?

— Oui ! Qu'est-ce qu'il doit se mettre dans les poches ! dit Martine. Et dire qu'il m'a jamais donné un sou, le salaud !

Elle éprouvait plutôt de l'admiration que de l'amertume. Olivier s'en aperçut. Il demanda :

— Tu l'aimes encore ?...

— Qu'est-ce que tu vas chercher ? C'était un marrant, quoi... On s'entendait bien, on était jeunes tous les deux... Surtout moi !... Alors on faisait guère attention... Alors tu es arrivé !... Tu sais comment c'est, d'abord on y croit pas... Ça paraît pas possible... Dans les romans et au cinéma, ils font l'amour sans arrêt et les filles sont jamais enceintes !... Tous les romanciers qui écrivent des trucs comme ça, et les metteurs en scène, on devrait les faire cotiser pour les filles mères. Tu imagines pas ce qu'y en a, des gamines qui se font prendre à cause d'eux ! L'amour, l'amour, et jamais de gosses ! C'est

beau, les livres ! les vaches ! Y avait pas la pilule, à cette
époque ! Moi, j'ai pas voulu t'avorter. Lui non plus,
d'ailleurs. Et il a pas essayé de me plaquer, il est honnête, il m'a dit : « On se marie pour qu'il ait un nom, et
après sa naissance, on divorce. Tous les torts pour moi,
je te verse une pension pour élever le gosse, et chacun
reste libre. D'accord ? » J'ai dit d'accord, de toute façon,
c'était bon pour rigoler, il était pas sérieux. C'était pas
un mari...

Olivier se redressa sur un coude. Il demanda :

— Cette pension, il te l'a versée combien de temps ?

— Six mois... Peut-être un peu plus, remarque...
Enfin, en tout cas, moins d'un an, ça j'en suis sûre !...
Après, il est parti pour Madagascar, puis j'ai reçu une
carte de Noël du Venezuela, des années après, et maintenant, il est... Où c'est qu'il est, tu dis ?...

— Au Népal...

— Ça alors !... Aller dans un bled pareil, c'est bien de
lui !

— Pourquoi tu l'as pas poursuivi devant les tribu-
naux ?

— Il aurait fallu l'attraper ! Et puis, j'allais pas faire
mettre ton père en prison !...

Ce qu'elle n'ajouta pas, parce qu'elle ne s'en rendait
même pas compte, c'est qu'il lui avait paru tout naturel
qu'il l'oubliât comme elle l'avait oublié. C'était une histoire sans importance, comme une partie de marelle. On
ne reste jamais prisonnière dans l'enfer ou le paradis. On
saute par-dessus, et on retombe sur ses deux pieds.

Maintenant, parce qu'Olivier venait de parler de lui,
elle se souvenait, et elle s'attendrissait, pas trop, un peu,
parce que c'était si loin, et qu'elle était si jeune.

— Tu es pas chic, dit-elle, tu aurais dû m'apporter
cette revue... Il a beaucoup changé ?

— Il paraît plutôt plus jeune que sur les photos de
l'album de la grand-mère. C'est vrai que dans la revue il
était en couleurs... Il y avait un grand portrait en pleine
page, sur un éléphant, dans une espèce de tenue de
chasse comme un uniforme, avec des galons d'or par-

tout, tête nue, un fusil à la main, il souriait, il a des dents blanches, il avait l'air d'un fils de roi !

— Oui... soupira Martine, il était beau...

En parlant du fils de roi qui était son père, Olivier avait baissé la voix comme lorsqu'on essaie de raconter un rêve. Un père si beau, si jeune, sur un éléphant, dans un pays fabuleux...

Il serra les dents, rappela sa vieille rancune.

— Rien que le prix de son fusil aurait fait vivre la gram' pendant trois ans ! dit-il. La pension, je te jure qu'il va la , payer ! et avec les arriérés !... J'ai fait les comptes : avec les intérêts, ça fait trente millions !...

— Quoi ? dit Martine. Tu es fou ?

— Non, j'ai arrondi, mais pas tellement.

— Ça alors... Ça alors !...

Elle était effarée. L'argent lui passait entre les mains, n'y restait jamais. Additionner des sommes, celles qu'elle recevait ou ne recevait pas, était aussi éloigné de ses possibilités mentales que de celles d'une fleur de pommier.

— Je vais le trouver, dit Olivier, je lui présente la facture, et je t'en envoie la moitié dans une Cadillac !

— Idiot, dit Martine, il te restera rien !...

Ils se mirent à rire tous les deux, elle l'embrassa et il s'allongea de nouveau, la tête sur le doux coussin chaud des cuisses maternelles.

— T'en fais pas, dit-il, il m'en restera assez pour commencer. J'irai au Canada, ou au Brésil. Ce qu'il faut, pour devenir riche, c'est avoir un bon petit paquet pour démarrer, et ne plus penser qu'à l'argent, l'argent ! l'argent !... Puisqu'il y a que l'argent qui compte !

— Gros bébé ! dit-elle. Et pour aller jusque chez ton père, qui te paiera le voyage ?

Il tourna un peu le visage vers la tête de sa mère, plissa les paupières parce qu'un brin de soleil lui visait un œil entre les branches du pin.

— Toi ! dit-il avec innocence.

Elle sourit et hocha la tête.

— Moi ! Tout simplement !... Ça doit coûter au moins un million... Où veux-tu que je le prenne ?

— Ça coûte pas si cher, dit Olivier, mais c'est à peu près ce qu'il me faudrait pour que je sois tranquille. Tu trouveras bien quelqu'un qui te fera confiance ? C'est un emprunt à court terme. Propose-leur dix pour cent d'intérêts en trois semaines...

Elle soupira.

— Tu as l'air aussi fort que moi en affaires... Tu crois que les gens prêtent une brique comme ça, sans garantie ?... Tu es joli, tiens ? Si tu te voyais !...

Il avait des traces de fard partout. Elle avait fondu sur lui quand elle l'avait embrassé. Du blanc, du bleu, du vert, une trace de rouge sur la tempe droite...

— Tu as l'air d'un clown !... Tu as un mouchoir ?

Il ne répondit pas, s'essuya le visage avec la main, mélangeant et étalant les couleurs.

Elle tendit le bras vers le blouson posé près du manteau, fouilla dans les poches, en tira un mouchoir, et se mit à essuyer soigneusement le visage d'Olivier, qui fermait les yeux et s'abandonnait à la douceur de la caresse, de la chaleur de l'après-midi dans l'odeur du pin, de la voix maternelle si désirée depuis sa naissance, si rarement entendue.

Elle lui parlait doucement, gravement, à peine plus fort que le calme bruit de la mer.

— Millions ou pas millions, tu veux vraiment aller voir ton père ?...

Il ne rouvrit pas les yeux, il sembla avaler la question avec sa peau, attendre qu'elle eût atteint le plus profond de lui-même, et laissa la réponse remonter à ses lèvres, sans éclat...

— Je veux le faire payer...

— Tu veux le voir ?...

Il y eut encore un silence, puis il répondit doucement :

— Oui...

Elle jeta le mouchoir mouillé de sueur et d'arc-en-ciel.

— Bon... Je pense que je trouverai l'argent du voyage.

Il sourit, sans rouvrir les yeux.

— Merci...

Elle posa de nouveau sa main sur les boucles qui ourlaient ce front têtu, ce front tout neuf, les caressa doucement, d'un doigt l'autre. Elles étaient comme de la soie. Et de son corps naquit tout seul, sans qu'elle s'en rendît compte, le mouvement instinctif qui berce l'enfant posé sur la mère. Ses cuisses bougeaient doucement, berçaient la tête dorée de l'homme-enfant enfin trouvé.

Il faisait chaud. Trois cigales grinçaient dans un olivier proche. Les aiguilles de pin brûlées par le soleil exhalaient une odeur de résine. Olivier, les yeux clos, se laissait aller au lent balancement qui faisait à peine bouger sa tête abandonnée. Il sentait l'odeur du pin, l'odeur des fards, l'odeur du bord de l'eau salée qui séchait sur le sable à l'extrême limite de la mer endormie, l'odeur merveilleuse et calme composée de toutes ces odeurs et de l'odeur chaude de sa mère, l'odeur du bonheur unique, incomparable, d'un enfant qui va se rendormir sur la chair d'où il s'est éveillé.

— Je ne vous dérange pas, au moins? dit Marss.

Olivier se dressa d'un bond.

— Ne vous sauvez pas, je vous en prie !

Debout à quelques pas d'eux, immobile, Marss souriait. Il avait laissé Bob un peu plus loin. Il s'était approché à pied, avec précautions. Il avait trouvé le fameux microphone et, du haut de la colline, l'avait braqué sur le couple, le casque aux oreilles. Il avait entendu des tonnerres et des rugissements, la terre craquer et le ciel crouler, et une mouette barrir comme un éléphant. Il avait arraché le casque juste avant d'avoir les tympans crevés jusqu'au fond du crâne.

Il avait jeté cette saloperie dans l'herbe. Des trucs de professionnels, toujours ! On ne peut jamais s'en servir sans payer toute une équipe ! Avec cotisations de sécurité sociale, caisse de retraite et congés payés ! Toujours payer ! Toujours ! Un tas de types qui ont besoin d'être quatre pour tourner les trois boutons d'un bidule. Merde !

Il était descendu de Bob et avait retrouvé la vieille

tactique qui consiste à s'approcher à pas de loup et à tendre l'oreille. Il n'avait rien entendu.

Mais il avait vu.

Martine se levait à son tour.

— Il se sauve pas !... Il a pas à se sauver !...

— Si tu nous présentais ?

— Monsieur Marss... Olivier...

— Olivier comment ?

Elle inventa vivement un nom avant qu'Olivier eût le temps de répondre.

— Olivier Bourdin.

Elle se rappela trop tard que c'était le nom de sa masseuse : Alice Bourdin... Mais peut-être Marss ne le connaissait-il pas. Tout le monde l'appelait par son prénom. Alice... Alice...

Marss ne tendit pas la main vers Olivier, et Olivier regardait Marss avec l'amabilité d'un chien prêt à mordre.

Marss lui sourit.

— Je donne une petite fête ce soir à la villa, dit-il. Vous me feriez plaisir si vous acceptiez d'être des nôtres.

Il ne lui laissa pas le temps de répondre, se tourna vers Martine :

— Nous allons manquer d'hommes...

Et il s'en alla à pas nonchalants et lourds, comme un ours que rien ne presse et à qui rien ne peut faire peur.

— Il ne faut pas que tu viennes ! dit Martine à voix basse.

— J'en ai pas la moindre envie, dit Olivier.

Marss, qui était à trente mètres, se retourna et cria :

— Ça m'ennuierait beaucoup qu'il ne vienne pas. Décide-le, Martine !

L A villa de Marss tenait à la fois du cloître et du palais florentin. Il en avait lui-même esquissé le plan général, qu'un architecte italien avait précisé. C'était avant tout un jardin méditerranéen, savamment sauvage, planté de cyprès et de massifs de plantes épaisses qui se gavaient de chaleur et de lumière pendant les heures de soleil, et la nuit exhalaient des parfums violents et doux. Quelques bassins chantaient sous des jets d'eau intermittents. Des statues du monde ancien, parmi les plus belles, achetées ou volées, exposaient, aux lumières amoureuses du soleil et de la lune qui les caressaient depuis des millénaires, leur beauté parfois mutilée, d'autant plus belle, torse sans bras, nez brisé, sourire, bonheur, beauté, depuis trente siècles et pour combien encore ?

Toutes les fleurs et les herbes qui n'aimaient que la chaleur violente rampaient entre les pierres sèches, s'y cuisaient et s'y épanouissaient en voluptés de couleurs et d'odeurs.

La villa, sans étage, entourait le jardin, sur trois côtés, d'arcades sombres et fraîches formant une sorte de galerie à la lourdeur un peu romane. Les chambres ouvraient directement sur la galerie, par des portes aussi larges que les arcades. En appuyant sur des boutons, on pouvait fermer les portes, soit par une lourde glace, soit par une succession de rideaux de plus en plus épais. Mais, en général, les hôtes de Marss préféraient ne pas dresser d'obstacles entre eux et l'incroyable mélange des parfums du jardin de nuit.

Le quatrième côté du jardin était en partie fermé par un bâtiment dont le toit, couvert de thym et de plantes grasses fleuries, s'élevait à hauteur d'homme derrière une piscine aux parois de mosaïque d'or.

La piscine et le bâtiment s'enfonçaient ensemble en trois étages souterrains. Du côté opposé aux jardins, la colline descendait en pente assez vive, et les pièces de la maison y ouvraient des fenêtres aux formes imprévues, entre des rochers, des buissons, des racines d'olivier ou de chêne vert. On y entrait à chaque étage par une porte couleur de terre et de cailloux.

L'étage du haut comprenait les salles des petits jeux, billards électriques, fléchettes, tir à balle, tous les divertissements forains, et des bars-frigo dans tous les trous des murs. La piscine se prolongeait à l'intérieur, de sorte qu'on pouvait passer du dedans au dehors, et inversement, en plongeant sous le mur de mosaïque d'or. Au-dessous, la paroi intérieure de la piscine était en verre, jusqu'au bas du dernier étage qui était occupé par la chambre de Marss et ses dépendances.

Tous les murs de la maison étaient courbes et irréguliers, comme les abris naturels des bêtes : nids, gîtes ou cavernes. Quand on y pénétrait pour la première fois, on s'étonnait de s'y trouver si extraordinairement bien, et on comprenait alors ce qu'il y a d'artificiel et de monstrueux dans la ligne droite, qui fait des maisons des hommes des machines à blesser. Pour dormir, pour se reposer, pour aimer, pour être heureux, l'homme a besoin de se blottir. Il ne peut pas se blottir dans un coin ou contre un plan vertical. Il lui faut un creux. Même s'il le trouve au fond d'un lit ou d'un fauteuil, son regard rebondit comme une balle d'une surface plane à une autre, s'écorche à tous les angles, se coupe aux arêtes, ne se repose jamais. Leurs maisons condamnent les hommes à rester tendus, hostiles, à s'agiter, à sortir. Ils ne peuvent en aucun lieu, en aucun temps, faire leur trou pour y être en paix.

Entre les divertissements et l'étage personnel de

Marss, se situait l'étage des plaisirs. Vastes divans courbes épousant les formes des murs, électrophone avec disques de danse, de jazz, de musique classique et de gémissements de femmes en train de faire l'amour, cinéma allant de Laurel et Hardy à des films beaucoup plus intimes, projecteurs fixes de fleurs, de formes, de couleurs, qui transformaient les murs courbes en horizons étranges où surgissait parfois, inattendu, un pénis gigantesque en plein jaillissement, ou un sexe de femme écarlate, ouvert à deux mains. L'un ou l'autre, en général, faisait rire.

Sven, Jane, et Harold avaient dormi pendant les heures de la chaleur la plus accablante à l'ombre de la dernière hutte d'un village, une ombre étroite et qui tournait. Ils se réveillaient tout à coup parce que le soleil leur mordait les pieds ou le visage. Il n'y avait pas un arbre à perte de vue, vers tous les horizons.

Les habitants de la hutte leur avaient offert par gestes d'entrer à l'intérieur, où il faisait plus frais. Mais l'odeur qui y régnait était atroce. En souriant et saluant de leurs mains jointes, ils avaient fait comprendre qu'ils préféraient rester dehors. Au coucher du soleil, ils avaient pu acheter un peu de riz cuit et trois œufs, avant de se mettre en route. Ils avaient gobé les œufs crus. Ce n'était pas un village très pauvre, puisqu'il pouvait vendre trois œufs et trois poignées de riz. Mais pas assez riche cependant pour nourrir ses poules. Elles vivaient d'insectes, de brins d'herbe sèche, de poussière. Leurs œufs étaient gros comme des œufs de faisans.

Après avoir marché une partie de la nuit, ils étaient arrivés au bord d'une mare autour de laquelle s'écroulaient les huttes d'un ancien village dont les singes avaient chassé les habitants. Attirés par le point d'eau, ils s'étaient installés, d'abord sur les toits, avaient proliféré, volé les provisions des paysans, dévoré tout ce qui pouvait être mangé, et souillé ou détruit le reste.

Les villageois, à qui leur religion interdisait de se défendre contre les singes en les tuant ou les blessant, ou même en les frappant ou en leur faisant peur, avaient dû leur céder la place, s'en aller. Ils avaient fondé un autre village, dans la poussière, sans eau, assez loin pour que les singes trouvent le parcours trop long pour venir voler la nourriture. Les femmes du nouveau village venaient chercher_l'eau à la mare, avec une grande cruche, car cela leur faisait, aller et retour, près de vingt kilomètres, et elles ne pouvaient pas les parcourir deux fois par jour.

Quand Jane et ses deux compagnons arrivèrent, ils trouvèrent une petite communauté de hippies qui vivaient dans quelques huttes avec les singes, contre lesquels ils se défendaient mieux que les Indiens, mais sans violence. Avec le toit de paille d'une hutte écroulée, ils venaient d'allumer un petit feu au bord de la mare. Ils l'entretenaient brindille par brindille. Certains dormaient, le visage couvert de moustiques, insensibilisés par la marihuana. Un petit groupe rassemblé autour du feu minuscule discutait à courtes phrases, en demi-silence, de la musique, de l'amour, de Dieu, de rien. Ils se poussèrent un peu pour agrandir le cercle et faire place aux nouveaux venus.

A peine assis, Harold se donna des gifles sur les joues et sur le front.

— Saletés ! dit-il. On va pas rester là ! On va attraper la malaria !...

Sa voisine, en souriant, lui tendit une cigarette.

— *Smoke !... They don't like it.*

Sven toussait un peu.

Jane s'enveloppa le visage dans plusieurs tours d'un tulle très fin qu'elle avait acheté pour une piécette dans un marché. A la lueur intermittente du feu, elle avait l'air d'une étrange fleur blanche un peu dodue, ou d'un bouton gonflé prêt à s'ouvrir. Elle se protégea les mains et les poignets avec une couche de boue raclée au bord de la mare.

Sven n'était pas gêné par les moustiques. Ils ne s'attaquaient jamais à lui. Il posa sa guitare sur ses genoux.

— L'amour ! L'amour ! dit un garçon qui venait de Paris, vous me faites rigoler ! Qu'est-ce que c'est ? C'est l'envie de coucher, c'est tout.

Sven fit sonner doucement une série d'accords. Une famille de singes, sur un toit, se mit à piailler contre la musique, puis se tut. Il n'y eut plus dans le silence que le fin tissu croisé du vol des moustiques.

— Je raconte une histoire d'amour, dit Sven.

« Au printemps, un rossignol se pose sur un cerisier.

« Le cerisier dit au rossignol :

« Ouvre tes bourgeons, fleuris avec moi !... »

« Le rossignol dit au cerisier :

« Ouvre tes ailes, vole avec moi !... »

— Ils sont bien partis, tes mecs ! dit le garçon qui venait de Paris. Tous les paumés qui se marient sont pareils. Tous aussi bien assortis ! Casserole-cheval, poisson-raton, doigt de pied-bigoudi et chacun des deux pense qu'à friser l'autre ou à le faire entrer dans sa godasse !...

Sven, encore plus doucement, délivra un accord qui fit taire même les moustiques.

Sven dit :

— Je raconte la fin de l'histoire !

« Alors le rossignol ouvrit ses bourgeons et fleurit. Et le cerisier ouvrit ses ailes et s'envola en emportant le rossignol. »

Le garçon qui venait de Paris n'avait pas bien compris. Il demanda :

— Qu'est-ce que c'est ? Une fable ?

— C'est l'amour, dit Sven.

Dans le chant des moustiques revenu, ceux qui étaient encore capables de penser rêvaient, vaguement émerveillés, incrédules, à la puissance d'un amour qui donnait à un arbre le pouvoir de transformer en ailes ses racines.

Sven égrenait une petite mélodie, quelques notes, toujours les mêmes. Il dit :

— C'est rare...

Puis, encore un peu de musique, puis il dit encore :

— Avec Dieu, c'est aussi rare... C'est la même chose...

26

APRES la phrase que Marss leur avait jetée de trente
mètres, Martine était restée un moment saisie, regardant
dans la direction d'où arrivait encore le bruit de ses
pas.

Elle dit à voix basse à Olivier :

— Il va falloir que tu viennes ! C'est pas possible
autrement. Sans quoi, Dieu sait ce qu'il va croire !...

— Et qu'est-ce que ça peut faire, ce qu'il croit ? répliqua Olivier hargneux.

— Tu es idiot ? C'est mon patron, non ?... Ecoute, tu
viendras vers minuit, tu resteras un petit moment puis tu
diras que tu es fatigué et tu t'en iras... D'accord ?

Il arriva à minuit douze.

Le long de l'allée qui montait à la villa, des lampes
dissimulées dans les massifs guidaient discrètement les
pas vers la porte du 2ᵉ étage. Olivier la poussa et entra.
Il se trouva en haut de quelques marches de pierre qui
descendaient vers le plancher de teck. La voix d'une
chanteuse noire sanglotait un blues alcoolisé. Des
couples dansaient lentement, d'autres, étendus sur des
divans, sommeillaient, s'embrassaient ou se caressaient
sans grande conviction. Au milieu de la pièce, une
colonne en stuc rose était entourée d'un bar rond où
chacun pouvait se servir. Olivier pensa que c'était
sinistre et qu'il partirait le plus tôt possible. Près du mur
transparent de la piscine, un petit groupe riait, entourant
un homme aux yeux bandés qui essayait de reconnaître

une fille immobile en lui passant les mains sur le visage.
Dans le groupe se trouvait Marss. Il tenait un verre de la
main gauche et son bras droit était passé autour des
épaules de Martine.

Quand il les aperçut, Olivier qui était en train de
descendre les marches s'arrêta brusquement, et serra les
poings. Le porc !

— Oh ! *The baby !* cria une voix près de lui.

Soura, étendue sur un tapis au pied des marches, près
d'un verre et d'une bouteille de whisky, se leva, monta
rapidement vers Olivier et lui passa les bras autour du
cou.

— *I love you, darling ! You're beautiful !... Kiss
me !...*

Elle était vêtue d'une mini-robe de sequins de plastique multicolores sous laquelle, très visiblement, elle ne
portait rien. Elle était plus petite que lui, et une marche
plus bas. Elle se dressa sur la pointe des pieds pour
essayer de l'embrasser sur la bouche mais ne l'atteignit
pas. Il la regardait de haut comme si elle eût été un
mannequin de bois accroché à lui, embarrassant.

L'homme aux yeux bandés, maintenant, pelotait la
fille qui gloussait.

— Tais-toi ! dit Marss, tu ris comme un dindon ! Il va
te reconnaître !

— Mais il me chatouille !

— Tais-toi donc ! espèce de cruche !

La fille se mordit les lèvres et étouffa son rire. Mais
l'homme ne l'avait sans doute jamais écoutée parler ou
glousser.

— Je la connais pas, dit-il d'un air navré.

Il lui posa la main sur une cuisse et remonta en
retroussant la jupe.

— Tu es idiot, dit Marss, là où tu vas, elles sont
toutes pareilles !

Tout le petit groupe s'esclaffa. L'homme, dépité, prit
la fille dans ses bras et la baisa sur la bouche. Elle lui
rendit longuement son baiser. Il se dégagea et s'exclama
triomphant :

— C'est Muriel !

Marss lui arracha son bandeau.

— Bravo ! Elle est à toi !...

L'homme souleva Muriel et l'emporta vers une chambre.

— *You're not a good baby !* glapissait Soura. *Kiss me !... Kiss me !...*

Martine se retourna et vit Soura pendue au cou d'Olivier. Elle vint rapidement vers l'escalier, saisit Soura par les épaules et l'arracha d'Olivier.

— Fiche-lui la paix !

Soura, renvoyée vers son tapis, répondit des injures en anglais.

Martine prit la main d'Olivier et le conduisit vers Marss. Celui-ci, souriant, venait à leur rencontre. Il posa au passage, sur le bar, son verre vide, et en prit un plein. Dans l'autre main, il tenait le bandeau du colin-maillard.

DEUX heures plus tôt, dans sa chambre, elle lui avait demandé de lui prêter un million, dont elle avait un besoin urgent.

— Je le connais, ton besoin... Il s'appelle Olivier !

Silence de Martine.

— C'est bien pour lui ?

— Il te le rendra dans quelques semaines !... Il t'offre dix pour cent d'intérêts.

Marss éclata de rire.

— Dix pour cent pour remplir les poches de ton gigolo ! C'est la meilleure que j'aie jamais entendue !

Elle protesta violemment.

— J'ai l'âge d'avoir un gigolo, moi ?... Tu m'as regardée ? Pour qui tu me prends ? C'est un copain, c'est tout ! C'est pour partir en voyage, il doit aller chercher une grosse somme qu'on lui doit, mais il n'a pas l'argent du billet.

— On ne peut pas la lui envoyer, cette grosse somme ? Les chèques, ça s'envoie par la poste... Un timbre suffit, pas besoin d'un million...

— C'est impossible, je peux pas t'expliquer.

Il était étendu, tout nu, sur le drap de soie pourpre. L'autre drap, vert cru, pendait en bas du lit. Martine, assise devant la coiffeuse, en robe de chambre légère, se maquillait.

Il se leva et vint se camper derrière elle. Il la regarda dans le miroir.

— Jure-moi qu'il n'est rien pour toi, et je te donne cette brique.

Elle le vit, brun, massif, derrière elle, la dominant, exigeant, et elle comprit qu'à sa façon il l'aimait, autant qu'il était capable d'aimer dans sa méfiance universelle. Elle fut prise de panique à l'idée de le perdre. Mais elle ne pouvait pas jurer qu'Olivier n'était « rien » pour elle. Il était son fils...

Elle était trop superstitieuse pour faire un faux serment, même en croisant les doigts sous la table de la coiffeuse.

— J'aime pas jurer, tu le sais bien !... Tu as confiance, ou pas ?...

— Jure... Ou va-t'en...

Elle se leva et prit l'offensive.

— Tu es ignoble !... Je m'en vais !...

Elle ôta sa robe de chambre pour s'habiller, Marss la regarda. Elle était très belle. Il ne se fatiguait jamais de la regarder et de l'aimer. Il n'aurait pas voulu la perdre. Mais il ne voulait pas être trompé.

Elle s'habillait lentement, en faisant semblant de se hâter, espérant qu'il allait regretter, la retenir. Mais il restait debout, muet, sans la quitter des yeux, immobile et nu, comme une statue d'Hercule à la retraite et un peu trop nourri.

Les yeux de Martine s'emplirent de larmes. Ce fut au moment où elle croyait tout perdu qu'elle trouva l'inspiration. Elle vint se camper devant Marss, leva la tête et le regarda dans les yeux.

— Tu veux que je jure ?

— Oui...

— Et si je te jure un mensonge ?

— Je te connais, tu ne le feras pas...

— Si tu m'obliges à jurer, tu sais que ça va briser quelque chose entre nous... Si tu as pas confiance en moi, ça sera plus jamais pareil.

Il dit :

— Jure.

— Bon... Puisque tu le veux... Je te jure qu'il n'y a

jamais rien eu entre nous, et qu'il n'y aura jamais rien.
Ça te suffit?

Il fronça un peu les sourcils. Il faisait dans sa tête le
tour de la formule à la fois ambiguë et précise. Elle le
tranquillisait en partie, mais enveloppait la vérité au lieu
de la révéler. Et après tout, peut-être était-elle capable
de mentir en jurant, malgré ses superstitions enfantines.
Il fallait trouver une preuve, savoir, *savoir*.

— Ça va, dit-il.

— Tu me le donnes, ce million?

— On verra... Tout à l'heure...

QUATRE poissons énormes descendirent dans la piscine. Il y en avait un .out en or, sphérique, avec des
yeux bleus grands comme des assiettes; un noir pointu,
aigu comme un poignard, un rouge en forme de colima-
çon, avec des cornes lumineuses, un bleu pâle tout en
voiles, taché de grands pois orangés. Les poissons
s'ouvrirent et il en sortit quatre filles nues superbes, qui
nagèrent jusqu'à la paroi transparente, envoyèrent des
baisers aux invités de Marss, firent une culbute avec un
ensemble parfait, et collèrent leur derrière au mur de
verre.

Au bas des quatre lunes, il y avait un sexe noir, un
sexe roux, un sexe blond, un sexe châtain, fardés et
agrémentés de faux cils. Ils obtinrent un succès de fou
rire. Marss avait toujours des idées extraordinaires...

Les filles s'accouplèrent deux par deux et se laissèrent
remonter vers la surface en se caressant. Elles étaient au
bout de leur souffle et de leur numéro. Tout cela leur
était aussi égal que si on les avait payées pour faire les
pieds au mur en tenue d'entraînement olympique.

Olivier, les mâchoires crispées, se demandait dans quel
fumier il avait mis les pieds.

— Fais pas attention, lui dit Martine, c'est rien, c'est
des filles qui s'en foutent. Ça ou autre chose !...

Marss était arrivé auprès d'eux. Il souriait avec un
rien de férocité. Ses dents blanches bien soignées étaient
aussi neuves qu'à ses vingt ans.

— Eh bien ! dit-il, voilà notre jeunesse... Soif ?

Il lui tendit le verre de whisky. Olivier le prit par défi,
bien qu'il ne bût d'habitude que des jus de fruits.

— A vous de jouer, dit Marss. La fille que vous
reconnaîtrez avec vos mains sera à vous pour la nuit...

Il monta sur la marche derrière Olivier et entreprit de
lui nouer le foulard sur les yeux. Martine le lui
arracha.

— Laisse-le tranquille, c'est pas ses manières ! Il aime
pas ces trucs-là !...

— Qu'est-ce qu'il aime pas ? demanda Marss à voix
très haute. Toucher les filles ?... Ça lui plaît pas ? Il
préfère les garçons ?

— Tu es ignoble ! dit Martine.

Les invités regardaient Olivier en riant. Et les filles
riaient plus fort que les hommes. Olivier regardait les
unes et les autres, tout ce petit monde d'ordure dont il
avait vaguement entendu parler, mais dont il ne voulait
pas croire, dans la pureté de son cœur, qu'il existât
réellement.

Il souleva son verre et se tourna vers Marss pour le lui
jeter au visage.

— Je t'en prie ! supplia Martine.

Il se retourna vers elle, vit son visage tragique, exténué
sous le fard, imagina en une seconde tout ce qu'elle
avait dû accepter, pour lui, pour faire de lui ce qu'il était
aujourd'hui : un garçon neuf, de bonne santé morale et
physique, pur, exigeant et dur. Ce n'étaient évidemment
pas les ménages de la grand-mère qui avaient suffi à le
conduire où il était. C'était aussi, c'était surtout le sacrifice de sa mère. En réalité, il n'y avait de la part de
Martine aucun sacrifice. Elle aimait son métier, son
milieu. Tout ce qui se passait autour d'elle lui paraissait
habituel, banal. Et son visage anxieux n'exprimait que la
peur de perdre Marss.

Olivier pensa à son père mahàràjah sur son éléphant,
et une bile de haine lui monta jusqu'à la gorge. Il porta
son verre à ses lèvres et le vida.

Puis il tendit la main vers le foulard que tenait sa
mère.

Sept filles nues redescendirent dans la piscine et composèrent des combinaisons amoureuses. Ce n'était pas facile de se maintenir au fond dans ces positions absurdes en ayant l'air d'y prendre plaisir. C'était du sport. Elles s'entraînaient tous les jours.

29

L'ASSISTANCE faisait cercle autour d'Olivier. Cela avait commencé d'une façon banale, et puis c'était devenu tout à coup excitant. Qu'est-ce que ce salaud de Marss avait dans la tête ? Il avait d'abord poussé dans les bras d'Olivier Judith, une brune aux cheveux coupés courts comme des copeaux.

— Comment voulez-vous que je les reconnaisse ? avait dit Olivier, je ne les connais pas !

— Tu diras simplement « blonde » ou « brune », pour toi ça suffit.

Deux couples étaient restés sur le divan du fond, vert cru, sous la fenêtre en forme d'œuf derrière laquelle un projecteur illuminait un pin échevelé.

Ils étaient en train d'essayer de donner un peu d'intérêt à cette soirée aussi morne que tant d'autres, en faisant des échanges et des découvertes sans surprises, pour se transformer en un quatuor bientôt exténué et écœuré.

Le whisky inhabituel emplissait Olivier d'euphorie, lui bourdonnait aux oreilles une chanson de plaisir, exaltait les élans de son jeune corps. La fille qu'il palpait était bien fichue, ses seins nus sous sa robe légère s'excitaient au toucher de sa main. Il se demanda : blonde ou brune ? C'est pile ou face... Il remonta ses mains vers le visage, toucha du bout des doigts les joues rondes, le nez rond, les oreilles minuscules, les cheveux bouclés...

— Brune ! dit-il.

Il y eut quelques bravos. La fille sourit, Olivier lui plaisait.

— Non, dit Marss, elle est blonde !

Il mit sa main sur la bouche de la fille qui commençait à protester, et la projeta sur un divan.

— Tu as pas l'habitude, dit Marss. Tu as droit encore à un essai. Une autre !...

Il regarda autour de lui, fit semblant de chercher. Olivier attendait, les mains levées, les doigts un peu écartés, comme un aveugle qui n'a pas encore l'habitude d'être aveugle, Marss se décida, posa sa main sur l'épaule d'Edith-la-rousse, qui eut un sursaut de recul.

— Celle-là !...

— Ça va pas, non ? dit Edith.

Marss se mit à rire.

— Ça te dit rien de goûter à un beau petit mâle ?... Bon, bon, bon... Une autre !...

Il prit brusquement Martine par les deux épaules, et la poussa devant Olivier.

— Celle-là ! Blonde ou brune ?...

Martine sentit tout son sang se figer dans son corps et son cœur se mettre à cogner, affolé, pour remettre en marche la circulation bloquée...

Un silence étonné se fit dans le salon. Qu'est-ce qu'il mijotait donc, ce salaud de Marss ? On savait que ce n'était pas son genre de partager les femmes ou le reste.

Olivier sourit, leva les deux mains et les posa sur les cheveux de Martine.

— Non, dit Marss, pas les cheveux, c'est trop facile. Descends...

Olivier laissa retomber sa main gauche et du bout des doigts de sa main droite, se posa légèrement sur ce visage qu'il ne croyait pas connaître. Il suivit les fins sourcils, toucha un instant les paupières qui se fermèrent, caressa les joues un peu creuses, suivit entre le pouce et l'index la courte ligne du nez, parvint à la bouche. Les lèvres étaient humides et tremblaient un peu. Il mit son index horizontal entre les lèvres humides et les écarta. Il ne reconnaissait rien. Il souriait. Martine s'efforçait de ne pas s'évanouir, de tenir bon. Des ondes glacées et brûlantes venaient de l'intérieur de sa tête vers son visage. Son nez et ses sourcils se couvraient de gouttes de sueur.

— Alors, dit Marss, blonde ou brune ?

— Je ne sais pas, dit Olivier.

— Tu connais peut-être mieux plus bas, cherche...

Martine était vêtue d'une robe de Paco Rabane, semblable à celle de Soura, en pastilles de plastique plaquées or.

— Cette robe te gêne, dit Marss.

Il en écarta les bretelles, et la robe tomba autour des pieds de Martine avec un petit bruit de monnaie.

Les mains d'Olivier, qui s'abaissaient vers les épaules, s'arrêtèrent brusquement. Il n'avait vu que deux robes qui pouvaient faire ce bruit-là. Celle de Soura et celle de... De qui ?... Sa mémoire, brusquement, refusait de lui répondre. Il n'y avait pas de visage au-dessus de cette robe. Blonde ? Brune ? Whisky... Il ne buvait jamais... Deux robes, peut-être trois, peut-être beaucoup... Il n'avait pas tout vu... Des robes, des tas de robes... Deux robes...

Le bout de ses doigts tremblait.

— Alors, dit Marss, tu t'endors ?

Olivier posa ses mains sur les épaules nues.

Martine se contracta comme une pierre.

— Plus bas, dit Marss, cherche !

Il dégrafa dans le dos le soutien-gorge de Martine, le tira et le jeta au loin.

Personne ne disait plus rien. Personne n'entendait même plus gémir la négresse de l'électrophone, qui en était à son cinquantième malheur.

Olivier essayait de se rappeler le visage sur lequel il avait promené le bout de ses doigts. Le sourcil, le nez, la bouche... Il ne savait pas, il n'avait rien reconnu.

Ce devait être Soura, ou une autre, n'importe qui...

La main droite d'Olivier glissa de l'épaule vers le cou, descendit entre les deux seins. Elle s'arrêta un instant. Marss regardait, les yeux féroces, un coin de bouche retroussé. Lentement, la main d'Olivier se détacha de la peau tiède, humide de terreur et d'émoi, se creusa en forme de coupe et vint envelopper le sein gauche sans le toucher. Sa main se crispa, il ferma le poing, le rouvrit...

Devant les yeux de Martine, le visage d'Olivier barré du foulard noir grandissait, emplissait toute la pièce, tout l'univers. La main d'Olivier s'approchait lentement...

Brusquement, il reçut comme la foudre. Au centre de sa main, au point parfait le plus sensible, une pointe de chair dure s'était posée, et y creusait un abîme de glace et de feu.

Martine tomba comme un chiffon, évanouie ou morte.

Soura arracha sa robe, se colla contre Olivier, lui prit les mains, les plaqua sur ses seins-pastilles en glapissant.

— *It's me, darling! Y love you! You're beautiful! Kiss me, darling! Take me!...*

Olivier porta la main à sa tête pour enlever le foulard. Il hésita une seconde, puis laissa retomber sa main.

— Conduis-moi, dit-il.

30

UN bruit léger l'éveilla. Il ne savait pas ce que c'était. Il était las, il était bien. Il écouta sans ouvrir les yeux. Il n'y avait que le silence, le bruit apaisant des jets d'eau et de quelques grillons. Très loin, vraiment très loin, le petit halètement du moteur d'un bateau de pêche. Et puis cela recommença. C'était un léger soupir de femme, qui venait du dehors par la baie ouverte, et qui semblait emplir la nuit.

Olivier ouvrit les yeux et s'assit. Il était couché sur un lit large et bas, aux draps imprimés de grandes fleurs violettes. A côté de lui, Soura toute nue dormait sur le ventre, droguée de whisky et d'amour. Ses petites fesses dures avaient l'air d'un derrière de garçon. Olivier les caressa de la main et sourit. Elle ne bougea pas.

De nouveau il y eut dans l'air ce soupir qui semblait venir du ciel, et qui se prolongea.

Olivier perdit son sourire, se leva et s'habilla. Dans une niche du mur, près de la veilleuse, était posée une torche de plongeur, enrobée de caoutchouc. Il la prit et sortit sous la galerie qui faisait le tour du jardin.

Un grillon qui chantait tout près se tut.

Le rond lumineux de la torche précédait Olivier. Il entra dans la chambre voisine, éclaira sur la fourrure qui couvrait le sol une paire de sandales de femme dorées, près de l'appareil du photographe. Il sortit.

Une femme passa derrière Olivier dans le noir, en chantonnant à voix très basse une chanson en allemand, tendre et triste, une chanson qui attendait et demandait l'impossible.

Le rond lumineux entra dans la chambre suivante, éclaira le lit. Une fille brune, les yeux clos, les bras en corbeille au-dessus de sa tête, dormait. Sur sa poitrine nue, la chevelure rousse d'Edith, comme un feu abandonné. La torche quitta le lit, accrocha dans un coin de la chambre un grand panier à linge plein de chiffons de soie multicolores. Sur les chiffons dormait l'enfant nu à la cheville cerclée d'or. C'était l'enfant des deux filles. Elles avaient voulu un enfant. Elles étaient parties en Suède, pendant un an, elles étaient revenues avec un nouveau-né. On ne savait pas qui le leur avait fait. On ne savait pas laquelle des deux l'avait fait. C'était leur enfant.

Olivier sortit et de nouveau il y eut ce soupir qui semblait venir de partout et qui se prolongea par un petit râle, le commencement de la joie profonde de l'amour.

Olivier comprit. Il y avait, disséminés dans le jardin, des haut-parleurs qui diffusaient un disque.

Ou peut-être pas un disque...

Il devina dans le noir une sorte de fantôme et leva sa torche. Elle éclaira un cheval blanc peint de grandes fleurs bleu pâle, qui dormait debout au bord d'un bassin. Derrière lui, un jet d'eau montait et se brisait en perles dans le faisceau de lumière.

Un léger coup de vent tiède mélangea les parfums du thym, du romarin, des cyprès, et des poivriers, et les déposa en une bouffée molle et lourde tout autour d'Olivier.

La femme, maintenant, ne s'arrêtait plus. C'était lent et profond, cela venait du fond du ventre et montait jusqu'aux étoiles.

Ce n'était pas un disque...

Olivier marcha à grands pas vers le fond du jardin. Les grillons se taisaient à son passage et derrière lui. A l'est, le bord du ciel commençait à se teinter de rose blême, révélant la ligne courbe de la mer.

La femme qui chantait doucement la chanson alle-

mande s'était assise sur le tapis de fleurs innombrables
qui entouraient au ras du sol le cadran solaire. Elle se
déshabillait sans cesser de chanter. Elle était blonde,
grande et forte, de chair très blanche. Elle avait laissé
l'âge l'atteindre et un peu la dépasser. Quand elle fut
nue, elle s'étendit entièrement sur les fleurs multicolores
au pied du cadran solaire, et ses seins lourds s'épanouirent sur les côtés de son torse. Elle chantait toujours
et elle attendait, les mains posées à plat sur la fraîcheur
des fleurs ouvertes.

Dans la nuit les couleurs des fleurs n'avaient pas
de couleur, et le temps ne recommencerait que lorsque le
soleil poserait ses doigts sur le cadran qui dort, pour
l'éveiller.

Sur la petite pièce de gazon, au pied des bambous et
de l'Apollon aux bras brisés, le modéliste et son assistant
dormaient côte à côte, hermétiquement vêtus, la main
dans la main. La lampe d'Olivier passa sur leurs visages
sans les réveiller.

Le gémissement de la femme était devenu comme une
protestation devant tant de joie, et une stupéfaction sans
cesse augmentée, et un remerciement éperdu à celui qui
la lui donnait, et à elle-même qui était capable de tant
en éprouver, et à Dieu qui les avait faits et réunis pour
faire ce qu'ils faisaient. Cette houle de joie entrait dans
toutes les chambres et montait plus haut que les cyprès,
coulait sur la colline vers la mer. Les couples endormis
se réveillaient et se rapprochaient.

Olivier courut le long de la piscine, dévala le sentier,
arriva à la porte du deuxième étage. Il poussa. Elle était
ouverte. La salle du colin-maillard était déserte et en
désordre, sentait l'alcool répandu et les parfums tournés.
Le cri de la femme ne lui parvenait plus maintenant des
haut-parleurs, mais de l'intérieur de la maison, discret,
intime, plus grave encore et plus brûlant.

Il ouvrit des portes, dévala un escalier, surgit dans la
chambre de Marss.

A la tête du lit, une petite table chinoise noire suppor-
tait une lampe avec un abat-jour rouge. Elle éclairait le
corps massif et brun de Marss, étendu nu sur le corps

doré, écartelé, de Martine, et le travaillant lentement,
depuis toujours jusqu'à l'éternité.

Martine avait les yeux ouverts et le visage tourné vers
la porte, mais elle ne voyait rien. Elle ne vit pas entrer
Olivier. Elle tourna la tête de l'autre côté, puis de l'autre,
puis de l'autre, et sa bouche presque fermée laissait
s'échapper ce chant de joie qu'elle n'entendait pas, qui
était celui de sa chair pénétrée, habitée, remuée, trans-
muée, libérée de son état de chair, de ses dimensions et
de ses limites. Une mer de joie doucement balancée.

Marss avait une touffe de poils sur les reins. Olivier
saisit une autre table chinoise qui se trouvait près de lui,
la souleva jusqu'au plafond, et frappa juste à cet endroit.
Marss hurla. Olivier le saisit au cou et l'arracha du
ventre de sa mère. Marss tomba à terre sur le dos.
Olivier le frappa du pied, sauvagement, à la volée, à la
tête, au ventre, partout, jusqu'à ce qu'il se tût.

Le modéliste et son assistant s'étaient réveillés et assis,
sans se quitter la main.

— Qu'est-ce qui lui arrive ? dit le jeune homme
effrayé.

— C'est rien. Il doit se faire fouetter... C'est un
porc !... dit le modéliste.

On n'entendait plus rien.

— T'inquiète pas, mon coco.

Il porta à ses lèvres la main délicate du garçon, en
baisa les doigts ravissants et se rallongea sur l'herbe.

Martine, précipitée du paradis vers l'enfer, regardait
avec des yeux d'horreur Olivier penché vers Marss ina-
nimé. Lentement, Olivier se redressa et la regarda. Elle
se rendit compte alors qu'elle était nue. Elle essaya
vainement de tirer à elle un bout de drap pour se cacher,
elle ne comprenait pas, c'était épouvantable, elle devenait folle, elle croisa ses bras sur sa poitrine, croisa ses
genoux, ce n'était pas possible, pas possible.

Les yeux d'Olivier étaient comme des yeux de bête
morte.

Il se détourna et sortit.

31

Un énorme soleil rouge sortait de l'horizon marin. Olivier, à genoux dans la mer, se frottait d'eau et de sable, la poitrine, le ventre, le visage. Il râlait, tremblait, sanglotait, criait, il lui semblait qu'il n'arriverait jamais à se nettoyer de l'ordure. Il puait jusqu'au plus profond de lui-même. Il se roula dans l'eau, se laissa submerger, avala de l'eau, cracha, se leva en pleurant, se laissa tomber sur le sable, les bras écartés, les yeux au ciel. Peu à peu, la fatigue et le doux bruit de la mer le calmèrent. Ses sanglots s'espacèrent, puis se turent. Il sombra dans le sommeil, d'un seul coup, se réveilla aussi brusquement. Il n'avait pas dormi une minute. Il se leva et se rhabilla.

A quelques mètres, deux bateaux étaient amarrés à la petite jetée privée de Marss. Il se dirigea vers le plus gros et sauta dedans.

Il y avait au fond un masque de plongée, une robe de femme rouge, trempée d'eau de mer, un bouquet fané dans un seau à champagne vide, un pantalon de toile bleue, un fusil sous-marin et sa flèche à laquelle était encore embroché un gros poisson couvert de mouches.

Olivier se servit de la robe pour ramasser le poisson et le jeter à l'eau avec le fusil. Il fouilla les poches du pantalon, y trouva un briquet en or, quelques billets de cent francs, de la monnaie, un mouchoir. Il garda l'argent et le briquet, jeta tout le reste à l'eau, puis largua l'amarre et se dirigea vers le moteur. Il savait vaguement comment ça fonctionnait. Il était sorti, plusieurs fois, à Saint-Cloud, dans celui de Victor, un copain de fac, le fils de la grande épicerie de luxe Victor. On ne l'avait pas vu aux barricades...

Quelques minutes plus tard, le bateau filait vers le soleil levant.

32

Il débarqua sur une petite plage italienne, et arriva jusqu'à Rome en faisant du stop. Il vendit le briquet, changea son argent français, entra dans un bureau de poste, prit l'annuaire des noms commençant par E et chercha en vain l'adresse qui le préoccupait.

Près de lui, un Romain, rond de la tête et rond des fesses, feuilletait un autre annuaire. Olivier l'interrogea :

— Excusez-moi... Vous parlez français ?

L'homme sourit, prêt à rendre service.

— Commé ça...

— Comment dit-on « équipe », en italien ?

— Equipe ? C'est Squadra ! La « Squadra Azura » ! Hé ? Vous connaissez ?

— Non...

— Vous êtes pas sportif !...

Il se mit à rire.

— Qu'est-ce qué vous cherchez ?

— Les Equipes Internationales de Solidarité, je sais qu'elles ont un bureau à Rome.

L'homme repoussa l'annuaire que consultait Olivier.

— C'est pas celui-là, attendez !

Il en prit un autre et se mit à le feuilleter rapidement.

En sortant, Olivier acheta des journaux français et alla s'asseoir à la terrasse du Café de la Colonne, pour les lire.

A la troisième page de *Paris-Presse*, dans la rubrique des échos parisiens, on signalait que le play-boy milliardaire Anton Marss avait fait une chute dans l'escalier de sa villa après une soirée mouvementée et devait garder le lit plusieurs jours

Manzoni était assis derrière une petite table misérable qui lui servait de bureau, couverte de dossiers et de courrier éparpillé. Il y avait deux téléphones. Manzoni était en train de parler dans l'un d'eux, avec passion, presque sauvagement, en faisant de grands gestes avec son autre bras. Olivier, debout devant la table-bureau, le regardait, sans comprendre ce qu'il disait. Il entendait seulement de temps en temps « Commandatore », « Commandatore »...

Manzoni était un homme pauvre, ou plutôt un homme qui ne possédait rien, car il avait tout donné aux Equipes, ses biens et sa vie. Il avait cinquante ans, des cheveux gris frisés. Il était plutôt gras, car en Italie les pauvres ne mangent que des spaghetti. Il était en train d'expliquer qu'il lui fallait de l'argent ! Et encore de l'argent ! Les Equipes venaient d'ouvrir une cantine à Calcutta, pour servir du riz à des enfants, mais elle ne pouvait servir que six cents portions, et chaque matin il y avait plusieurs milliers d'enfants qui faisaient la queue, et chaque matin il y en avait plusieurs qui étaient morts. Il fallait *encore* de l'argent !

Et au bout du fil, le Commandatore protestait. Il avait déjà donné tant, et tant, et ceci, et cela... Que Manzoni s'adresse un peu ailleurs !

— Et à qui voulez-vous que je m'adresse, tonna Manzoni, sinon à ceux qui donnent ?

Il obtint une promesse, raccrocha, et s'essuya le front.

— Vous m'escousez, dit-il en français à Olivier. Il fallait que je téléphone. C'est terrible !... Il faut que j'en trouve encore ailleurs... On a jamais assez ! Jamais assez ! Alors, vous voulez aller en Inde ?

— Oui, dit Olivier.

— Vous savez ce que nous y faisons ?

— Oui...

Manzoni se leva, s'approcha d'Olivier pour mieux le voir et le tutoya.

— Qui t'a parlé de nous ?

— Un copain de Paris. Il est parti en Inde l'année dernière.

— Pourquoi tu t'es pas adressé à notre bureau de Paris ?

— Paris me dégoûte !... J'ai quitté la France, maintenant je veux quitter l'Europe.

Manzoni frappa du poing sur la table.

— Nous n'avons pas besoin de types dégoûtés, aux Equipes ! Il nous faut des garçons enthousiastes ! Ayant de l'amour ! Et le sens du sacrifice ! Est-ce que tu as tout ça ?

— Je ne sais pas, dit Olivier durement. Je suis comme je suis, vous me prenez ou vous me prenez pas.

Manzoni recula d'un pas, mit ses mains à plat sur ses hanches, et regarda Olivier. Ce garçon lui paraissait de bonne qualité, mais on ne pouvait pas envoyer n'importe qui là-bas. Non, pas n'importe qui...

Olivier regardait ce petit homme rond, et, au-dessus de sa tête, une affiche des Equipes, représentant un enfant au teint sombre, aux yeux immenses, qui demandait aux hommes de sauver sa vie.

— Comment il s'appelle, ton copain ? demanda brusquement Manzoni.

— Patrick de Vibier.

— Patrick ! Tu devais le dire plus tôt ! C'est un garçon formidable ! Tiens, il est là...

Manzoni s'approcha d'une carte de l'Inde épinglée au mur près de l'affiche, et se soulevant sur la pointe des pieds, atteignit avec peine une punaise à tête rouge en haut de la carte.

— ... à Palnah. Il fait des puits... Il devait y rester deux ans, mais il est malade, il faudrait qu'il rentre, nous avons personne pour le remplacer... Nous manquons de tout, mais surtout de volontaires !... Tous ces ragazzi ! Au lieu de traîner dans les rues et de se passionner pour le Giro ! Ils sont bons qu'à des futilités ! Et vous, les

Parisiens, vous croyez qu'il y a rien de mieux à faire que des barricades, dans le monde ?

Il criait, il était furieux, couvert de sueur. Il s'épongea de nouveau, vint s'asseoir derrière la table.

— Tu veux aller le remplacer ?

— Je veux bien...

— Je vais lui télégraphier, s'il se porte garant de toi, je t'envoie. Tu connais nos conditions ?

— Oui.

— Tu t'engages à y rester deux ans !

— Je sais...

— Tu travailleras pour rien... Tu vas pas là-bas pour gagner ta vie... C'est pour gagner la vie des autres !

— Je sais...

— Naturellement, c'est nous qui payons ton voyage...

— Je sais...

Manzoni frappa des deux poings sur la table et se leva de nouveau.

— Il nous faut de l'argent ! De l'argent !

Il alla ouvrir toutes les portes du bureau, cria des noms. Des garçons et des filles de tous âges accoururent, effarés, tous les employés bénévoles, les stagiaires, tout le personnel de l'équipe de Rome. Manzoni prit sur une étagère une brassée de boîtes à collecte. Sur leur corps cylindrique était collée une petite reproduction de l'affiche représentant l'enfant affamé. Il les leur distribua en les bousculant et en criant :

— *Ci vuol danaro !*... Il nous faut de l'argent ! Allez mendier ! Laissez tout tomber !... Mendier ! *Mendicare ! Mendicare !*...

— Toi aussi, dit-il à Olivier, en lui collant une boîte dans les mains.

Il les poussa tous dehors, s'assit de nouveau, s'épongea, décrocha le téléphone et appela un autre commandatore.

33

Il n'y avait presque personne dans l'avion. Olivier était assis à droite, en avant des ailes, près du hublot. Il avait d'abord regardé le paysage, puis s'était endormi. Quand il se réveilla, il faisait nuit. Une étoile énorme scintillait dans ce qu'il voyait du ciel. Le ciel était noir. Il n'avait jamais vu d'étoile aussi grosse, ni le ciel aussi noir.

La voix douce · de l'hôtesse annonça en plusieurs langues que l'avion allait faire une courte escale technique à Bahreïn, que les voyageurs n'auraient pas le droit de quitter l'appareil, qu'ils étaient priés d'attacher leurs ceintures et d'éteindre leurs cigarettes, merci.

Bahreïn, Olivier se rappela : une île minuscule dans le golfe Persique. Bourrée de pétrole. L'avion tourna et commença à descendre. L'énorme étoile disparut. Olivier boucla sa ceinture. Il avait emmuré dans sa tête les images de la nuit dans la villa de Marss. Il ne voulait plus y penser, il ne VOULAIT plus. Quand une image s'échappait de la réserve où il les tenait entassées, comprimées, interdites, et se présentait, fulgurante, aux yeux de sa mémoire, quelque chose comme les griffes d'acier d'une pelleteuse lui broyait l'intérieur de la poitrine au-dessus du cœur. Et pour la faire retourner à l'oubli, il lui fallait un effort de volonté presque musculaire qui lui tétanisait les mâchoires et lui couvrait le visage de sueur.

Quand l'appareil fut arrêté, Olivier quitta son siège et sortit sur la petite plate-forme au sommet de l'échelle. Il fut frappé par un vent chaud, constant, qui venait du fond de la nuit, coulait sans bruit, horizontalement, et apportait une odeur saturée de crottes de chameau et de pétrole.

Il fit une nouvelle escale à Bombay, où il dut changer d'appareil. Des perruches volaient à l'intérieur de l'aérogare. Des oiseaux inconnus nichaient dans les alvéoles des poutres de fer. Un énorme lézard, ses pattes en étoiles collées à une vitre, dormait, le ventre au soleil.

34

PATRICK l'attendait à l'aérogare suivante. Quand il lui frappa sur l'épaule, Olivier sursauta : il ne l'avait pas reconnu. Patrick, déjà filiforme à Paris, avait encore maigri. Ses cheveux étaient coupés à la tondeuse et son teint était devenu couleur de cigare. Des lunettes à monture métallique agrandissaient ses yeux au regard toujours aussi pur et clair que celui d'un enfant.

Après avoir joui un instant du désarroi d'Olivier, Patrick éclata de rire.

— Toi, tu n'as pas changé, dit-il.

— Qu'est-ce qui t'arrive ? répliqua Olivier en lui passant la main sur le crâne, tu as bouffé de la graine de Gandhi ?

— C'est à peu près ça... Tu as des bagages ?

Olivier souleva son sac.

— Tout ça !

— Parfait, ça ira plus vite à la douane. Je m'en occupe. Donne. Va présenter ton passeport là-bas...

Olivier présenta son passeport à un fonctionnaire à turban qui, en voyant le visa bon pour un séjour de deux ans, devint tout à coup hostile. Il lui demanda en anglais ce qu'il venait faire en Inde. Olivier ne comprit pas et répondit en français qu'il ne comprenait pas. Mais le fonctionnaire savait. C'était encore un de ces Occidentaux qui venaient pour « sauver » l'Inde avec leurs conseils, leurs dollars, leur morale, leur technique et leur certitude de supériorité. Le passeport était en règle. Il ne pouvait rien. Il le frappa d'un coup de cachet qui avait l'intention d'un coup de poignard.

De grands ventilateurs pareils à des hélices d'avions périmés garnissaient les plafonds de l'aérogare et bras-

saient mollement un air torride. Olivier se laissa tomber
dans un fauteuil. Il avait trop chaud, il avait soif, il avait
mauvaise conscience, il se sentait très mal à l'aise. Patrick arriva avec son sac.

— Allez, debout, feignant ! La jeep nous attend
dehors. Et il y a du chemin à faire avant ce soir !

Olivier se leva et prit son sac. Patrick était heureux
comme un frère qui a retrouvé son frère.

— Quand Rome m'a télégraphié, je me suis dit : c'est
pas possible, c'est une blague !

— Presque, dit doucement Olivier.

— J'aurais aimé rester avec toi. Tous les deux ici, tu
te rends compte ? Ça aurait été formidable ! Mais je suis
claqué... Les amibes... Peut-être le manque de viande, la
chaleur... Je ne sais pas... Je me traîne, je ne suis plus
bon à rien... Il faut que j'aille respirer quelques mois...
Mais on se retrouvera ! Je reviendrai !

Il donna sur l'épaule d'Olivier une tape affectueuse
légère comme la caresse d'une aile.

Ils arrivèrent à proximité de la porte. Olivier s'arrêta
et tourna un peu la tête vers Patrick. Il était soucieux.

— Tu es vraiment fatigué ?

— A peu près à l'extrême bout de mes forces... Ce
n'est pas facile, tu verras, mais toi, tu es costaud...

Olivier baissa la tête. Comment lui dire ? Et puis il se
redressa et lui fit face, les yeux dans les yeux. Il faut
dire la vérité. Il avait déjà trop menti depuis son arrivée
à Rome.

— Ecoute, ça m'embête... Je pense qu'ils t'enverront
quelqu'un d'autre sans tarder... Mais moi je ne vais pas
avec toi...

— Quoi ?... Où est-ce qu'ils t'envoient ?...

Patrick était consterné, mais sans révolte. Il connaissait l'immensité de la tâche entreprise par les Equipes, et
les limites dérisoires de leurs moyens. Elles faisaient face
où elles pouvaient, comme elles pouvaient.

— Ils m'envoient nulle part, dit Olivier. C'est moi qui
vais ailleurs... Je vais à Katmandou...

— Katmandou ? Qu'est-ce que tu vas faire à Katmandou ?...

Patrick ne comprenait pas. Cette histoire lui paraissait absurde.

— Je vais régler un compte, dit Olivier. Avec un salaud. C'est nécessaire. Je n'avais pas d'argent, je me suis servi des Equipes pour arriver jusqu'ici et maintenant je continue, c'est tout.

— C'est tout ?

— Oui...

— Tu me parles d'un salaud... Et toi, qu'est-ce que tu penses que tu es ?

— Je suis ce qu'on m'a fait devenir ! dit Olivier furieux. Je vous le rembourserai, votre voyage ! Ce n'est qu'un emprunt ! Pas la peine d'en faire une montagne !

Patrick ferma un instant les yeux, exténué, et les rouvrit en essayant de nouveau de sourire.

— Excuse-moi. Je sais bien que tu n'es pas un salaud...

L'épuisement physique de Patrick et son indulgence, et son amitié, exaspérèrent Olivier.

— Même si je suis un salaud, je m'en fous ! Et si je n'en suis pas un, j'espère que je le deviendrai ! Ciao !

Il mit son sac sur son épaule, et tourna le dos à Patrick. Au moment où il allait franchir la porte, celui-ci l'appela.

— Olivier !

Olivier s'arrêta, irrité. Patrick le rejoignit.

— On ne va pas se fâcher, ça serait idiot... Ecoute, Palnah, c'est dans ta direction... Si tu veux, je t'emmène avec la jeep, ça t'épargne les deux tiers du chemin. Après, tu peux faire le reste un peu à pied, un peu par le train, jusqu'à la frontière du Népal...

Il mit la main sur l'épaule d'Olivier.

— Tu as tes raisons, je regrette, c'est tout...

Olivier se détendit un peu.

— D'accord pour la jeep, je te remercie...

Il parvint enfin à sourire. Il dit :

— Ça m'aurait embêté de ne pas passer un moment avec toi...

35

QUAND la jeep sortit des faubourgs de la ville, pour s'engager sur une route de campagne, Olivier, blême, ferma les yeux et resta un long moment sans les rouvrir. Sous ses paupières se déroulaient de nouveau les images qu'il venait de voir et il ne parvenait pas à croire que c'était possible. Il soupçonnait Patrick d'avoir choisi exprès cet itinéraire, mais peut-être tout autre parcours lui eût-il montré les mêmes choses.

Ils avaient d'abord suivi une série d'avenues somptueuses, incroyablement larges, bordées d'immenses jardins bouillonnants de verdure et de fleurs, derrière l'épaisseur desquels se devinaient de grandes maisons basses blotties dans la fraîcheur. C'était le quartier des grandes résidences, auquel succéda celui des grands hôtels et des affaires. Beaucoup d'espace, beaucoup d'ordre. Une chaleur torride tombait d'un soleil à demi voilé. Les chemises des deux garçons étaient trempées de sueur, mais Olivier devinait qu'il devait faire bon dans toutes ces demeures où régnait certainement l'air conditionné.

Et puis Patrick quitta une avenue déjà plus étroite et s'engagea dans une rue. Ce fut d'un seul coup l'entrée dans un autre monde. Avant qu'Olivier ait eu le temps de vraiment regarder autour de lui, la jeep dut s'arrêter devant une vache squelettique, debout au milieu de la rue, immobile, la tête pendante. Patrick fit ronfler son moteur et donna un coup de klaxon. La vache ne bou-

gea pas. Il semblait qu'il ne lui restait plus assez de vie
pour la porter plus loin, fût-ce d'un centimètre. Et il n'y
avait pas la place de passer, ni à sa gauche ni à sa
droite.

Il y avait des hommes, des enfants, des femmes, entassés le long du mur où se trouvait l'ombre. Ils étaient
assis ou couchés, et ceux qui avaient les yeux ouverts
regardaient Patrick et regardaient Olivier. Et leur regard
n'exprimait rien, ni curiosité ni hostilité ni sympathie,
rien qu'une attente sans fin de quelque chose, de quelqu'un, peut-être de l'amitié, peut-être de la mort. Celle-ci
était la seule visiteuse dont ils fussent certains qu'elle ne
manquerait pas de venir. Elle venait à chaque instant.
Olivier comprit avec stupeur qu'un des hommes qu'il
voyait allongé parmi les autres, avec un pan de son
vêtement rabattu sur son visage, était mort. Il y en avait
un autre, en face, couché en plein soleil, qui n'avait pas
eu assez de force pour venir du côté de l'ombre, et qui
attendait la visiteuse. Il ne portait qu'un mince chiffon
autour de la ceinture, et chacun de ses os était sculpté
sous la peau couleur de tabac et de poussière. Il ne
restait pas assez d'eau en lui pour que le soleil parvînt à
le faire transpirer. Ses yeux étaient fermés, sa bouche
entrouverte au milieu de sa barbe grise. Sa poitrine se
soulevait légèrement, puis retombait. Olivier regardait
cette cage d'os devenue immobile et il se passait alors un
moment atroce où il se demandait si c'était fini, ou si...
Et la poitrine, par une incroyable obstination, se soulevait de nouveau.

La vache ne bougeait toujours pas. Patrick descendit
de la jeep, fouilla sous son siège, en sortit une poignée
d'herbe sèche, et vint la présenter à la vache. Celle-ci eut
une sorte de soupir et avança le mufle. Patrick recula, la
vache suivit. Quand elle eut dégagé assez de place pour
la jeep, Patrick lui donna l'herbe.

Ils repartirent. Olivier ne quittait pas des yeux
l'homme au soleil. Il tourna la tête pour continuer de le
voir, jusqu'à ce qu'un groupe d'enfants le lui cachât. Le
groupe d'enfants le regardait. Tous les enfants le regardaient. Il ne voyait plus que des yeux d'enfants,

immenses, qui le regardaient avec une gravité effrayante, et attendaient de lui... Quoi ? Que pouvait-il leur donner ? Il n'avait rien, il n'était rien, il ne *voulait* rien donner. Il avait décidé d'être désormais du côté de ceux qui *prennent*. Il serra les dents, cessa de regarder vers la foule de l'ombre. Mais la jeep allait lentement, se frayant un chemin dans l'étroite rue encombrée par des véhicules tirés par des hommes maigres ou par des buffles. Elle dut s'arrêter une deuxième fois pour laisser se dénouer un nœud d'interminablement lente circulation.

Un garçon nu, âgé de cinq ou six ans, accourut vers la jeep. Il tendit la main gauche pour mendier, en prononçant des mots qu'Olivier ne comprenait pas. Et de son bras droit il maintenait contre lui un nourrisson de quelques semaines, également nu, qui était en train de mourir. Son teint était d'un jaune verdâtre. Il avait fermé les yeux sur le monde qu'il n'aurait pas le temps de connaître, et il essayait d'aspirer encore un peu d'air, avec les mêmes mouvements de bouche qu'un poisson déjà depuis longtemps jeté sur le sable.

36

Un nuage de poussière enveloppait la jeep. De grands arbres inconnus bordaient des deux côtés la mauvaise route, et entre les arbres Olivier voyait jusqu'à l'horizon, à sa gauche et à sa droite, la campagne desséchée, sur laquelle d'innombrables villages étaient collés comme des croûtes sur la peau d'un chien galeux.

— Il n'a pas plu depuis six mois, dit Patrick. Il aurait dû pleuvoir après les semailles... Il n'a pas plu... Là où il n'y avait pas de puits, il n'y a pas de récolte...

— Et alors ?

— Alors ceux qui n'ont pas de réserves meurent.

Olivier haussa les épaules.

— Tu as essayé de m'avoir en me faisant traverser la ville, tu essaies encore ici... mais je ne marche pas. Ils ont un gouvernement ! Ils ont les Américains, l'UNESCO !

— Oui, dit Patrick doucement.

— S'ils sont cent millions en train de crever de faim, qu'est-ce que je peux y faire, moi ? Qu'est-ce que tu y fais, toi, avec tes trois gouttes d'eau ?...

— Même une seule goutte, dit Patrick, c'est mieux que pas d'eau du tout...

Il n'y avait plus d'arbres, et la route était devenue une piste qui traversait une terre craquelée comme le fond d'une mare aspirée par le soleil depuis d'interminables étés. Ils roulaient depuis des heures. Olivier avait perdu la notion du temps. Il lui semblait qu'il était arrivé par magie ou par cauchemar sur une planète étrangère qui achevait de mourir avec ses occupants.

Ils passèrent à côté d'un grouillement de vautours en
train de dévorer quelque chose, vache ou buffle crevé.
On ne voyait pas ce que c'était. Il y avait sur la proie
plusieurs couches d'épaisseur de charognards. Ceux du
dessus essayaient de se faire un chemin vers la nourriture en plongeant leur long cou à travers la masse des
autres. Et il en arrivait encore, en vol mou et lourd,
surgissant semblait-il de nulle part.

Ils traversèrent un village misérable, à moitié désert,
dont les huttes aux toits de paille se serraient les unes
contre les autres pour se protéger de la chaleur et du
monde. Olivier ne vit que des femmes et des enfants, et
des vieillards à bout de vie.

— C'est un village de parias, expliqua Patrick
lorsqu'ils en furent sortis. Des sans-caste, des intou-
chables. Palnah, où je suis en ce moment, est pareil...
Tous les hommes vont travailler dans un village voisin,
un village riche... Enfin riche... je veux dire un village
d'hommes qui ont une caste, d'hommes qui ont le droit
de se considérer comme des hommes, même s'ils sont
d'une catégorie inférieure. Les parias ne sont pas des
hommes. On les fait travailler comme on fait travailler
les buffles ou les chevaux, on leur donne de quoi se
nourrir eux et leur famille, comme on donne une brassée
de fourrage à un bœuf qui a fait son travail, et on les
renvoie à l'étable, c'est-à-dire à leur village... S'ils
veulent manger le lendemain, ils doivent revenir travailler... Ils ont des terres à eux, que le gouvernement leur a
données, mais ils n'ont pas le temps de les travailler, pas
le temps de creuser un puits... Avant d'arriver à l'eau, ils
seraient morts de faim.

— Ce sont des cons ! gronda Olivier. Qu'est-ce qu'ils
attendent pour se révolter ? Ils ont qu'à foutre le feu
partout !

— Ils n'en ont pas l'idée, dit Patrick. Ils ont seulement l'idée qu'ils sont des parias. Ils ont cette idée-là
depuis leur naissance, depuis des millénaires; depuis toujours. Est-ce que tu pourrais convaincre un bœuf qu'il
est autre chose qu'un bœuf ? De temps en temps, il peut

donner un coup de corne. Mais les parias n'ont pas de
cornes.

La jeep était un petit nuage de poussière qui se déplaçait dans le désert. Un désert sec, mais habité, avec des
villages partout, certains entourés d'un peu de végétation, la plupart desséchés jusqu'au ras des huttes. Ce qui
était incroyable, c'était qu'il pût subsister là encore tant
de vivants...

— Leur révolution, dit Patrick, c'est nous qui la faisons. Nous arrivons avec de l'argent. Nous ne leur don-
nons pas une aumône. Nous les payons pour travailler.
Mais pour travailler *pour eux*. Ils creusent leurs puits,
cultivent leurs terres, sèment, récoltent. Dès qu'ils ont
assez de réserves pour attendre jusqu'à la prochaine
récolte, nous pouvons partir, ils sont sauvés. Quand nous
sommes arrivés, ils étaient des bêtes, quand nous les
quittons, ils sont des hommes.

Olivier ne répondit rien. Il était accablé par la fatigue,
le dépaysement et l'absurdité incroyable de ce qu'il
voyait. La poussière lui entrait dans la gorge, crissait
sous ses dents, le recouvrait d'une couche lunaire.

Peu à peu, la piste s'élevait au-dessus du niveau du
sol. La jeep, bientôt, roula sur un talus qui s'élevait à
plus d'un mètre au-dessus de la plaine.

— Ici, dit Patrick, quand ce n'est pas la sécheresse,
c'est l'inondation. Toute cette région est submergée
chaque année. La piste, à ce moment-là, affleure juste.
Parfois, elle est noyée.

Le soleil baissait sur l'horizon, mais la chaleur restait
la même. Le nuage de poussière commençait à se teinter
de rose.

— Quand je suis arrivé à Palnah, ils étaient nus. Il y a
des endroits où la nudité est l'innocence. Là, c'était
seulement la nudité animale. Avant toute chose, nous les
avons vêtus...

Ils approchaient d'un village dont les huttes s'aggloméraient sur une sorte de mamelon, une esquisse de
colline qui devait le mettre en partie à l'abri des inondations.

— Voici Palnah, dit Patrick.

37

Au pied du village, il y avait une sorte d'entonnoir de plusieurs mètres de diamètre creusé dans la terre, avec un talus circulaire élevé tout autour, et un chemin qui descendait du haut du talus jusqu'au fond de l'entonnoir. C'était le puits.

Il n'était pas terminé, il venait seulement d'atteindre la nappe de terre imbibée d'eau. Il fallait creuser encore. Il y avait des hommes qui creusaient au fond de l'entonnoir, et des femmes debout tout le long du sentier circulaire qui montait jusqu'en haut du talus. Elles se passaient des paniers pleins de terre ruisselante, et lorsqu'ils arrivaient en haut, d'autres hommes s'en emparaient et en répandaient le contenu à l'extérieur du talus. C'était une terre jaune, sableuse, qui coulait avec l'eau qu'elle contenait, elle coulait sur les visages, sur les épaules et les corps des femmes, et les femmes riaient de la bénédiction de cette eau enfin sortie de la terre, et de cette terre qui coulait sur elles et les maquillait d'or.

La jeep s'arrêta au pied du puits, poursuivie par tous les enfants du village, qui l'avaient vue arriver.

Les hommes et les femmes qui étaient dans le puits interrompirent leur travail et ceux qui étaient dans les cases sortirent, et tous se rassemblèrent autour de la voiture et des deux hommes couleur de poussière et de boue.

— Tu vois, disait Patrick à Olivier, en lui montrant le talus circulaire, c'est pour protéger le puits contre l'inon-

dation. Ici, il faut défendre l'eau contre l'eau. L'eau de
l'inondation transporte tous les débris, les fumiers et les
cadavres. Elle enrichit la terre, mais elle pourrit les puits.
Il faut l'empêcher d'entrer...

Il y avait autour d'eux un grand silence attentif. Les
hommes, les femmes, les enfants, écoutaient ces paroles
mystérieuses qu'ils ne comprenaient pas.

Patrick se dressa dans la voiture et salua les gens du
village en joignant les mains devant sa poitrine et en
s'inclinant vers eux, dans plusieurs directions. Ce n'était
pas un salut solennel, c'était un salut d'amitié, accompagné d'un sourire.

Il sauta à terre. Olivier se leva à son tour et vit tous
les yeux se fixer sur lui, ceux des hommes, ceux des
femmes, et ceux des enfants. Ils n'avaient pas le même
regard que ceux de la ville où les hommes couchés
attendaient de mourir, mais ils leur ressemblaient : ils
étaient ouverts. Tous les yeux qu'il avait vus depuis son
arrivée en Inde étaient *ouverts*. Le mot lui vint brusquement à l'esprit et il se rendit compte en un instant que
jusque-là il n'avait jamais vu que des yeux *fermés*. En
Europe, à Paris, même les yeux de sa grand-mère, ceux
de sa mère — non non non non, ne pas penser à sa
mère — tous les yeux, ceux de ses copains, des filles du
métro, les yeux brillants excités des barricades, tous ces
yeux aux paupières ouvertes étaient des yeux *fermés*. Ils
ne voulaient rien recevoir et rien donner. Ils étaient
blindés comme des coffres, infranchissables

Ici, de l'autre côté du monde, les yeux étaient des
portes ouvertes. Noires. Sur les ténèbres du vide. Elles
attendaient que quelque chose entrât et allumât les feux
de la lumière. Peut-être le geste d'un ami. Peut-être
seulement un espoir de Dieu au bout de l'éternité interminable. Mourir, vivre, il ne semblait pas que cela fût
important. L'important, c'était de recevoir quelque
chose, et d'espérer. Et toutes les portes de ces yeux
étaient immensément ouvertes pour recevoir cette trace,
ce soupçon, cet atome d'espoir qui devait exister quelque
part dans le monde infini et qui avait le visage d'un
frère, ou d'un étranger, ou d'une fleur, ou d'un dieu.

Dans les yeux ouverts des femmes et des hommes et des enfants qui entouraient Olivier, il y avait quelque chose qui manquait dans les yeux de la ville. Il y avait, au fond des ténèbres, une petite flamme qui brillait. Ce n'était plus le vide. Ils avaient attendu pendant mille ans, et quelqu'un était enfin arrivé et avait allumé la première lumière. Il y avait dans chaque regard une petite lumière qui en attendait une autre. Ils avaient déjà reçu, ils attendaient encore. Et en échange, ils se donnaient.

Olivier se sentit pris de vertige, comme au bord d'une crevasse sans fond ouverte dans un glacier. C'était lui que tous ces yeux ouverts attendaient.

— Viens au moins les saluer, dit Patrick... Je leur dirai que tu es envoyé ailleurs et que je reste. Je ne peux pas leur dire la vérité.

Olivier se secoua et se frappa pour chasser la poussière, et sauta en bas de la jeep.

— Dis-leur ce que tu voudras, dit-il, moi je file. Où est mon chemin ?

Dès qu'il eut mis pied à terre, les femmes et les hommes joignirent les mains devant leur poitrine et s'inclinèrent vers lui avec un sourire. Les enfants faisaient la même chose, et s'inclinaient plusieurs fois de suite, mais en riant.

— Salue-les ! dit Patrick à voix basse. Ils ne t'ont rien fait !

Olivier, maladroitement, embarrassé, conscient d'être ridicule et odieux, imita leur geste, s'inclina à gauche, à droite, en face...

— Ça va comme ça ? demanda-t-il, furieux. Où est ma route ?

— Tu ne veux pas dormir ici ? Il va faire nuit... Tu partiras demain matin.

— Non, dit Olivier, je m'en vais.

Il prit son sac dans la jeep et se le lança sur le dos.

— Ils ont préparé une petite fête pour ton arrivée... Reste au moins ce soir... Tu me dois bien ça...

Les regards allaient de Patrick à Olivier, d'Olivier à Patrick, il en sentait sur lui le poids négatif, l'appel insupportable.

— Je dois de l'argent, c'est tout. Je le paierai !... Si tu
ne veux pas que je m'en aille au hasard, indique-moi la
direction.

Mais le cercle des villageois était fermé autour de lui
et de Patrick, et pour s'en aller, il lui faudrait le fendre,
écarter ces gens des deux mains comme des branches
dans une forêt où l'on a perdu le sentier. Patrick se
taisait. Partir dans quelle direction ? Le nord... Le soleil
se couchait à sa gauche. Le nord était devant lui. Il lui
suffisait d'avancer tout droit.

Il fit un premier pas, et la foule s'ouvrit d'elle-même.
Elle s'ouvrit de l'extérieur du cercle jusqu'à lui. Du village arrivait en courant une petite fille qui apportait
quelque chose dans ses deux mains levées devant elle à
la hauteur de sa poitrine. Quand elle parvint près d'Olivier, elle donna ce qu'elle portait à un vieillard qui se
trouvait là. C'était un bol, un simple bol de plastique
vert pâle, une ridicule camelote moderne, mais plein
jusqu'au bord d'une eau claire dont l'enfant, en courant,
n'avait pas répandu une goutte.

Le vieillard, en s'inclinant, donna le bol à Patrick en
prononçant quelques mots. Patrick présenta le bol à
Olivier :

— Ils t'offrent ce qu'ils ont de plus précieux, dit-il.

Olivier hésita une seconde, puis laissa tomber son sac,
prit le bol à deux mains et en but le contenu jusqu'à la
dernière goutte, en fermant les yeux de bonheur.

Quand il les rouvrit, la fillette était debout devant lui
et le regardait en levant la tête, souriante, heureuse, avec
des yeux grands comme la nuit qui tombait, et comme
elle pleins d'étoiles.

Olivier ramassa son sac et le jeta dans la jeep.

— Bon, dit-il, je reste ce soir, mais demain matin,
salut !

— Tu es libre, dit Patrick.

38

ILS avaient allumé un feu au milieu de la place du village, un petit feu, car le bois était aussi rare que l'eau, mais pour une fête offerte à un ami, on sacrifie ce qu'on possède. Ils étaient assis à terre, tout autour, en cercle, et une femme chantait. Un homme l'accompagnait en frappant une sorte de bûche de bois sec avec un petit cylindre de bois lourd. Il n'y avait pas d'autre instrument de musique dans le village.

En face de la femme, de l'autre côté du feu, Olivier et Patrick étaient assis côte à côte. Olivier souffrait de sa position-grenouille. Il ne savait pas s'asseoir sans siège. Ses cuisses repliées lui faisaient mal, et il n'osait plus bouger, car la fillette porteuse d'eau, qui était venue s'asseoir près de lui, sans rien lui dire, mais en lui souriant et en le regardant de ses yeux immenses, peu à peu s'était laissé envahir par la fatigue naturelle aux enfants du soir, s'était inclinée vers lui, avait posé sa tête sur sa cuisse, et dormait.

Par-dessus le chant de la femme, qui devint sourd et voilé comme une sorte d'accompagnement, la voix d'un homme s'éleva. Celui qui parlait avait une barbe presque blanche. Il regardait Olivier et faisait en parlant des gestes de ses bras et de ses mains, avec ses doigts qui s'écartaient ou se joignaient. C'était le chef du village, le vieillard à qui la fillette avait donné l'eau afin qu'il l'offrît à celui qui arrivait.

— Il te remercie d'être venu, dit Patrick à voix basse.

Olivier haussa les épaules. La fillette soupira dans son sommeil, bougea, bascula un peu, sa nuque reposant sur la cuisse d'Olivier, son visage clos et paisible tourné vers le haut de la nuit. Elle était visiblement détendue en totalité, en sécurité, heureuse.

Patrick sourit en la regardant. Il dit tout doucement à Olivier, tandis que le vieillard parlait encore :

— On dirait qu'elle t'a adopté !...

Un réflexe de défense contracta Olivier. Il sentit que s'il restait là quelques instants de plus il allait être pris au piège de cette confiance, de cet amour, de l'envie folle qu'il sentait monter en lui de rester avec ces gens et cette enfant blottie contre lui comme un petit chat, l'envie d'oublier ses douleurs et ses violences, et de terminer là son voyage.

Il rappela à son secours les souvenirs de mai, les déceptions, l'affrontement des égoïsmes... Et la soirée à la villa, avec sa mère dans le lit pourpre... Il entendit son gémissement dans la nuit qui sentait le cyprès et le romarin. Il se boucha les oreilles de ses deux mains, crispa ses yeux fermés, secoua la tête de douleur.

Patrick le regardait, surpris et inquiet ; il s'écarta légèrement de lui avec précaution. Il ne fallait rien dire, rien faire. Il venait de comprendre que son ami portait quelque part une blessure saignante qu'il avait sans le vouloir effleurée. Toute main que l'on tend vers un écorché ne lui donne que de la douleur. La guérison ne peut venir que de l'intérieur de lui-même, et du temps.

Olivier se ressaisit, regarda les villageois dont le feu faisait danser les visages. Ils lui étaient devenus indifférents comme des arbres.

Il souleva le buste de la fillette, la fit pivoter doucement, et l'étendit sur le sol. Elle ne se réveilla pas.

— Je m'en vais, dit-il à Patrick.

Il se leva et sortit du cercle de lumière.

Le vieillard se tut brusquement. Puis la femme. Tout le monde regardait dans la direction où Olivier avait disparu.

Patrick se leva à son tour. Il leur dit quelques mots dans leur langue. L'ami qui était venu devait repartir. Il était appelé ailleurs. Mais lui restait.

Olivier reprit son sac dans la jeep et se mit en marche entre les cases. La piste traversait le village et devait continuer vers le nord. Au lever du soleil, il s'orienterait.

Il buta contre une vache couchée dans le chemin. Il jura contre les vaches, contre l'Inde, contre l'univers. Une poule maigre endormie sur un toit s'éveilla, effrayée, caqueta, et se rendormit.

Olivier parvint au bas de l'autre pente de la colline, là où s'arrêtaient les dernières huttes. Dans le noir, il devina quelqu'un debout qui l'attendait. C'était Patrick. Olivier s'arrêta.

— Bon, dit-il, c'est par là ?...

— Oui... Tout droit ; dans un ou deux jours de marche, ça dépend de toi, tu trouveras une ville, Mâdirah. Le train y passe. Tu as de l'argent pour le train ?

— Un peu.

— Il ne va pas plus loin que la frontière. Dès que tu es au Népal, tu dois continuer à pied.

— Je me débrouillerai, dit Olivier... Je regrette : ici... je ne peux pas... J'espère qu'on t'enverra bientôt quelqu'un...

— Ne t'inquiète pas pour moi, dit Patrick... Tiens, tu oubliais l'essentiel.

Il lui tendit une gourde de plastique, pleine d'eau.

39

CE fut son troisième jour après son entrée au Népal qu'il rencontra Jane.

Dans le train indien, il avait retrouvé la même foule que dans les rues de la ville. Un peu moins misérable, mais encore plus entassée. Elle continuait dans les wagons sa vie quotidienne comme si on avait seulement mis la rue sur des roues. Il avait cherché en vain une place assise. Dans un compartiment, une femme faisait cuire du riz entre les pieds nus des voyageurs, sur une petite lampe à gaz. Dans un autre, un saint homme très maigre, allongé sur une banquette, était mort ou mourant, ou peut-être seulement en méditation. Les autres occupants priaient à voix haute. Des baguettes piquées dans un petit objet de cuivre posé sur le sol brûlaient et répandaient un parfum mélangé d'encens et de santal.

Chaque fois qu'Olivier s'encadrait dans la porte d'un compartiment bondé, tous les yeux se tournaient vers lui. Seuls le saint homme et ceux qui étaient en prière ne le regardèrent pas. Il finit par s'asseoir dans le couloir, parmi d'autres voyageurs assis ou couchés. Il serra son sac contre lui et s'endormit. Quand il se réveilla, on lui avait volé l'argent qu'il avait dans la poche de sa chemise. C'était seulement trois billets d'un dollar. Il avait encore vingt dollars dans son sac.

A la frontière, les fonctionnaires du Népal ne firent aucune difficulté pour le laisser entrer. Ils étaient d'une gentillesse extrême. Ils parlaient en souriant un anglais

atroce dont Olivier ne comprit pas un mot malgré tous
ses souvenirs scolaires. Ils tamponnèrent son passeport,
lui firent signer des formulaires mal imprimés sur du
papier de mauvaise qualité. Il ne put pas arriver à comprendre combien de temps il était autorisé à séjourner. Il
changea quelques dollars à un petit bureau de la Banque
Royale qui n'était là que pour ça. On lui donna des
roupies en billets et de la monnaie de cuivre. Il signa
encore des papiers. Il demanda dans son anglais d'éco-
lier comment on pouvait aller à Katmandou. On lui
répondit abondamment avec des gestes, de grands sourires chaleureux et des phrases dans lesquelles il comprit
seulement « Katmandou ». Il se retrouva de l'autre côté
du poste frontière. Il y avait deux autocars et une seule
route. Les autocars étaient de vieux camions centenaires
sur lesquels avait été ajustée une carrosserie artisanale,
peinte de paysages gais et de guirlandes de fleurs, et
surmontée d'une sorte de frise de dentelle de bois sculptée. Ils étaient déjà l'un et l'autre bourrés de voyageurs
assis, debout, entassés presque jusqu'à gicler par les fenêtres ouvertes, tous les hommes vêtus d'une sorte de
chemise de toile blanche ou grise qui pendait sur un
pantalon de la même étoffe, très vaste autour des fesses
et serré du genou à la cheville. Ils étaient coiffés d'un
petit bonnet de toile blanc, ou de couleur. Quelques-uns
parmi les plus jeunes portaient des chemises occidentales
ou des pantalons de pyjama.

Olivier s'approcha d'un des véhicules, et demanda à
voix très haute, en désignant le car :

— Katmandou ?

Tous les voyageurs qui l'entendirent lui firent de
grands sourires et le signe « non » de la tête. Il obtint le
même résultat avec l'autre car. De toute façon, il eût
hésité à monter dans l'un ou dans l'autre, déjà trop
pleins d'une foule d'individus dont il s'était rendu
compte en s'approchant qu'ils étaient d'une débordante
bonne humeur, mais d'une étonnante saleté.

Ce qu'il ignorait encore, c'est que le signe de tête
qu'ils lui avaient fait avec un tel ensemble et qui pour
lui signifiait « non », pour eux voulait dire « oui ». Ni

l'un ni l'autre car, cependant, n'allait à Katmandou.
Mais personne, parmi ces gens aimables, n'avait voulu
faire de peine à un étranger en lui répondant non.

Sur une carte, à Rome, Olivier avait vu qu'il n'existait
qu'une route au Népal, qui allait de la frontière de
l'Inde à celle de la Chine, et qui passait à proximité de
Katmandou. Une route s'ouvrait devant lui. Il espéra
que c'était celle-là. Il s'y engagea. Une fois de plus, il
venait de changer de monde.

Après avoir traversé l'interminable plaine indienne
desséchée et qui gardait sur sa peau les cicatrices tourbil-
lonnaires des inondations, Olivier commençait à gravir
la première chaîne qui servait de frontière au Népal.
Bientôt ce ne fut plus que verdure. Partout où la forêt
laissait la terre découverte, celle-ci était travaillée minutieusement, jusqu'à l'extrême miette possible, et couverte
de récoltes dont il ne savait ce qu'elles étaient. Parisien,
fils et petit-fils de Parisiens, même en France il n'aurait
pas su distinguer une betterave d'un plant de maïs.

La route franchissait des cols, contournait des vallées.
Olivier prit des raccourcis, dévalant des pentes et remon-
tant des côtes pour retrouver la route de l'autre côté.
Chaque paysan ou paysanne qu'il rencontrait lui souriait
et répondait « non » à tout ce qu'il essayait de dire. Ils
ne comprenaient rien de ce qu'il leur disait, et quand on
ne comprend rien il est courtois de répondre oui. Ils
répondaient oui, et il comprenait non. Il commença à
soupçonner son erreur quand il eut faim et chercha à
manger. Il s'approcha d'une ferme, qui ressemblait assez
à une petite maison paysanne française. Les murs de
brique étaient recouverts d'une couche de crépi usé,
rouge jusqu'à mi-hauteur, ocre jusqu'au toit de paille.
Quand il s'approcha, trois enfants nus sortirent de la
ferme et accoururent vers lui. Ils se mirent à le regarder
en riant et jacassant, avec une curiosité intense. Ils
étaient bien nourris et visiblement heureux de vivre, et
sales des pieds à la tête. Une femme sortit à son tour,
vêtue d'une sorte de robe couleur brique, avec une ceinture de toile blanche faisant plusieurs fois le tour de sa
taille, qui abritait visiblement une nouvelle espérance...

Elle était brune de peau, avec des yeux rieurs, des cheveux noirs bien peignés et divisés en deux nattes tressées avec de la laine rouge. Elle était aussi sale que ses enfants, sinon plus. Olivier la salua en anglais, et elle fit « non » en souriant. Il lui expliqua par signe qu'il voulait manger et montra un billet, pour faire comprendre qu'il paierait. Elle se mit à rire avec malice et gaieté, fit encore « non », et rentra dans la maison.

Olivier soupira et s'apprêtait à repartir, quand elle revint avec un panier contenant de petits oignons nouveaux, des oranges et des fruits inconnus, qu'elle posa devant Olivier. Puis elle fit un deuxième voyage et apporta une écuelle contenant du riz mélangé avec des légumes.

Olivier remercia, elle fit de nouveau « non », et lorsqu'il s'accroupit pour manger, elle resta debout devant lui avec ses enfants. Tous les quatre le regardaient en bavardant et en riant. Olivier mangea le riz avec ses doigts. Les légumes qu'il contenait étaient à peine cuits et craquaient sous la dent. Le tout avait un goût de fumée de bois. Il goûta les fruits et les trouva bons, et termina par une orange qui était plutôt une sorte de grosse mandarine très douce. Le plus sale des enfants lui apporta de l'eau dans un bol où trempaient largement ses doigts. Olivier refusa gentiment, se leva, offrit un billet que la femme prit avec une grande satisfaction. Il demanda « Katmandou ? ». « Katmandou ? ». Elle lui répondit avec beaucoup de paroles et un geste vers une direction de l'horizon. C'était bien par là qu'il comptait aller.

Les enfants l'accompagnèrent en jouant comme des chiots jusqu'en bas de la vallée, puis remontèrent en courant vers leur maison. Il y avait un homme presque nu qui travaillait dans un champ, assez loin, courbé sur un outil à manche court. Il se redressa et le regarda. Puis recommença à travailler.

Olivier marcha pendant deux jours, mangeant dans les fermes, buvant et se lavant aux ruisseaux ou aux rivières, dormant sous un arbre. La température était très chaude dans la journée et clémente la nuit. Sur la route,

il était fréquemment dépassé ou croisé par des autocars
pareils à ceux qu'il avait vus à la frontière, ou par de
simples camions où s'entassaient des voyageurs debout,
mais il n'en vit aucun qui transportât des marchandises.
Il semblait que le fret fût réservé aux dos humains. Sur
la route et les sentiers, il rencontrait sans arrêt des
familles de sherpas qui, père, mère, enfants compris
jusqu'au plus petit, portaient des hottes proportionnées à
leur taille. Les hottes étaient suspendues à une sorte de
tresse plate passée sur la tête, un peu au-dessus du front,
et contenaient des poids énormes. Olivier vit ainsi des
hommes, des femmes, des enfants, qui portaient dans
leur dos, accroché à leur tête, plus que leur propre
poids, et marchaient, trottaient, couraient, disparais-
saient derrière un arbre, une montagne, un horizon, vers
le but qui leur était fixé, et où ils se débarrasseraient de
leur charge.

Ainsi marchait-il lui-même, avec sa charge de ran-
cœurs, de douleur et de haine. Son but était quelque
part derrière une deuxième chaîne de montagnes qu'il
n'apercevait même pas encore. Au troisième jour, il
n'avait plus aucune idée de la distance qu'il avait par-
courue et de celle qui lui restait à couvrir. Mais il lui
suffisait de continuer à marcher, et le moment viendrait
où il ferait les derniers pas, se trouverait devant son
père, et poserait sa hotte pour lui présenter tout ce qu'il
lui apportait de l'autre bout du monde.

La journée avait été très chaude. Un orage avait
grogné, grondé, râlé au-dessus des montagnes, sans vouloir éclater de la colère qui fait trembler et soulage.
Olivier, après avoir traversé une vallée où régnait une
moiteur étouffante, avait rejoint la route sur le flanc
opposé. Il décida de se reposer un peu avant de continuer, s'étendit sur une herbe raide, en bordure d'un petit
bois d'arbres étranges, dont la plupart ne portaient que
des fleurs et des épines.

De grands nuages blancs et gris bourgeonnaient dans
le ciel où tournoyaient de grands oiseaux noirs. Olivier
se souvint du grouillement des charognards au bord de
la piste desséchée de l'Inde, puis du visage de la fillette

du village, de ses yeux ouverts comme les portes de la nuit, qui le regardaient avec une toute petite lumière d'espoir au fond, et une place immense pour l'amour. Il sentit sur sa cuisse le poids du petit corps abandonné, confiant, heureux.

Il grogna, se retourna sur le ventre, la fatigue le submergea et il s'endormit.

40

ILS marchaient au bord de la route, toujours dans le même ordre, Sven en premier, puis Jane, puis Harold, toujours un peu à la traîne, peut-être parce que c'était lui qui mangeait le plus chaque fois qu'ils avaient de quoi manger. Sven et Jane avaient moins de forces, mais ils avaient atteint cette légèreté des animaux pour qui ce n'est jamais un effort de transporter leur propre corps.

Ils trouvèrent Olivier qui s'était de nouveau tourné sur le dos et dormait profondément, la bouche un peu entrouverte. Il s'était rasé et lavé le matin à une rivière, ses boucles s'étaient allongées depuis son départ de Paris, la peau de son visage était devenue plus foncée que ses cheveux mais gardait le reflet doré. Ses cils bruns faisaient une dentelle d'ombre au bas de ses paupières fermées.

Jane et Sven s'arrêtèrent, debout près de lui, et le regardèrent. Et Jane lui sourit. Après un court silence, Jane dit en anglais :

— C'est un Français...

— A quoi le vois-tu ? demanda Sven.

— Je ne vois pas, je sais...

— Une fille, ça ne se trompe jamais sur un Français dit Harold qui les avaient rejoints. Elle le reconnaît même à travers un mur...

Ils ne cherchaient pas à parler à voix basse, à ménager son sommeil. Mais lui n'entendait rien, il continuait de dormir, loin de tout, détendu, innocent et beau comme un enfant.

— Qu'est-ce qu'il en écrase !

— Il dort comme un arbre, dit Sven.

Harold avisa le sac d'Olivier posé près de lui et s'en saisit.

— Il a peut-être de quoi manger. Les Français sont débrouillards, pour la nourriture.

Il ouvrit le sac.

— Laisse ! dit Sven. Il faut lui demander.

Il s'accroupit près d'Olivier et posa la main sur son épaule pour le secouer.

— Non ! dit Jane. Pas comme ça !...

Sven retira sa main, se releva et regarda Jane qui allait vers les arbres et les buissons et commençait à cueillir des fleurs.

Elle couvrit de fleurs la poitrine et le ventre d'Olivier, elle s'en mit dans les cheveux et en mit dans les cheveux des garçons. Puis elle s'assit près d'Olivier, face à son visage et fit signe à Sven. Celui-ci s'assit à son tour, et posa sa guitare sur ses genoux. Jane se mit à chanter, doucement, une ballade irlandaise, et Sven l'accompagnait de temps en temps d'un accord. Jane, peu à peu, chanta de plus en plus fort. Harold était assis à deux pas, près du sac d'Olivier. Il trouvait que ça traînait.

La musique et la douceur de la voix entrèrent dans Olivier, se mélangèrent à son sommeil, puis emplirent toute sa tête, et il n'y eut plus de place pour le sommeil. Il ouvrit les yeux et vit une fille couronnée de fleurs, qui lui souriait. Ses longs cheveux pendaient sur ses épaules comme une lumière et une ombre d'or roux.

Ses yeux, qui le regardaient, étaient d'un grand bleu pur presque violet. Derrière sa tête, le soleil avait fait un trou dans les nuages, par lequel il envoyait des flammes dans toutes les directions, et dans les fleurs qui la couronnaient et la lisière de ses cheveux. Il y avait de la joie dans le ciel et dans les fleurs. Et le visage qui lui souriait était au centre de cette joie.

41

JANE parlait français avec un accent ravissant. Olivier l'écoutait, amusé. Il l'écoutait et la regardait. Par-dessus son image mouvante, il ne cessait de voir son image fixe, radieuse, nimbée de soleil, telle qu'elle lui était apparue lorsqu'il avait ouvert les yeux.

Le soleil s'était couché, ils avaient mangé quelques fruits, allumé un feu, et maintenant bavardaient un peu, détendus, parlant d'eux-mêmes ou du monde. Jane était assise auprès d'Harold qui de temps en temps posait la main sur elle, et chacun de ces gestes faisaient un peu mal à Olivier.

Sven, qui était adossé à un arbre, s'allongea et alluma une cigarette. Harold s'étira et se coucha, la tête posée sur les cuisses de Jane. Il y eut un silence, qu'Olivier rompit brusquement.

— Qu'est-ce que vous allez faire exactement, à Katmandou ?

Il regardait vers Jane et Harold, mais ce fut Sven qui répondit, paisiblement, sans bouger.

— Katmandou, c'est le pays du Bouddha... Il y est né... Il y est mort... Il y est enterré... Et tous les autres dieux sont là aussi... C'est l'endroit le plus sacré du monde... C'est l'endroit du monde où le visage de Dieu est le plus près de la Terre...

Il tendit sa cigarette dans la direction de Jane, qui allongea le bras, la prit, et en aspira une bouffée avec bonheur.

— Le Bouddha ! dit Olivier. Et le hachisch en vente libre au marché, comme les radis ou les épinards ! C'est pas plutôt ça que vous allez chercher là-bas ?

— Tu comprends rien ! dit Jane. Ça, c'est la joie !...

Elle tira une autre bouffée de la cigarette et la tendit à Olivier.

— Merci ! dit Olivier, tu peux garder cette saleté !

Harold glissait sa main sous la blouse de Jane et lui caressait un sein.

— Tu ne serais plus malheureux ! dit Jane.

— Je ne suis pas malheureux ! dit Olivier.

Un oiseau chantait dans le petit bois un chant étrange, sur trois notes longues sans cesse reprises, un chant triste et doux et pourtant paisible. Jane commençait à devenir un peu haletante sous la caresse d'Harold. Elle aurait voulu convaincre Olivier.

— Laisse-moi ! dit-elle à Harold.

— Laisse-le... dit Harold, tranquille... Il croit ce qu'il veut... C'est son droit...

Jane s'abandonna. Harold la coucha à terre, déboutonna sa blouse et tira la glissière de son pantalon.

Olivier se leva, ramassa son sac, donna un grand coup de pied dans les restes du feu, et disparut dans la nuit.

Le lendemain ils le rattrapèrent. Il marchait pourtant plus vite qu'eux. Mais il s'était arrêté au bord de la route, se persuadant qu'il avait besoin de se reposer. Et quand il les vit arriver à l'autre bout de la vallée, gros comme des mouches, un poids énorme qui lui pesait sur le cœur s'envola. Ils marchèrent ensemble. Sven marchait le premier, puis Jane et Olivier, et Harold un peu plus loin, un peu à la traîne.

— Katmandou, dit Jane, c'est un pays où personne s'occupe de toi, tu es libre, chacun fait ce qu'il veut.

— Le Paradis, quoi !

Jane sourit :

— Tu sais ce que c'est le Paradis, toi ? Moi, j'imagine... C'est un endroit où personne t'oblige, personne te défend... Ce que tu as besoin, tu le prends pas aux autres, les autres te le donnent, et toi tu donnes ce que

tu as... On partage tout, on aime tout, on aime tous...
On n'a que la joie...

— Avec musique de harpes et plumes d'anges ! dit
Olivier en souriant.

— Tu rigoles, mais c'est possible sur la Terre, si on
veut... Il faut vouloir... Et toi, qu'est-ce que tu vas chercher à Katmandou ?

Olivier redevint sombre, brusquement.

— La seule chose qui compte : l'argent.

— Tu es fou !... C'est ce qui compte le moins !

Il reprit son ton furieux, celui qui l'aidait à se
convaincre lui-même qu'il avait raison.

— Qu'est-ce qui compte, alors ? Comment tu veux
faire, pour être plus fort que les salauds ?

Elle s'arrêta un instant et le regarda avec un air
étonné qui ouvrait encore plus grands ses yeux d'ombre
fleurie.

— Si tu te remplis d'argent, tu deviens aussi un
salaud !... Moi j'en avais tant que je voulais... Mon père
en est *full up*, tout plein d'argent... Il en prend à tout le
monde, tout le monde lui en prend ! C'est comme si on
lui arrache sa viande... Alors pour oublier, il...

Elle se tut brusquement.

— Il quoi ? demanda Olivier.

— Rien... Il fait ce qu'il veut... Il est libre... Chacun
est libre...

Elle se remit à marcher. Elle demanda :

— Et le tien, qu'est-ce qu'il fait ?

— Le mien quoi ?

— Ton père ? Il est riche ?

— Il est mort... Quand j'avais six mois.

— Et ta mère ?

— Je viens de la perdre...

Le soir, ils allumèrent leur feu au fond d'un petit
vallon où coulait un ruisseau. Ils avaient acheté du riz et
des fruits avec l'argent d'Olivier. Harold fit cuire le riz
dans une gamelle. Ils le mangèrent tel quel, sans aucun
assaisonnement. Olivier commençait à s'habituer aux
goûts simples, essentiels, de la nourriture qui n'est faite

que pour nourrir. Les fruits, ensuite, étaient un émerveillement.

Harold s'allongea et s'endormit. Sven fumait. Olivier, adossé à un arbre, racontait à voix basse les journées de mai à Jane, allongée près de lui.

Jane se redressa à demi et, à genoux, fit face à Olivier.

— Se battre, ça gagne rien, jamais... Tout le monde le sait, et tout le monde se bat... Le monde est con...

Elle prit la cigarette de Sven et en aspira une bouffée.

D'un doigt de sa main qui tenait la cigarette, elle dessina un petit rond sur le front d'Olivier.

— Ta révolution, il faut la faire là...

Lentement, sa main descendit le long du visage, et présenta la cigarette aux lèvres d'Olivier.

Il saisit la main avec douceur et fermeté, et en ôta la cigarette qu'il éleva, regarda.

— Vos théories, on pourrait les discuter, s'il n'y avait pas ça... Votre monde, vous le bâtissez avec de la fumée...

Il jeta la cigarette dans la braise.

Harold se dressa d'un bond en poussant un cri.

— *Listen ! Shut up !* Taisez-vous ! Ecoutez !...

Il tendait le doigt, impératif, dans la direction du col qu'ils avaient franchi juste avant de s'arrêter pour la nuit.

Ils écoutèrent tous. Ils entendirent à peine, ils devinèrent, ce que l'oreille d'Harold, toujours aiguisée comme celle d'un chat, avait discerné avant eux dans son sommeil : le ronronnement puissant et régulier du moteur d'une grosse voiture.

— Une voiture a-mé-ri-cai-ne ! cria Harold.

Tout à coup, le pinceau des phares éclaira la paroi du col, puis vira, et révéla cent mètres de route. Le bruit de moteur accéléra.

— Cachez-vous ! Vite !

Harold poussa Sven et Olivier vers les buissons, ramassa le sac de Jane et le lui colla dans les bras.

— Toi, sur la route !

Il la lança vers le milieu de la chaussée, et courut rejoindre les deux garçons dans l'obscurité.

La voiture : une sportive américaine surpuissante avec tout le confort du dernier modèle grand luxe. Quelqu'un seul au volant. Sur la route, au milieu, en pleine ligne droite, les phares découvrent et illuminent une fille en blue-jean et blouse légère à demi ouverte, qui cligne des yeux, éblouie, et fait le signe du stop.

Une main gantée appuie sur la commande du klaxon, sans arrêt. Le pied droit appuie sur l'accélérateur. La fille reste au milieu de la route. Le klaxon hurle. La fille ne bouge pas. Il n'y a pas assez de place pour passer. Pied à fond sur le frein, les pneus s'écorchent sur la route. La voiture s'arrête pile, à quelques centimètres de la fille.

La portière s'ouvre, quelqu'un sort de la voiture, et vient rejoindre Jane dans la lumière des phares. Une femme, de cet âge indéterminé qu'ont les femmes très soignées quand elles ont dépassé quarante ans. Elle est rousse, autant qu'on en peut juger par la couleur apparente de ses cheveux, qu'elle porte longs comme une jeune fille. Elle est vêtue d'une tunique verte sur un bermuda groseille. Elle est nette, poncée, râpée, lavée, massée ; pas un gramme de trop, juste le compte de vitamines et de calories.

Elle insulte Jane en américain, elle lui ordonne de s'enlever de là, de débarrasser le chemin, sa voiture n'est pas une benne à ramasser les poubelles. Jane ne bouge pas. La femme lève la main pour la frapper. Une autre main sort de l'ombre et saisit son poignet, la fait virevolter et la renvoie contre la portière ouverte qui se ferme en claquant. Olivier, entré dans le pinceau des phares, interroge Jane avec anxiété.

— Ça va ? Tu as rien ? Elle a failli t'écraser, cette garce !

— Oh ! dit l'Américaine. Un Français ! Vous ne pouviez pas vous montrer plus tôt ?

— Et un Anglais, dit Harold, souriant, en surgissant de l'ombre. Et un Suédois !...

Il tendit le bras pour désigner un point de la frontière

entre la lumière et les ténèbres, et Sven y apparut, crevant le mur de la nuit, sa guitare pendue à son cou.

L'Américaine rentra à son tour dans la lumière et s'arrêta devant Harold. Elle tournait le dos aux phares, et le regardait sans dire un mot. La courte barbe brune du garçon et les ondulations de ses cheveux brillaient dans la lumière. Il ne bougeait pas. Il ne voyait que la silhouette de la femme découpée par le puissant faisceau de lumière. C'était une silhouette mince et sans âge. Il pensait à la voiture riche, aux sièges confortables, et à tout ce qu'il devait y avoir « autour ». Il sourit, découvrant des dents superbes.

— Saint Jean ! dit l'Américaine avec saisissement. C'est saint Jean avec le péché !

Harold se mit à rire. Il présenta ses camarades. Elle dit son nom : Laureen. Elle les fit monter et démarra. Harold était assis à côté d'elle, et les trois autres derrière, Jane entre Sven et Olivier. Olivier ne parvenait pas à oublier l'image de Jane dans la nuit, sculptée par la lumière de la voiture qui fonçait sur elle, et ne bougeant pas, immobile, indifférente, sereine, inconsciente. Heureuse !

La cigarette...

Saleté !

Il n'y pouvait rien. Ça ne le regardait pas. Qu'elle s'empoisonne si ça lui faisait plaisir. Il questionna Laureen avec agressivité.

— Naturellement, vous aussi, vous allez à Katmandou ?

— Je vais pas, dit Laureen, je suis déjà... Je reviens de faire un petit voyage... Je suis déjà dans Katmandou depuis cinq semaines...

— Qu'est-ce que vous cherchez, là-bas ?... Le visage de Dieu, vous aussi ?

Laureen se mit à rire.

— C'est beaucoup trop haut... pour moi !... Je prends ce que je trouve... A ma hauteur !...

De sa main droite, elle attira vers elle la tête d'Harold et l'embrassa sur la bouche. La voiture fit une embar-

dée, un arbre énorme et une maison rouge for<t>.<rent
vers elle. Harold se dégagea brutalement.

— *Hey ! Careful now !*

Il saisit le volant et redressa. L'arbre et la maison
rouge disparurent dans la nuit, derrière, avalés. Laureen
riait.

Ils roulèrent encore pendant près d'une heure, puis
Laureen dit :

— Nous n'arrivons pas ce soir à Katmandou. Nous
allons arrêter ici, je connais...

C'était un petit plateau que la route traversait en ligne
droite.

Laureen ralentit, bifurqua à gauche sur une sorte de
piste, avança lentement pendant une centaine de mètres.
Dans la lumière des phares apparut, abrité par une
chapelle à peine plus grande que lui, un Bouddha assis,
les yeux clos, souriant du sourire ineffable de la certitude. Il semblait taillé dans un bloc d'or

42

SVEN était assis dans la position du lotus, en face du Bouddha aux yeux fermés. Le Bouddha était assis en face de lui dans la même position, lourd et bien posé dans son équilibre, avec ce poids de ventre sur lequel était construite sa stabilité. Sven était léger comme un roseau, comme un oiseau, il ne se sentait plus peser sur la terre. Il avait à peine mangé et fumé deux cigarettes. A la troisième, il avait compris qu'il était en communion avec le Bouddha, celui-là, exactement celui-là avec son visage d'or, son vêtement d'or, ouvert sur sa poitrine et son ventre d'or, d'où le trou sombre du nombril regardait vers le ciel. Ce Bouddha s'était assis en ce lieu il y avait des siècles pour attendre Sven. Il avait patienté pendant des siècles et des siècles et enfin, ce soir, Sven était venu.

Il était allé s'asseoir en face du Bouddha, il l'avait regardé et le Bouddha qui voyait tout le regardait à travers ses paupières closes avec son imperceptible sourire de félicité. Sven comprit ce que le Bouddha lui disait et, pour lui répondre, prit sa guitare et la pressa contre son ventre. La cigarette se consumait lentement entre ses lèvres. Il en aspirait une longue bouffée et il savait alors ce qu'il devait dire, où il devait poser sa main gauche, quelle corde pincer, et avec quelle note juste et quelle juste force il devait parler du Bouddha. Une seule corde, une note seule, une note ronde parfaite comme l'équilibre de l'univers, et qui le contenait tout entier. Ce qu'il avait à dire au Bouddha, c'était cela : tout.

Un bonze à la robe safran était sorti de nulle part, avait allumé aux pieds du Bouddha trois lampes de cuivre, et était retourné dans la nuit. Laureen avait allumé sa lampe butane au bord du long bassin qui séparait les deux Bouddhas. Dans la lumière crue de la lampe elle avait ouvert les trois valises de camping. Vaisselle, couverts, glace, caviar, champagne, Coca-cola, sandwiches, lait, salades, nappe, serviettes... A l'autre bout du bassin, l'autre Bouddha avait les yeux ouverts. Il était en bronze, couleur de l'herbe. Il regardait avec gravité et amour tout ce qui voulait être regardé.

Dans l'eau épaisse et verte du bassin bougeaient des choses qu'on ne distinguait pas. Des dos lents et longs bossuaient la surface de l'eau sans la crever. Une gueule aspirait une miette lancée par Laureen. Petit remous sombre qui se creusait dans l'eau verte. On ne voyait rien.

Laureen versa de nouveau du champagne dans le verre en bakélite jaune que lui tendait Harold.

— Bois, ma beauté, lui dit-elle. Tu es beau ! Tu le sais ?

— Oui, dit Harold.

— Tu bois trop, dit Jane, tu seras malade...

— *No*, dit Harold. J'aime...

Il vida son verre et embrassa Laureen sur la bouche, longuement. Elle suffoqua, se leva, le prit par la main et le fit lever.

— *Come !*... Viens... Dans ma voiture...

Elle le tirait vers la longue voiture rouge endormie à l'autre bord du bassin. Harold se laissait un peu traîner, nonchalant, amusé, à peine ivre. Jane leur cria :

— *Good night !*

—- *Same to you !* répondit Harold.

Les notes de la guitare, rares, rondes comme des perles, tombaient de temps à autre des longs doigts de Sven.

Olivier prit la bouteille de champagne et l'inclina vers le verre de Jane.

— Non, dit-elle, Coca...

Il lui servit du Coca et se servit du champagne. Il lui demanda :

— Ça ne te fait rien ?

— Quoi ?

— De penser qu'il est en train de la déshabiller et de l'étendre sur les coussins de la voiture ?

Elle se mit à rire, doucement.

— Je crois que c'est plutôt elle, qui lui fait tout ça !

— Et toi tu t'en fous ?

— S'il y va, c'est que ça lui plaît...

— Tu ne l'aimes pas ?

Les grands yeux violets le regardèrent avec étonnement par-dessus le bord du verre bleu.

— Bien sûr je l'aime !... Si je l'aimais pas je coucherais pas !... J'aime lui, j'aime Sven, j'aime le soleil, les fleurs, la pluie, j'aime toi, j'aime faire l'amour... Toi tu aimes pas ?

Elle posa son verre vide et, s'appuyant sur ses deux mains, se rapprocha de lui. Il jeta dans l'herbe le champagne qui restait dans son verre et répondit sans la regarder.

— Pas avec n'importe qui...

— Je suis n'importe qui ?

Cette fois, il se tourna vers elle, la regarda avec une incertitude inquiète et dit doucement :

— Je ne sais pas...

— Tu ne me trouves pas belle ?

Elle lui fit face, à genoux comme elle l'avait déjà fait quand elle l'avait découvert endormi, comme elle l'avait fait encore quelques heures plus tôt, près du feu allumé au bord de la route. Elle défit entre trois doigts les boutons de sa blouse, et l'ouvrit, ses deux mains qui la tenaient ouverte tendues vers lui, comme pour lui donner, en offrande sans calcul, innocente, neuve, les seins parfaits qu'elle lui dévoilait. Ils étaient menus, dorés comme des pêches, couronnés d'une pointe discrète à peine plus foncée. La lumière crue de la lampe ne parvenait pas à leur ôter leur douceur enfantine... Ils étaient comme deux fruits du Paradis.

Ces seins... le bandeau sur les yeux... Ce sein qu'il

avait à peine touché... Presque là dans sa main... Etait-ce celui de Soura... Ou bien celui de... le drap pourpre... sa mère sous ce porc...

Il cria, furieux :

— Tu les montres comme ça à tout le monde ?

Elle se leva et ferma ses bras sur sa poitrine, effrayée.

Il s'était levé en même temps qu'elle et la gifla à la volée.

Elle eut à peine le temps de pousser un petit cri, d'étonnement plus que de douleur, qu'il l'avait déjà prise dans ses bras, la serrait contre lui, lui parlait dans l'oreille, dans le cou, l'embrassait, lui demandait pardon.

— Je suis une brute ! Un crétin ! pardonne-moi...

Toute la peur de Jane fondit dans les bras et les mots d'Olivier. Elle sourit et se mit aussi à l'embrasser partout, sur les yeux, sur le nez, dans le trou de l'oreille. Elle riait, il riait. Il lui ôta sa blouse, son pantalon et son slip, la prit par la main et l'éloigna de lui à bout de bras pour mieux la voir. Il répétait « Tu es belle ! Tu es belle ! ». Elle riait, heureuse de le lui entendre dire.

Il la fit tourner sur elle-même, lentement, plusieurs fois. La flamme livide de la lampe de butane lui donnait l'air d'une statue un peu rose, un peu blanche, un peu pâle. Elle avait un derrière de fille bien rond, mais menu, et quand Olivier la voyait de face, en haut de ses longues cuisses un petit triangle de gazon d'or accrochait tout ce qu'il y avait de chaud dans la lumière.

Il la ramena vers lui, la prit dans ses bras, la souleva et l'emporta.

Elle lui demanda doucement :

— Où tu m'emportes ?

— Je ne sais pas, tu es belle, je t'emporte...

Il marcha le long du bassin, la nuit les prit, elle était douce. Jane se blottissait contre la poitrine d'Olivier. Il l'emportait, elle était légère et fraîche et chaude dans ses bras. Il la posa devant le Bouddha aux yeux ouverts. Là aussi il y avait trois lampes de cuivre allumées. Il voulait encore la regarder.

Il se déshabilla, et la coucha sur ses vêtements. Elle avait fermé les yeux et se laissait faire, passive, heureuse, étendue comme la mer au soleil.

Il était nu debout devant elle, ses pieds contre ses pieds joints, et son désir dressé vers les étoiles. Il la regardait. Elle était mince, mais non maigre, faite de longues courbes douces que les lampes ourlaient de lumière. Les pointes de ses seins menus étaient comme deux perles d'or brun qui brûlaient.

Il s'allongea contre elle, sur le côté, pour la voir encore. Il n'avait jamais vu de fille aussi belle. Ou peut-être n'avait-il pas pris le temps de voir.

Elle sentit, serré entre lui et elle, contre sa hanche, son dur et doux prolongement d'homme. Elle eut un petit rire de bonheur, glissa sa main vers lui et l'en enveloppa.

Olivier se pencha et lui embrassa les yeux, le nez, les coins de la bouche, légèrement, sans s'attarder, comme une abeille qui butine une tige de menthe fleurie sans cesser de voler. Puis il descendit, lui échappa, prit dans ses lèvres le bout d'un sein, puis de l'autre, y posa ses yeux clos, caressa de ses joues les douces rondeurs, en fit le tour d'une joue et de l'autre, les poussa de son nez comme un nourrisson affamé, les mordit de ses lèvres, les prit dans ses mains, et sans les quitter descendit plus bas sa bouche, sur le doux ventre plat, sur la tendre et tiède ligne des aines. Les jambes de Jane s'ouvrirent, comme une fleur, s'épanouirent. Les courtes boucles du petit triangle révélèrent leur secret. Olivier vit éclore la fleur de lumière. Lentement il se pencha vers elle et y posa ses lèvres.

Des pointes de ses seins que caressaient ses mains, à la pointe de son corps que sa bouche fondait, Jane n'était plus qu'une onde de joie, un fleuve triangulaire qui roulait sur lui-même à grands remous de quelque chose plus grand que le plaisir, toute la joie de la terre et du ciel qu'elle prenait et donnait. Et puis, cela fut terrible, cela n'était plus possible, elle saisit à pleines mains les cheveux d'Olivier, se cramponna à sa tête, voulut l'enfoncer en elle, éclata, mourut, plus rien n'était plus, elle non plus.

Alors Olivier, doucement, quitta la fleur d'or, baisa avec tendresse la douce et tiède ligne des aines, le doux ventre plat, les seins amollis de bonheur, les lèvres entrouvertes, les yeux clos. Et Jane le sentit lentement, puissamment, entrer en elle.

A demi en sommeil, à demi morte, elle sentit qu'elle allait recommencer ce qu'elle ne croyait plus possible, et le dépasser. Elle recommença à vivre par le milieu le plus profond de son corps, autour du dieu qui y avait pénétré et qui était en train d'y allumer le soleil et les étoiles.

Le Bouddha qui regarde regardait. Il avait déjà vu tout l'amour du monde.

43

LAUREEN klaxonna. Un camion bourré de Népalais occupait le milieu de la route et envoyait derrière lui un long nuage de poussière. Elle appuya sur un bouton, la capote surgit de la malle arrière, se ferma au-dessus d'eux, les vitres remontèrent et les enfermèrent hermétiquement.

Les passagers du camion, émerveillés, poussaient des cris de joie et riaient.

Laureen klaxonnait sans arrêt. Enfin, le gros véhicule appuya sur sa gauche et se mit à raser le talus. On roule à gauche au Népal, comme en Inde, c'est-à-dire comme en Angleterre. L'Américaine passa en trombe, faillit écraser une famille de porteurs chargés de briques qui trottinaient devant le camion, et prit le large. Laureen jurait en américain. Elle n'aimait pas que quoi que ce fût lui fît obstacle. Sur le siège à côté du sien, Harold dormait. D'une pression du pouce, Laureen fit rentrer les glaces et la capote.

Sur le siège arrière, Olivier était au milieu, avec Jane à sa droite. Appuyée de biais contre le dossier, elle le regardait sans parvenir à comprendre ce qui lui était arrivé cette nuit. Qu'est-ce qu'il avait, ce garçon ? Oui, il était beau, mais Harold aussi. Oui, il lui avait bien fait l'amour, comme personne avant, non jamais personne... Mais ce qu'elle avait éprouvé, c'était autre chose qu'un plaisir plus grand que les autres fois, c'était... Quoi ? Du bonheur ?... Elle n'était donc pas heureuse, avant, avec

ses copains ?... Elle pensa que s'il restait avec elle, avec
eux, ce serait merveilleux... Elle soupira, sourit et se
blottit contre lui. Elle était brisée.

Olivier la regarda avec un sourire un peu tendre, un
peu ironique. Il l'avait occupée jusqu'à l'aube, et maintenant il éprouvait ce détachement des jeunes mâles dont
le corps se refait des forces. Maintenant, l'important,
c'était ce qui allait se passer à Katmandou entre lui et
son père.

Il se pencha en avant et interrogea Laureen :

— Vous connaissez les gens, à Katmandou ?

— Je connais tout le monde... Je veux dire pas les
natives, of course... Les civilisés, oui... Ils ne sont pas
beaucoup, c'est un village...

— Vous connaissez un nommé Jamin ?

— Jacques ? Tout le monde connaît ! C'est lui que
vous voulez voir ?

Elle le regardait avec curiosité dans le rétroviseur. Il
se laissa aller en arrière, répondit oui.

— En ce moment, il n'est pas dans Katmandou, dit
Laureen... Il prépare un safari pour mon mari... George
veut apporter quelques têtes de tigres pour accrocher
entre les Picasso... Mais il tire comme une limace...

Après un silence, elle ajouta avec dégoût :

— Il fait tout comme une limace... Hassh... Heureusement, Jacques tire en même temps !... Sans quoi il aurait
plus de clients... Ils seraient tous bouffés ! Il est dans son
camp de chasse, dans la forêt... Si vous voulez, je vous
laisse en passant...

Jane, anxieuse, prit une main d'Olivier entre ses deux
mains. Il la regarda, puis se tourna vers Laureen. Il lui
dit qu'il était d'accord.

La route descendait maintenant tout le temps. La première chaîne de montagnes était franchie. La voiture
atteignit le fond de la grande vallée vers le milieu de
l'après-midi. Il y régnait une chaleur très humide, tropi-
cale. Une sorte de forêt clairsemée bordait la route des
deux côtés. Les arbres étaient immenses, très espacés,
séparés par des hautes herbes et des massifs de buissons
touffus, couverts d'énormes fleurs.

Laureen s'arrêta à l'amorce d'une piste. Une petite pancarte de bois était clouée à un arbre. Une tête de tigre y était peinte, soulignée d'une flèche qui indiquait la direction où la piste s'enfonçait entre les arbres.

— C'est ici, garçon, dit Laureen.

Jane descendit pour laisser descendre Olivier. Elle l'accompagna jusqu'au commencement de l'ombre de la forêt.

— Où tu vas ? Qu'est-ce que tu lui veux, à ce type ?

— Lui prendre son argent !...

— Tu es fou ! Laisse tomber l'argent... Viens avec nous !...

— Non...

Il regarda la voiture. Harold mangeait un sandwich. Sven fumait. Il se souvint de la nuit, du corps innocent étendu dans la lumière des lampes, du plaisir — du bonheur ? — qu'il lui avait donné...

— Quitte ces types ! Ce sont des larves ! Viens avec moi !...

Elle le regarda avec étonnement et avec détresse. Comment pouvait-il lui demander ça ? Elle ne voulait pas, elle ne pouvait pas retourner dans le monde qu'elle avait quitté, le monde ordinaire, de l'argent, des obligations et des interdictions. Sven lui avait révélé la liberté, et rien ne pourrait la faire renoncer à sa vie nouvelle, qui était la seule vraie, la seule possible. Elle ne quitterait pas Sven, même pour Olivier. Elle ne pensait pas à Harold. Harold ne comptait pas. Mais quand elle répondit non à Olivier, c'est à Harold que lui pensa, à la scène de l'avant-veille, près du feu...

— Alors, salut ! Ciao !...

Il souleva son sac et se le mit derrière l'épaule. Elle se rendit compte tout à coup que cette séparation pouvait être définitive, et elle eut peur.

— Alors, on se verra plus ?

— Tu as envie de me revoir ?

— Oui... Toi, pas ?

Si, il avait envie de la revoir, mais il ne pouvait pas oublier l'autre garçon qui la déshabillait. Elles sont toutes pareilles ! Toutes ! Toutes !...

— Il y a des choses que je ne partage pas, dit-il.

— Quelles choses ? Qu'est-ce que tu veux dire ?

Elle ne comprenait pas, elle aurait voulu qu'il s'expliquât, elle pouvait peut-être encore le gagner.

— Hey ! cria Laureen ! Dépêche-toi, Olivier !... Les tigres ont faim à partir de dix-neuf heures !

— Ciao ! dit Olivier.

Il lui tourna le dos et s'engagea sur la piste.

44

TOURNEE vers l'arrière, Jane regardait la forêt qui venait d'avaler Olivier. La piste disparut, il y eut un camion, un virage, de la poussière, Jane regardait toujours en arrière. Elle sentit la main de Sven qui se posait sur son épaule. Elle se retourna. Il lui souriait avec gentillesse. Elle lui fit un petit sourire qui essayait d'être gai. Il lui montra un papier blanc qu'il avait tiré de sa poche. Il le déplia. Il contenait de la poudre blanche.

— Il m'en reste un peu... On partage ?

Elle cessa de sourire. Non, pas ça, elle avait peur.

— Comme tu veux, dit Sven.

Mais au moment où il portait le papier à ses narines pour tout aspirer, elle tendit la main :

— Donne !...

A une corde tendue entre deux arbres pendaient dix-sept peaux de tigres écartelées par des baguettes. A l'autre extrémité de la clairière, un homme, debout dans une jeep conduite par un chauffeur coiffé d'un turban rouge, passait en revue une trentaine d'éléphants harnachés, en tenue de chasse, portant chacun un cornac et un chasseur indigène. Les rabatteurs étaient alignés devant eux.

La jeep effectua un virage impeccable et vint se placer face à la file d'éléphants, juste au milieu.

L'homme debout saisit un mégaphone et prononça une harangue en anglais. Olivier la comprit presque toute, car c'était de l'anglais prononcé avec l'accent français, tel qu'on l'apprend au lycée...

Sur un ton de général en chef, il donnait des recommandations pour la chasse qui allait commencer le surlendemain.

Il termina en précisant l'heure du rassemblement. Il était nu-tête, vêtu d'un short kaki, et d'une chemise militaire de même couleur. Il portait une ceinture de cuir cloutée de cuivre à laquelle pendait l'étui d'un revolver. Devant lui, un fusil à fauves était accroché au pare-brise de la jeep.

Celle-ci tourna sur place et traversa la clairière, venant vers Olivier. L'homme, qui allait s'asseoir, se releva en l'apercevant et parla au chauffeur. La voiture s'arrêta à la hauteur d'Olivier. Celui-ci ne bougeait pas, ne disait

rien. L'homme le regardait, intrigué, puis agacé. Il
demanda :

— *You want something ?*

Olivier demanda à son tour :

— Vous êtes monsieur Jamin ?

— Oui...

— Je suis Olivier...

— Olivier ?

Olivier, Olivier, ce nom lui disait quelque chose...
Tout à coup, son visage s'éclaira :

— Olivier ?... Vous voulez dire... Olivier... le fils de
Martine ?...

— Et le vôtre, d'après l'état civil, dit Olivier glacial.

D'un bond, Jacques sauta à bas de la jeep tout en
criant, par-dessus la tête d'Olivier :

— Yvonne ! Yvonne !

Une voix répondit du haut des arbres, demandant ce
qui se passait.

Jacques cria :

— Venez voir ! C'est formidable ! C'est MON
FILS !

Il prit Olivier par les épaules, le fit pivoter, et le
présenta.

Dans sept arbres géants, au milieu des branches,
étaient construites de grandes huttes de rondins et de
paille, auxquelles on accédait par des escaliers de bois.
C'étaient les chambres destinées aux chasseurs, des
« huttes sauvages » de luxe pour milliardaires.

Une fenêtre de la plus proche encadrait le buste de la
femme à qui Jacques s'était adressé. Elle était brune,
avec des cheveux plats qui pendaient jusqu'au bas de son
visage. Elle portait une chemise d'homme orange, un
peu délavée. Elle regardait les deux hommes sans rien
dire. L'enthousiasme de Jacques ne suscitait en elle
aucun élan, même poli. Autant qu'Olivier put en juger
de bas en haut, elle paraissait triste, et un peu maigre.

— C'est la femme de Ted, mon associé, dit Jacques.
C'est elle qui reçoit nos clients, et moi qui leur procure
les émotions fortes...

Pendant les quelques quarts d'heure qui s'écoulèrent avant l'arrivée de la nuit, Jacques fit visiter à Olivier les installations de son quartier de chasse, sans cesser de parler ou de crier des ordres aux domestiques qui apparaissaient dans tous les coins. Il ne se rendit pas compte de la froideur d'Olivier, à qui, de toute façon, il ne laissait pas le temps de placer un mot.

Il avait les cheveux de la même couleur que ceux de son fils, mais plats et coiffés dans le style anglais, avec une raie sur le côté gauche, sans un poil blanc. Ses yeux étaient plus clairs que ceux d'Olivier et surtout moins graves. C'était le regard d'Olivier qui semblait être adulte, et celui de son père pareil à celui d'un enfant.

— Tu coucheras ici : c'est la case de Rockefeller. Je te laisse, tu dois avoir besoin de faire un peu de toilette. On dîne dans une heure...

La salle à manger occupait la plus grande des cases. Le tronc de l'arbre la traversait à une extrémité, et une de ses branches montait en diagonale du plancher jusqu'au plafond, à travers toute la pièce. Une molle épaisseur de peaux de tigres et de tapis indiens recouvrait tout le sol. Des têtes de tigres, de buffles et de rhinocéros étaient accrochées à l'énorme branche et aux murs, entre des lampes où brûlait de l'huile parfumée. Des armes de chasse de tous calibres, capables de tuer depuis l'éléphant jusqu'à la mouche, étaient disposées entre les trophées, luisantes, bien entretenues, prêtes à

servir. Au centre de la grande table anglaise en acajou,
un dieu de cuivre tendait dans tous les sens ses mains
nombreuses, dont les attributs avaient été remplacés par
des bobèches. Une gerbe de bougies y flambait, illuminant une nappe de dentelle précieuse, de la vaisselle fine,
et des coupes de cristal.

La chaise de Jacques était vide. Debout, il racontait en
la mimant une scène de chasse. Il avait mis un smoking
blanc et Yvonne une robe du soir brodée de perles, à
bretelles, sans mode, faite pour plaire aux clients anglo-
saxons. Olivier était en blouson, mais rasé, lavé,
peigné.

— Pan ! pan ! pan ! dit Jacques en épaulant un fusil
imaginaire, je lui ai mis deux pruneaux dans l'œil et un
dans le nez ! Si je l'avais manqué, il tombait sur mon
client et en faisait un steak tartare ! J'ai juré de ne pas
dire son nom, il était ici incognito, mais si j'avais
manqué le bestiau, le plus grand royaume d'Europe
n'aurait plus de roi !...

— N'exagérons pas, dit Yvonne froidement, il n'est
pas roi.

Jacques éclata de rire et vint se rasseoir.

— C'est vrai ! C'est sa femme qui est reine ! Ça arrive,
dans les ménages.

Deux enfants et un vieillard assis près du tronc de
l'arbre jouaient sur des petits violons indigènes un air à
la fois guilleret et mélancolique. Les cuisines étaient
derrière le tronc de l'arbre. Des serviteurs vêtus de
blanc, nu-pieds, coiffés du petit bonnet népalais, se hâtaient de l'arbre à la table, apportant ou rapportant sans
cesse quelque chose, avec empressement et un évident
plaisir.

Deux d'entre eux soulevaient pour l'emporter
l'énorme plat d'argent posé aux pieds du dieu-candé-
labre, et dans lequel saignaient les restes d'une pièce de
viande entourée d'une quantité de légumes et de fruits
cuits.

Jacques leur ordonna de laisser le plat, son fils n'avait
pas fini... Et qu'on change le champagne, vite, celui-là
était tiède. Il vida sa coupe dans le seau où trempait la

bouteille, prit dans le plat une épaisse tranche de viande
et la posa dans l'assiette d'Olivier.

— Mange ! Quand j'avais ton âge, je mangeais comme
un loup, maintenant je mange comme un lion ! Il faut
manger de la viande ! Sinon, on devient triste et on
vieillit !

Il déboucha la nouvelle bouteille qu'on venait
d'apporter, et la tendit vers la coupe d'Olivier. Mais
celle-ci était restée pleine, et dans son assiette la nouvelle
tranche de viande en chevauchait une autre qu'il n'avait
pas achevée.

Jacques se rendit compte vaguement que peut-être
quelque chose n'était pas absolument normal dans l'attitude de son fils.

— Qu'est-ce qui se passe ? Qu'est-ce que tu as ? Tu ne
manges pas, tu ne bois pas !... Je n'ai tout de même pas
engendré un curé ?

Olivier devint très pâle. Yvonne qui, depuis son arrivée, s'était rendu compte de la tension nerveuse dans
laquelle il était enfermé, vit le dessous de ses yeux se
creuser et blêmir sous les pigments dus au grand soleil
de la route.

Olivier se cala bien droit au dossier de sa chaise.
Jacques, en le regardant d'un air intrigué, emplissait sa
propre coupe et la vidait.

— Je regrette, dit Olivier, d'avoir accepté de partager
votre table avant de vous avoir dit ce que j'avais à vous
dire. Mon excuse est que j'avais faim... Vous voudrez
bien me retenir le prix de mon repas quand nous aurons
réglé nos comptes...

— Qu'est-ce que tu racontes ? dit Jacques stupéfait.
Quels comptes ?

Yvonne eut un petit sourire et regarda Olivier avec un
intérêt accru.

Un serviteur avait pris la bouteille dans la main de
Jacques et emplissait de nouveau sa coupe. La petite
musique reprenait sa rengaine avec des variantes, et le
vieux se mit à chanter d'une voix de nez...

— Je suis venu vous demander..., dit Olivier...

Il s'interrompit, puis cria :

— Vous ne pouvez pas faire taire cette musique ?

Jacques le regarda avec étonnement, puis parla calmement au vieillard et aux deux enfants, qui se turent.

Il y eut quelques secondes d'un extraordinaire silence. Les serviteurs ne bougeaient plus, les flammes dorées des lampes et des bougies montaient droit dans l'air immobile. On entendit, dehors, le piaillement d'une tribu de singes effrayés puis le feulement ennuyé d'un tigre.

— Ils ne sont pas loin, cette nuit ! dit Yvonne à mivoix.

— Ils sont où ils veulent, on s'en fout ! dit Jacques énervé, sans quitter Olivier des yeux. Alors ? Me demander quoi ?...

Olivier était redevenu calme, froid. Il tira un petit papier de la poche de son blouson.

— Je suis venu vous demander ce que vous me devez... La pension alimentaire impayée... trente millions... Voici les chiffres, vous pouvez vérifier...

Il déplia le papier, le posa devant lui, et le poussa vers Jacques, qui le prit et le regarda comme un objet incongru, inconvenant, et en même temps stupéfiant, quelque chose qui n'aurait dû en aucune façon se trouver là, sur cette table, et en ce moment.

— Je n'ai pas compté, dit Olivier, tout le linge sale et les vaisselles que ma grand-mère a lavés depuis vingt ans... Quant à ce que ma mère a fait, votre fortune ne suffirait pas à le payer, ni à elle ni à moi...

Yvonne, tournée vers Jacques, le regardait avec passion, comme un photographe qui attend que naisse, de la blancheur trompeuse du papier trempé dans le révélateur, une image dont il espère qu'elle sera exceptionnelle.

— Eh bien Jacques, dit-elle doucement, voilà la minute de vérité...

— La vérité ?...

Jacques secoua le papier qu'il venait de lire, et par ce geste se débarrassa de sa stupeur.

— La vérité, c'est que mon fils n'est pas un curé, c'est un comptable !... Moi qui croyais que tu venais voir ton père... Chasser avec lui... Devenir copain... Bon, je te les

donnerai tes millions !... Je regrette, c'est une soirée
fichue !... Excusez-moi, je vais me coucher...

Il vida sa coupe et se leva.

— Il ne vous donnera rien du tout... dit Yvonne à
Olivier, parce qu'il n'a rien.

Jacques, qui s'éloignait déjà de la table, s'arrêta et se
retourna.

— Rien n'est à lui, ici, RIEN ! continuait Yvonne
doucement.

Elle avait une voix basse, de femme à qui la vie n'a
pas été tendre.

— L'installation, les capitaux, les fusils, même son
smoking ! Tout est à mon mari !...

— Pardon ! dit Jacques. Les capitaux, d'accord ! C'est
lui qui les a apportés. Mais la moitié de l'affaire est
constituée par mon travail ! Et quand je dis la moitié !...
Qu'est-ce qu'elle serait cette affaire, sans moi ? Et Ted,
qu'est-ce qu'il serait ? Zéro !

Il revint vers sa chaise et voulut prendre sa coupe
qu'un serviteur avait remplie. Yvonne l'en empêcha.

— Arrête un peu de boire ! dit-elle, très lasse, et as-
sieds-toi...

Elle se tourna vers Olivier.

— Je n'en peux plus... Je me demande s'il y a une
solution... Je l'aime parce qu'il est comme un enfant, et
en même temps j'essaie d'en faire un homme... J'ai peut-
être tort, je ne sais plus...

— Tu crois que tout cela intéresse Olivier ? demanda
Jacques.

Il était resté debout et se choisissait un long cigare
dans une boîte.

— Oui ! Ça le regarde ! Parce que tu vas être obligé
de lui dire la *vérité* !...

« Ça te fera peut-être quelque chose quand tu enten-
dras ta propre bouche dire à ton fils que tu n'es rien et
que tu n'as rien ! Pas même ce cigare !... »

Peu à peu la colère l'avait emporté sur la lassitude,
elle s'était levée en parlant, et elle lui arracha des doigts
le cigare qu'il promenait délicatement sur la flamme
d'une bougie.

— Tout est à Ted ! Tout ! Ton travail ! Ta vie ! Tout ce que tu fais ne sert qu'à camoufler son trafic !

Les serviteurs, silencieusement, rapidement, débarrassaient la table, changeaient les assiettes, apportaient des plats surmontés de montagnes de fruits, une glace gigantesque, multicolore. Ils ne comprenaient pas un mot de français, ils n'imaginaient pas ce qui pouvait se passer, ne cherchaient pas à le comprendre, ils étaient comme des fourmis, affairés, efficaces, rapides. Le vieux musicien et les deux enfants, qui n'avaient rien à faire, regardaient paisiblement, attendant qu'on leur ordonnât de recommencer. Tout ce qui arrivait devait arriver, rien n'était extraordinaire. Singes, vaches, hommes, d'ici ou d'ailleurs, faisaient et disaient ce qu'ils avaient à faire et à dire. Cela ne regardait personne.

Jacques avait choisi tranquillement un autre cigare et l'allumait à une flamme. Il protesta avec calme contre ce qu'affirmait Yvonne. Elle lui avait souvent parlé du marché clandestin auquel elle était persuadée que se livrait Ted. Il achetait pour des sommes dérisoires des statues volées dans les temples, le plus souvent des statues érotiques, et les revendait très cher à des touristes. Jacques affirmait que tout cela était faux, pur produit d'une imagination féminine romanesque.

— Tu sais bien que c'est vrai ! dit Yvonne, mais tu fais semblant de ne pas y croire, pour pouvoir continuer ton barnum !

Olivier regardait et écoutait se développer l'affrontement qu'avait déclenché l'apparition de son papier plié en quatre.

— Napoléon ! lui dit Yvonne. Il joue à Napoléon ! Big Chief ! Le Grand Sioux ! La Longue Carabine ! Du cinéma ! Il se fait du cinéma toutes les minutes du jour et tous les jours de l'année. Et rien ne lui appartient. Ni le décor, ni les accessoires, ni les costumes, ni même son rôle !

Jacques, sans s'asseoir, reprit sa coupe et la vida. Il semblait très calme, mais sa main tremblait un peu. Puis, en souriant, il s'adressa lui aussi au témoin et au juge, à Olivier.

— Tout ça, c'est de l'énervement de femme !... Parce qu'elle n'arrive pas à me persuader d'abandonner cette affaire, qui est superbe, pour partir avec elle, rentrer en France, aller cultiver quelques hectares de terre qu'elle a hérités de ses parents !... Tu me vois, moi, planter des betteraves ?

Il se mit à rire franchement, et ajouta d'un air de certitude tranquille :

— Ces histoires de statues, c'est du délire ! Ted est un honnête homme !...

— Ted est un voleur ! cria Yvonne. Il te vole ta vie ! Comme il vole tout le monde ! Quand il achète une statue, il vole celui qui l'a volée, et il vole le type à qui il la vend dix fois ce qu'elle vaut, sous prétexte que c'est dangereux ! Dangereux pour qui ? Qui est-ce qui va chatouiller les tigres, pour détourner l'attention ? Un jour, tu en manqueras un, et tu seras bouffé !

— Manquer un tigre ? Moi ?

Jacques éclata de rire, jeta son cigare dans le seau à champagne, décrocha un fusil, l'épaula, tourna sur lui-même en faisant feu huit fois. Cela dura cinq secondes. Les douilles vides avaient jailli sur la table, sur les musiciens, sur une épaule d'Yvonne. Un petit nuage de fumée bleue à peine visible s'étirait entre le regard d'Olivier et le visage de son père. Les serviteurs s'étaient figés sur place, sans peur ni émoi. Aux murs, quatre têtes de tigres, trois de buffles, et une de rhinocéros, avaient perdu chacune un de leurs yeux de verre.

Jacques sourit, content de lui.

— Tu vois ? C'est pas encore demain que ton père sera bouffé !...

Yvonne vint vers lui. Elle le regardait avec indulgence, avec amour et pitié. Elle lui prit son fusil des mains et le tendit à un serviteur.

— Maintenant que tu as fait ton numéro, viens regarder ton fils en face, et répète-lui que tu vas lui donner ce qu'il te demande.

Elle poussait doucement Jacques vers la table, il se rebiffa.

— Laisse-moi tranquille ! Ne te mêle pas de ça, c'est une affaire entre hommes...

— Pour ça, dit Yvonne, il faut qu'il y ait DEUX hommes !... Tu ne trouveras plus jamais une telle occasion d'en devenir un !... Dis-lui la vérité !... Allons !... Dis-lui !... Parle !... Est-ce que tu vas lui donner seulement un million, sur les trente que tu lui dois ?..

Jacques, après avoir détourné son regard à droite et à gauche, finalement regarda Olivier qui le regardait. Il tira un peu sa chaise, s'assit lentement, abandonnant toute attitude pour n'être plus que ce qu'il était, déshabillé de l'apparence, nu sous la douche de la vérité.

— Je regrette, mon petit... Je ne pourrai même pas te donner un million... Je ne l'ai pas... Ni la moitié ni le quart... Elle a raison... Je n'ai rien... Rien...

Il prit sa coupe de nouveau pleine, puis se rendit compte que ce n'était plus de jeu, la reposa, haussa les épaules, regarda Olivier avec un petit sourire misérable.

— Ce n'est pas l'idée que tu te faisais de ton père, hein ?

Olivier semblait réfléchir. Il mit un certain temps à répondre.

— Non...

Puis il ajouta après un silence :

— Je croyais que c'était un salaud plein d'argent qui nous laissait crever...

Lentement, son visage se détendit, quelque chose se dénoua dans sa poitrine et libéra tous ses muscles crispés. Il eut un sourire d'enfant, prit sa coupe, à laquelle il n'avait pas touché depuis le début du repas, la leva vers son père, et but.

47

LA jeep s'arrêta à l'embranchement de la piste et de la route. Olivier sauta à terre. Jacques, au volant, lui tendit son sac. Le soleil déjà haut commençait à chauffer dur.

— C'est long, à pied ! Tu ne veux vraiment pas attendre la fin de la chasse ? Et rentrer avec nous ?

— Non...

— Qu'est-ce qui te presse tant, à Katmandou ? Une fille ?

— Oui, dit Olivier.

Il n'y avait maintenant plus d'obstacle. Cet argent qu'il avait dressé autour de lui comme une muraille s'était transformé en nuage, en vapeur, évanoui. Jane était là, visible, à quelques pas. Il lui suffisait de marcher et de la rejoindre. Les autres garçons, il n'aurait même pas besoin de les balayer, c'est elle qui les mettrait hors de sa vie.

— Elle est belle ? demanda Jacques.

Olivier sourit et leva le poing droit, pouce en l'air.

— Comme ça !

— Tu es amoureux ?

— Peut-être.

Jacques soupira.

— Fais attention aux filles !... C'est bien agréable un moment, mais, tout le temps, quelle plaie !... Allez ! Bonne route !... Salut !...

Il salua de la main, et fit virer la jeep, qui s'enfonça dans la forêt.

Au commencement, Olivier compta les jours, deux jours, cinq jours, six jours, puis il s'embrouilla et ne sut plus, et cela lui était égal. Il marchait, montait, descendait, marchait, montait, et il y avait toujours une nouvelle barrière à franchir. Il ne sentait plus aucune fatigue, et sans son impatience de retrouver Jane, il aurait pris plaisir à la route interminable. Ce n'était pas seulement la course vers Jane qui le rendait léger, mais aussi d'avoir perdu son poids de haine et de mépris envers son père.

Il était venu de l'autre bout du monde avec un couteau, pour tailler une livre de chair dans le ventre d'un milliardaire immonde, et il avait trouvé un enfant inconscient et joyeux, aussi pauvre que lui. Les quelques billets que Jacques lui avait donnés, qu'il avait d'abord refusés, puis acceptés pour ne pas l'humilier, serrés dans son sac, le soulevaient comme une montgolfière parce qu'ils étaient le don de l'affection d'un père et de l'amitié d'un homme. Les millions qu'il était venu exiger d'un étranger, dont il était le fils, s'il les avait obtenus, il les aurait emportés sur lui comme un rocher.

Il ne s'était plus rasé depuis la soirée de la maison de chasse. Un matin, alors qu'il arrivait à proximité d'un nouveau col, il passa sa main sur ses joues et son menton, et se rendit compte qu'il devait être parti depuis longtemps.

La route franchissait le col en tournant et s'enfonçait dans une lumière qui paraissait plus claire et plus intense. Olivier parvint au sommet et s'arrêta, stupéfait.

A ses pieds s'étendait une immense vallée, verte comme un gazon anglais, brodée par le travail des hommes en d'innombrables pièces festonnées, sans le moindre espace libre pour l'herbe folle ou la jachère. Derrière la vallée, loin à l'horizon, d'énormes chaînes de montagnes sombres s'appuyaient les unes sur les autres pour monter toujours plus haut. Leurs derniers sommets s'enfonçaient dans une masse gigantesque de nuages, posés sur eux comme un interdit, un espace sans limites

et sans formes que le monde des hommes ne devait pas
franchir. Au-dessus de leurs lents bourgeonnements
démesurés s'élançait un univers de transparence blanche et blême, dentelé, aigu, irréel, léger comme un
rêve et écrasant de puissance, qui occupait la moitié du
ciel.

— L'Himalaya !... murmura Olivier.

Le miroir, pâle, immense, de la montagne surhumaine,
envoyait vers la vallée une lumière légère, extrait de ciel,
suc de l'azur, lumière de lumière, plus blanche que le
blanc, plus transparente que l'absence de tout, qui pénétrait la lumière ordinaire et éclatait en elle sans s'y
confondre, se posait, en plus de la clarté du grand jour,
sur chaque contour de paysage, chaque maison, chaque
arbre, chaque paysan-fourmi piqué sur la terre, et l'our-
lait de beauté, même l'affreux camion qui montait en
grondant vers le col. Elle rendait l'air moins épais, plus
facile à respirer, et l'effort pour toute chose joyeux.
C'était une lumière de fête de Dieu offerte aux hommes
pour leur donner la certitude que ce qu'ils cherchent
existe, la justice, l'amour, la vérité, il faut chercher,
marcher, continuer toujours. Si la mort interrompt le
voyage, peu importe, le but continue d'être là.

Quand le camion passa près d'Olivier toujours immobile, celui-ci cria « Katmandou ? », en montrant la vallée. Et tous les occupants du camion firent joyeusement
« non » de la tête en riant et criant des commentaires.

Olivier prit un raccourci et se mit à le descendre en
chantant pom-pom-pom-pom, un air idiot, un air de
bonheur.

48

SUR tous les chemins, la foule confluait vers Katmandou, dans ses vêtements les plus colorés, dont certains étaient presque propres. Par familles, par villages entiers, les adultes, les vieux et les enfants de tous âges se hâtaient allégrement, venant du nord, du sud, de l'est, de l'ouest, et de tous les degrés intermédiaires, vers le centre de l'espace en ce jour du temps, la grande place solaire de Katmandou, où les temples de toutes tailles s'élevaient aussi nombreux que les arbres de la forêt, habités par tous les dieux du ciel et de la terre. Ce jour-là, en ce lieu, les hommes et les dieux allaient se voir et se parler, et se réjouir ensemble d'être chacun à sa place dans l'univers, et d'y faire ce qui devait être fait par chacun, dans la joie de la vie et de la mort successives, opposées et pareilles.

Olivier, sur la route, fut bientôt enrobé par une foule de plus en plus dense, joyeuse, crasseuse, qui sentait l'herbe sèche et la bouse. Encadré, poussé, emporté, il entra dans Katmandou par la porte de l'ouest.

La cohue s'étrangla dans une rue étroite qui menait vers la place. Une poussière âcre montait du sol, faite des molécules desséchées de fientes de vaches, de chiens et de singes, et d'excréments humains, déshydratés par le soleil et piétinés à longueur d'année. Elle entra dans les narines d'Olivier, y apporta une puissante odeur de merde qui le suffoqua. Il mit vivement son mouchoir sous ses narines, mais la fine poussière filtrait à travers,

et lui desséchait l'arrière-nez comme de la chaux vive. Il
remit son mouchoir dans sa poche, aspira un grand coup
par la bouche, s'emplit jusqu'au nombril de l'odeur de la
merde, et ne la sentit plus. C'était comme la mer quand
on s'y jette et qu'on boit la première tasse. Si on la
refuse on continue d'avaler l'eau amère jusqu'à la
noyade. Si on l'accepte on devient poisson.

La foule s'arrêta pour laisser passer une vache qui
sortit du couloir d'une maison et traversa nonchalamment la rue. Elle était dodue et prospère, et ne se pres-
sait pas. Elle alla pencher son mufle dans la boutique
d'en face, mais elle n'y trouva que des pots de cuivre
incomestibles, se détourna et se mit à marcher lentement
vers les temples. La foule la dépassait en prenant bien
garde de la bousculer ou de la gêner. La rue était bordée de deux côtés de boutiques sans vitrines, sorte
d'échoppes grandes ouvertes où s'étalaient des usten-
siles de métal, des cordes, des outils, des images pieuses,
des colliers de perles rouges, des tresses de laine, des
vêtements népalais ou occidentaux, des bonnets de
toutes couleurs rangés dans des petits casiers, des petits
tas de poudre rouge et jaune sur des feuilles vertes ou
des morceaux de papier de riz, des fragments de nourritures inconnues assemblées en cônes, des pétales de
fleurs, des objets et des marchandises dont Olivier ne
pouvait imaginer la nature ni l'usage, mêlés à de la
pacotille en plastique, bassines, bracelets, statuettes horribles venues des fabriques indiennes. Au-dessus des
marchandises brillantes, les maisons semblaient prêtes à
crouler, les boutiques à s'effondrer. D'admirables fenêtres en bois sculpté se disjoignaient, les dentelles de bois
qui entouraient les boutiques étaient mangées par le
temps, les pas des portes usés et les poutres ventrues.
Mais un peuple vif, jeune de santé et d'humeur, traversait la ville momifiée et entraînait Olivier.

Il regardait sans grand espoir par-dessus les épaules et
les têtes, à la recherche de la silhouette de Jane, ou d'un
de ses compagnons. Mais il n'apercevait aucun visage
européen et n'entendait que des exclamations et des
mots inconnus. Il se sentait plus étranger que dans un

pays étranger, comme plongé au milieu d'une autre espèce vivante, avec qui il ne pouvait pas plus avoir de communication qu'avec des fourmis ou des poules. Une espèce d'ailleurs bienveillante, dont il devinait que ne pouvait lui venir aucun mal, aucun bien non plus, rien que des sourires et des gestes aimables et le langage incompréhensible, la gentillesse et l'indifférence, et la distance infinie d'un autre monde. Les vieux et les jeunes, les mâles et les femelles passaient autour de lui sans lui prêter plus d'attention qu'à un objet sans utilité, tout à leur joie d'aller fêter leurs dieux et se réjouir avec eux.

Il voyait déjà, au bout de la rue, par-dessus les dernières maisons, pointer la forêt des temples, il entendait un tintamarre de musique et de chants aigus. Il fut poussé sur la place au moment où arrivait en face un orchestre de petits violons et d'instruments bizarres, à vent, à percussion et à cordes, en bois ou en métal, certains peints de couleurs criardes, dont les musiciens tiraient des harmonies qui eussent fait s'évanouir de bonheur les amateurs de musique atonale. Mais le rythme était allègre, et la mélodie dégagée. Les musiciens précédaient un buffle couvert de fleurs et de flots de laine de couleur, tiré par un homme masqué d'un visage de singe rouge.

Derrière le buffle marchait une sorte de guerrier aux bras et aux épaules énormes, vêtu d'une seule ceinture d'étoffe, et qui portait sur son épaule droite l'épaisse, longue, large, lourde lame d'un sabre recourbé dont le fil aigu était à l'intérieur de la courbe. Derrière le guerrier, un groupe de danseurs vêtus jusqu'aux pieds d'étoffes éclatantes, masqués de visages de dieux ou de démons aux grimaces fraîchement peintes, mimaient tout en marchant un épisode du temps et de la création.

A la droite d'Olivier, un temple gigantesque escaladait le ciel. Bâti en brique ocre, en forme de pyramide à degrés, à quatre faces, il était surmonté de onze toits quadrangulaires superposés dont la taille diminuait à mesure qu'ils s'élevaient, continuant l'élan de la pyramide vers le ciel où ils s'enfonçaient.

Sous le premier toit, en haut des marches, s'ouvrait une porte à travers laquelle Olivier voyait brûler mille flammes dorées. A gauche de la porte il aperçut un groupe de hippies, une vingtaine, filles et garçons, avec de longues barbes, de longs cheveux et des vêtements extravagants, assis ou debout, tout en haut de la foule entassée sur la face de la pyramide, et regardant comme elle le cortège qui arrivait.

Ils étaient trop loin et trop haut pour qu'il pût discerner leurs visages mais, malgré la distance, il fut certain qu'il aurait reconnu Jane si elle avait été parmi eux. Au moins pourraient-ils lui dire où elle se trouvait, ils devaient la connaître.

Il se glissa de profil entre les groupes agglomérés, parvint jusqu'au temple. Sur les premières marches, les paysans avaient étalé leurs légumes, des bottes d'épinards aux feuilles grandes comme des moitiés de journaux, des amoncellements de radis plus gros que des bouteilles, des entassements de petits oignons frais aux longues queues vertes, des fruits de toutes sortes, qui débordaient jusque sur le sol, dans la poussière qui était celle de ce monde, et qui ne sentait plus rien pour celui qui l'avait acceptée.

Olivier passa entre les deux gardiens du temple, accroupis en bas de l'escalier qui montait vers la porte aux lumières. C'étaient une lionne de pierre et son lion débonnaire, la moustache et le sexe peints en rouge. Des doigts pieux leur avaient frotté le front avec de la poudre de safran, et semé des pétales de fleurs sur la tête. Le cortège de musiciens et de chanteurs entraînait le buffle tout autour de la place, s'arrêtant à chaque autel, à chaque stèle, devant chaque statue de chaque dieu, tous fleuris de poudres et de fleurs. Les musiciens jouaient, les danseurs dansaient devant le dieu, le cortège repartait, le buffle tête basse savait vers quoi il était emmené.

Olivier arriva en haut de la pyramide, et, dès qu'il mit le pied sur la dernière marche, reconnut l'odeur de la marihuana, mais plus forte, plus âcre que celle des cigarettes de Sven. Deux garçons et quatre filles étaient en

train de fumer, sans doute le fameux hachisch de Katmandou.

Le groupe l'accueillit avec une passivité aimable. Il n'y
avait là aucun Français. Olivier interrogeait :

— *Jane ? Jane ? You know Jane ? Sven ? Harold ?
Jane ?*

Ils faisaient des gestes négatifs, ils répondaient en
anglais, en allemand, en hollandais. Non ils ne connaissaient pas. Un Américain qui parlait un peu français lui
dit qu'il y avait beaucoup de garçons et de filles « voyageurs » dans Katmandou, ils arrivaient, ils repartaient,
ils revenaient, ils ne se connaissaient pas tous.

— Mais où sont les autres ?

Il fit un geste rond qui englobait tout l'horizon.

La voiture américaine rouge ? Oui, il croit qu'il l'a
vue. Quand ? Où ? Il ne sait pas... Il faut demander à
l'Hôtel Himalaya. C'est là que vont les Américains
riches. Où est l'Hôtel Himalaya ? Encore un geste
vague... Là-bas.

Olivier fit demi-tour pour redescendre. Trois autres
cortèges encadrant chacun un buffle arrivaient dans la
place, venant des trois autres points cardinaux. Les
orchestres des quatre cortèges jouaient des musiques différentes par leur rythme, leurs airs et les timbres de leurs
instruments, comme sont différents et pourtant
s'unissent les quatre parties du ciel, et les quatre éléments de la Terre.

La foule autour d'eux, épaisse, mouvante, s'ouvrait et
se refermait, tourbillonnait lentement, suivait l'un, suivait l'autre, ajoutait les chants de ses voix, isolées ou
groupées, en broderie multicolore sur le tissu croisé des
quatre musiques. De la foule des hommes surgissait la
foule des toits sur laquelle une foule de singes s'agitait,
se grattait, et jacassait.

Au-dessus des toits, la grande transparence de la Montagne avait tiré de bas en haut sur son mystère le voile
roulant des nuages. Ceux-ci continuaient à monter vers
le sommet du ciel en masses blanches, grises ou noires,
qui se chevauchaient et se combattaient, surgissaient
d'elles-mêmes et se multipliaient.

Olivier ne voyait plus la ville. La forêt des temples la lui cachait. Il y en avait une quantité non mesurable. Il lui semblait qu'ils s'étendaient au-delà de toutes les limites et qu'ils couvraient le monde. Il eut, pendant un instant très bref, l'impression que c'était bien, et que tout était en ordre. Et puis il n'y pensa plus. La place était une clef. Ses yeux l'avaient vue, son cerveau physique en avait reçu l'image claire, mais son intelligence n'était pas faite pour la lire et la comprendre.

Tous les temples étaient bâtis sur le même modèle, mais leur orientation, la hauteur de leur pyramide, le nombre de leurs degrés et de leurs toits variaient selon la signification de l'emplacement efficace qui leur avait été donné dans l'architecture de la place. Celle-ci était l'image active de l'univers vivant, visible et invisible. Chaque temple emplissait sa fonction de moteur, de frein, charnière, un muscle, un os, le cœur ou l'âme, ou l'œil ouvert, ou une main tendue pour recevoir ou pour offrir.

Au centre de l'univers, au milieu de la place, était creusé un bassin de granit, carré comme les temples. Au fond du bassin se dressait une colonne posée dans une coupe ronde. C'était le lingam dans le yoni, le sexe mâle et le sexe femelle unis dans l'éternité de la pierre pour l'éternité de la vie que leur union créait. L'univers, autour d'eux, la place, les temples, la foule, les vaches, les chiens, les nuages, la Montagne cachée, et les étoiles qui viendraient avec la nuit, étaient le fruit de leur amour jamais interrompu.

Couchée perpendiculairement au bord ouest du bassin, face à l'horizon du soleil, une vache de pierre, peinte en jaune, regardait, adorante, la jonction, l'emboîtement, le comblement, l'adhérence, la fusion du vide et de la plénitude, dont elle était, vivante, issue.

Un chien aboya au-dessus d'Olivier. Surpris, il dressa la tête et vit un corbeau, couleur de cigare, posé au bord du toit inférieur du temple, qui le regardait d'un œil jaune. L'oiseau narquois pointa son long bec vers lui et recommença à l'injurier avec la voix d'un teckel. Un singe agacé cria, sauta vers lui et le saisit par la queue.

Le corbeau lui frappa la main d'un coup de bec sauvage. Le singe s'enfuit en hurlant. L'oiseau cligna de l'œil, se rengorgea, et se mit à ronronner.

Un nuage blanc, minuscule, naquit dans l'azur à la verticale de la place et se mit à s'arrondir comme une rose. Le premier cortège était arrivé au bord du bassin. Les musiciens se disposaient tout autour et continuaient de jouer. Les nuages de la montagne s'approchaient du nuage du milieu du ciel, en grondant d'un horizon à l'autre. L'homme au masque de singe rouge sauta dans le bassin et tira sur la corde liée aux cornes du buffle, l'obligeant à avancer la tête en direction de l'accouplement de pierre.

La musique des quatre orchestres, mélangée à la grande rumeur chantante de la foule, répondait au concert des nuages vers lesquels montaient pointues des voix aiguës de femmes poussant de longues notes verticales. Les singes glapissaient par bouquets de toits. Les corbeaux s'envolèrent tous ensemble et se mirent à dessiner entre le ciel et la terre de longues courbes, et des arabesques nouées et cousues par des gerbes de cris rauques. Une vache couchée dans la poussière se dressa, leva la tête et mugit. Le guerrier nu leva son sabre terrible en haut de ses deux énormes bras verticaux, se tint un instant immobile et tout à coup hurla en frappant, et trancha d'un seul coup la tête du buffle.

Un jet de sang frappa le lingam et coula dans le yoni. La foule poussa une énorme clameur. La bête décapitée restait debout sur ses quatre pattes, le sang jaillissait de son cou, en pulsations fumantes. Elle s'écroula. Les nuages se mêlaient en haut du ciel dans la fureur ou la joie illuminée d'éclairs. Le deuxième cortège s'approchait avec le second buffle. La foule tournait et se gonflait, et bourgeonnait comme les nuages, en chantant les noms des dieux, qui sont les visages de la vie et de la mort, de l'éternité.

49

Au lever du soleil le corbeau couleur de cigare descendit de son perchoir au bord du toit du temple, se posa près de la tête d'Olivier endormi sur la marche la plus haute, et se mit à lui fouiller les cheveux du bout de son bec dur, à la recherche de peut-être quelque savoureuse tique.

Olivier s'assit brusquement, et le corbeau indigné sauta en arrière en grondant de colère. Olivier lui sourit, se gratta les cheveux, bâilla, ouvrit son sac qui lui avait servi d'oreiller, y prit un paquet de riz cuit enveloppé dans une feuille de plastique et se mit à le manger par petites boulettes qu'il confectionnait du bout des doigts. Le corbeau, immobile à un mètre de lui, le regardait d'un œil puis de l'autre, se demandant ce qu'attendait cet abruti pour lui donner sa part. Olivier lui jeta une boulette. L'oiseau baissa la tête en oblique pour voir de son œil droit cette nourriture, se redressa, la piqua du bout du bec, la goûta, la cracha en poussant un cri horrible, et s'envola jusqu'à l'autre bout de la place sans cesser de crier comme un chien dont la queue vient de passer sous la roue d'un camion. Ainsi tous les corbeaux de la ville, ceux qui sont couleur de cigare, et ceux qui sont noirs comme doivent l'être les corbeaux, et ceux, marron ou noirs, que l'âge avait rendus gris, et les oiseaux bleus à crête rouge, les colombes et les moineaux, les longs oiseaux verts qui ressemblent à des branches, et les chiens et les vaches, tout le peuple des

singes, et le seul chat de Katmandou qui est un chat-
léopard aux oreilles rondes dans le palais de Boris, tous
les animaux et quelques hommes qui les comprennent
surent qu'un garnement arrivé hier pendant la fête et
dans les cheveux duquel on ne trouvait rien à manger,
avait offert à son frère oiseau du riz empoisonné.

Ce n'était pas du poison, c'était seulement l'odeur de
la feuille de plastique.

Olivier, éreinté, courbatu, s'allongea de nouveau sur
sa couche de brique, ferma les yeux, et au bout d'un
instant les rouvrit. Le soleil levant éclairait les poutres
obliques qui soutenaient le toit. Chacune d'elles était
sculptée et peinte sur toute sa longueur, ainsi transfor-
mée en un dieu ou une déesse, dont le visage, l'attitude,
les attributs, le nombre de bras, la posture, différaient
d'une poutre à l'autre. C'était tout le peuple du ciel qui
soutenait le temple. Et le peuple de la terre soutenait le
peuple du ciel en accomplissant sa fonction essentielle :
sur chaque poutre, sous les pieds du dieu ou de la
déesse, et lui servant de support, à une échelle plus
humble, dans une dimension modeste, un couple
d'humains se joignait, dans les postures les plus diverses.
Plus exactement, la femme se livrait aux travaux quoti-
diens, pilait le mil, piquait le riz, lavait ses cheveux,
allaitait son enfant, nettoyait le sol, cuisait une galette,
trayait la vache, et l'homme, sans lui faire perdre son
temps, sans la déranger dans ses tâches qui devaient être
accomplies chacune à son heure, ne cessait de l'ensemen-
cer avec un membre énorme par-devant, par-derrière,
par en haut, par en bas, parfois avec l'aide du voisin,
parfois en invitant aussi la voisine, mais sans que jamais
la femme, la mère, la matière, la mer, ne cessât de faire
ce qu'elle avait à faire depuis toujours et pour toujours,
mettre l'ordre partout, chaque vie à sa place, tirer la
nourriture du vivant pour le vivant, faire de la terre du
fruit et du fruit un enfant, écraser le grain brut pour en
cuire un pain d'or, et recevoir à chaque instant la
semence nouvelle au plus profond d'elle-même, pour
germer, se poursuivre, et se multiplier.

Olivier, amusé, se leva et fit le tour du temple, le nez

en l'air, suivant les exploits de l'homme d'une poutre à l'autre. Il lui trouva bientôt l'air stupide. Il ressemblait à un pompier, sa lance à la main. Mais il ne parviendrait jamais à éteindre le feu. Et cet objet, qu'il croyait lui appartenir, et qu'il enfonçait avec application dans chaque trou qu'il rencontrait, il paraissait bien qu'il n'en était que le porteur et l'esclave.

Olivier parvint au bout du cycle. Sur la dernière poutre, l'homme avait disparu. La femme était seule, le buste vertical, ses deux mains maintenant ses jambes levées vers le ciel, son sexe ouvert comme une porte cochère, accouchant d'une fille figée dans la même position qu'elle, et qui accouchait d'une fille qui accouchait d'une fille qui accouchait... La dernière visible était grosse comme une lentille, mais entre ses cuisses écartelées le flot de la vie continuait à couler jusqu'à l'infini.

Un garçon d'une dizaine d'années, le cheveu ras, la morve au nez, sortit par la porte derrière laquelle ne brûlaient plus que quelques lumières. Son visage, sa chemise et sa culotte avaient la même couleur de crasse universelle, mais ses yeux brillaient d'un éclat neuf et sain, d'une joie que rien n'avait salie. Il tenait une baguette à la main. Quand il vit ce qu'Olivier regardait, il vint se camper derrière lui en riant, se planta la baguette à la hauteur du sexe et l'agita de bas en haut en criant « zip ! zip ! zip !... » puis il se détourna et descendit en sautant à pieds joints d'une marche à l'autre et criant à chaque saut « zip !... zip !... zip !... »

En bas, les paysans arrivaient en trottant, chargés de leurs monceaux de verdure, qu'ils portaient, non dans le dos comme les sherpas, mais sur deux plateaux suspendus aux extrémités d'une barre posée sur leurs épaules.

Toute la place rosissait sous la caresse du soleil, chaque matin nouvelle. Mais sous leur fard de fausse jeunesse Olivier vit que les temples étaient, comme la ville, incroyablement vieux, usés, boiteux, inclinés, leurs marches édentées, leurs toits échancrés, prêts à couler sous le poids des singes.

La densité de vie de la foule en fête les avait pendant quelques heures ragaillardis et redressés, mais, elle repartie, ils s'affaissaient de nouveau comme des vieillards au coin de la cheminée lorsque la flamme du feu s'éteint et que la braise se couvre de cendre.

Olivier avait cherché Jane la veille, à travers la foule, pendant les dernières heures du jour. Il avait rencontré des hippies de toutes provenances, tous perdus dans la nonchalance de la drogue. Aucun ne connaissait Jane, ni Sven, ni Harold. Il avait trouvé l'Hôtel Himalaya, devant lequel stationnaient quatre taxis, avec une tête de tigre peinte sur le capot, et toute leur carrosserie zébrée comme le corps du fauve. Mais aucune voiture américaine. Les touristes venaient à Katmandou par avion. Très rares étaient ceux qui risquaient le voyage en voiture. Il s'était avancé vers la porte de l'hôtel gardée par un superbe gourka en turban et tenue blanche impeccable. Mais il s'était arrêté brusquement. Demander qui ? Il ne connaissait de Laureen que son prénom...

La nuit tombait. La foule des villages s'écoulait hors de Katmandou, des petits groupes de musiciens, ou des violonistes isolés, l'entraînaient vers les campagnes. Les marchands fermaient les volets de bois de leurs boutiques, les lumières des temples s'éteignaient. Olivier se sentit tout à coup atrocement seul, comme perdu dans les ruines d'un cratère de la lune. Il s'accrocha à un couple de hippies américains crasseux, sur lesquels pendaient des cheveux, des vêtements, des colliers, des amulettes, et qui l'emmenèrent dans une pièce sombre occupée par une longue table flanquée de deux bancs où d'autres hippies, passifs, attendaient que l'un d'eux arrivât avec un peu d'argent pour payer à manger. Ce fut Olivier qui paya. Contre quelques roupies, le patron, un Indien, posa au milieu de la table un grand plat de riz tacheté de quelques débris de légumes, et des assiettes, des cuillers, et des verres d'eau pour tous. Ils emplirent leurs assiettes mais peu la vidèrent. Après deux bouchées, ils n'avaient plus envie de manger, ils n'avaient envie de rien, ils étaient comme des végétaux qui reçoivent la pluie, le soleil, et ce que la terre leur donne, sans avoir besoin de bouger une feuille.

En face d'Olivier se trouvait une fille blonde plus

propre que les autres, les cheveux tirés en un gros
chignon derrière la nuque, les joues roses, l'air d'une
institutrice flamande. Elle regardait quelque chose dans
le vide au-dessus de l'épaule gauche d'Olivier, elle ne fit
même pas le semblant de manger, elle ne mit rien dans
son assiette, elle ne bougeait pas, ses avant-bras étaient
croisés sur ses cuisses, ses mains molles abandonnées.
Elle respirait très lentement. Sa tête était droite et immobile, sans raideur. Elle regardait par-dessus l'épaule
d'Olivier, et Olivier savait qu'il n'y avait rien à regarder
par-dessus son épaule. Pendant tout le temps qu'il resta
là, elle continua de regarder ce rien, sans bouger et sans
parler. Olivier n'osait plus lever les yeux vers elle. Elle
lui faisait peur.

Il regarda les garçons et les filles qui étalaient le riz
dans leurs assiettes, le tournaient, en faisaient de petits
tas, l'étalaient de nouveau, en portaient de temps en
temps quelques grains à leur bouche. Il s'aperçut que les
filles étaient plus absentes que les garçons, parties plus
loin, plus profondément séparées des lois élémentaires,
des nécessités et des obligations de vivre. Une angoisse
l'étreignit à la pensée de Jane. Où en était-elle ? Etait-il
possible qu'elle se fût, elle aussi, déjà installée sur ce
rivage de brume, d'où c'était le monde réel qui apparais-
sait comme un fantôme de plus en plus invraisemblable-
ment lointain, évanoui ?...

Personne autour de la table ne connaissait Jane. Mais
il y avait d'autres endroits de « réunion », et d'autres
tables, et d'autres routes, d'autres temples et d'autres
fêtes. C'était le pays des dieux, et chaque jour fêtait l'un
d'eux, puisque chaque jour recevait la lumière. Les musiciens et les fidèles allaient de l'une à l'autre, par les
vallées et les sentiers, de collines en collines couronnées
de temples. Et les « voyageurs » venus de tous les coins
de la terre allaient aussi à travers les campagnes, croyant
comprendre et ne comprenant rien, ayant perdu leur
monde sans en trouver un autre, errant à la recherche
d'une raison d'être, noyant dans la fumée le souvenir de
ce qu'ils avaient quitté et l'angoisse de ne rien pouvoir
saisir pour remplacer ce qu'ils refusaient.

Jane, Sven, Harold ? Ils étaient peut-être à Swayanbu-
nath, peut-être à Patan, peut-être à Pashupakinath, peut-
être à Pokarah, peut-être ailleurs... Ils marchaient... Tous
marchaient... Aucun ne trouvait nulle part sa place ni la
paix. Ils repartaient... Ils fumaient... La fille blonde et
propre au chignon bien tiré regardait par-dessus l'épaule
d'Olivier. Elle ne regardait rien.

Olivier ne savait où coucher. Les deux Américains
l'emmenèrent à leur hôtel. Les rues désertes étaient par-
courues par quelques chiens maigres, éclairées par-ci
par-là par une faible ampoule électrique accrochée au
croisement de deux fils à un carrefour. Les boutiques
étaient closes et cadenassées. Les corbeaux et les singes
dormaient.

L'hôtel s'ouvrait par une porte étroite entre deux boutiques. Au-dessus de là porte, un petit dieu de bois à
douze bras veillait au fond d'une niche, éclairé par une
veilleuse, honoré de grains de riz et de pétales frais. Le
couloir débouchait dans une cour carrée au milieu de
laquelle un lingam se dressait dans un yoni, au milieu
d'une assemblée de dieux de pierre qui les regardaient et
les adoraient. Les fronts des dieux étaient frottés de
rouge ou de jaune, et leurs mains étaient pleines de riz,
leurs épaules et leurs têtes fleuries de fleurs fraîches.

Autour de la cour, des colonnes de bois soutenaient
une galerie sculptée en dentelle, vermoulue et échan-
crée ; sous la galerie s'ouvraient les portes des
chambres.

En débouchant du couloir, Olivier avait de nouveau
senti l'odeur puissante du hachisch. Malgré sa répu-
gnance, il suivit les deux hippies jusqu'à leur chambre
qui se trouvait au fond de la cour vers la droite. Le
garçon poussa la porte et entra le premier, sans se sou-
cier de la fille, qui suivit. Olivier fit un pas pour entrer
derrière eux, et s'arrêta net sur le seuil. La pièce était
éclairée par une lampe à beurre, qui brûlait dans un trou
de mur, entre deux briques. Il n'y avait rien d'autre
qu'une rangée de paillasses sur le sol de terre battue,
sans drap ni couverture. Des garçons ou des filles allongés dormaient ou fumaient. Quatre paillasses restaient

inoccupées. A droite de la porte, un couple qui avait fait
l'amour s'était endormi à peine désuni, le garçon et la
fille à demi dévêtus.

Olivier fit demi-tour, retenant sa respiration, traversa
la cour, courut dans le couloir, arriva dans la rue,
s'arrêta, leva la tête vers le ciel où brillaient les étoiles
et respira un grand coup. L'odeur de la merde entra en
lui jusqu'aux orteils, et lui parut délicate, naturelle,
fraîche et saine, comme celle des premières violettes du
printemps.

La lune aux deux tiers éclairait au bout de la rue
l'extrémité du toit d'un temple. Il s'endormit, éreinté, sur
la plus haute marche. Un chien jaune qui l'avait suivi
vint se coucher près de lui, la tête sur sa poitrine, pour
se réchauffer et lui tenir chaud. Quand le corbeau arriva
au lever du soleil, le chien était parti à la recherche des
premières nourritures du matin.

50

IL la chercha encore toute la journée. Il parcourut Katmandou rue par rue, interrogea tous les hippies, ne reçut de ceux qui le comprenaient que des réponses négatives ou vagues. Malgré sa quête et son angoisse, il devina peu à peu ce qui faisait le climat incomparable de Katmandou, dans lequel il se débattait comme une abeille tombée dans un bol de lait. Il rencontrait des dieux partout, au-dessus des portes, entre les fenêtres, au milieu même des rues, dans les trous creusés dans la chaussée, ou sur les socles plantés en pleine circulation, ou abrités dans des temples à tous les carrefours, assemblés dans les cours, penchés aux fenêtres, soutenant les toits ou juchés dessus, aussi nombreux que les habitants humains de la ville, peut-être plus, et aussi divers, et aussi semblables. Ils ne constituaient pas un simple décor, un peuple des vivants, ils participaient à l'activité de chaque instant. Les hommes, les femmes leur parlaient, les saluaient au passage, leur donnaient deux grains de riz, un pétale de fleur, leur frottaient le front d'un pouce affectueux, les enfants leur grimpaient dessus, les singes et les oiseaux leur prenaient leur riz et leur donnaient leur fiente, les vaches venaient se gratter le ventre contre eux, les moutons tondus s'endormaient à leurs pieds, les corbeaux couleur de cigare se perchaient sur leur tête pour aboyer aux passants leurs compliments ou leurs insultes, les paysans accrochaient leurs bottes d'oignons à leurs mains tendues. Ils vivaient la vie de

tous avec tous. Les bêtes, les hommes et les dieux étaient
tressés ensemble comme les cheveux, les fleurs et les
brins de laine rouge dans les coiffures des femmes, en
une seule amitié familière et ininterrompue. Dieu était
partout, sous mille visages de chair, de pierre, de poils
ou de plumes, et dans les yeux des enfants innombrables
groupés par bouquets nus devant les portes des maisons
où ils semblaient ne savoir faire autre chose que rire du
bonheur d'être vivants.

Dieu était partout, et les « voyageurs » venus le chercher de si loin ne le trouvaient nulle part, parce qu'ils
oubliaient de le chercher en eux-mêmes.

Katmandou était construite dans la forme d'une étoile
à huit branches. Parties de la place du Temple, huit rues
de marchands s'ouvraient vers les huit directions de la
vallée. Entre elles s'étendaient les huit quartiers des artisans, où les petits ateliers ouverts sur la rue remplaçaient
les boutiques. Au nord, en dehors de l'étoile, le long de
la route qui conduisait à l'aéroport, s'étaient construits
les affreux bâtiments de ciment des Ambassades, les
Hôtels pour touristes, l'Hôpital de la Croix-Rouge, la
Fabrique de pain, les Casernes, la Banque, le Château
d'eau, l'Usine électrique et la Prison.

Au sud, le quartier des potiers s'arrêtait au bord d'une
mare à l'eau sombre. C'est en ce lieu qu'Olivier, à la fin
du second jour, termina son exploration.

Au bout d'une rue où des jarres et des pots de terre de
toutes tailles s'entassaient contre les murs jusqu'à hauteur des toits, il déboucha dans le paysage noir. La mare
circulaire était assez vaste pour que les personnages qui
se trouvaient sur le bord opposé lui parussent minuscules. L'eau en était couleur de nuit. Une multitude de
porcs noirs, bas sur pattes, longs, poilus, tourbillon-
naient autour d'elle, fouillaient de leur groin la boue
sombre de ses bords, et l'avalaient avec les vers et les
larves qu'ils y trouvaient. Des buffles s'y baignaient
jusqu'aux cornes, s'y roulaient et se relevaient noirs d'un
mélange d'eau et de boue. Une villageoise vint y vider
une cuvette de plastique bleu, qui contenait les excréments familiaux de la journée, puis brossa le récipient en

le frottant avec sa main. Un peu plus loin, trois femmes, en riant et bavardant, trempaient du linge dans la mare et le tordaient, le trempaient encore et le tordaient de nouveau. Une d'elles défit sa coiffure, mouilla longuement ses cheveux, puis se déshabilla entièrement en restant accroupie et se frotta d'eau des pieds à la tête, avec une grande décence, sans rien montrer de sa nudité.

En se détournant pour s'en aller, Olivier vit Jane. Elle était couchée sur le dos, à la limite de la vase, le visage de profil, une joue à plat sur le sol, ses cheveux emmêlés lui couvrant le visage, son blue-jean souillé de boue. Une truie enceinte la reniflait, lui ouvrit sa blouse d'un coup de groin, découvrant un sein. Olivier se précipita en hurlant le nom de Jane. Un porc lui passa entre les jambes et le fit tomber. Pendant qu'il se relevait la truie s'était retournée et urinait sur Jane. Olivier arriva comme un obus et frappa la bête à coups de pied. Elle s'enfuit en couinant, sans pouvoir s'arrêter de pisser. Les trois lavandières s'étaient retournées et regardaient. Olivier, éperdu d'horreur, se baissa, souleva le buste de Jane et lui écarta les cheveux. Ce n'était pas elle.

Elle lui ressemblait, de taille, de forme, et par la couleur de ses cheveux. Mais elle avait un grand nez maigre et de petits yeux presque jaunes qui le regardaient du fond du monde de la drogue, où la compassion d'un homme et l'urine d'une truie sont des choses égales, et l'une et l'autre sans importance. Elle était un peu plus âgée que Jane. Elle paraissait avoir cent ans. Il essaya de la faire lever, de la faire marcher. Ses jambes ne la portaient pas, elle lui glissa entre les bras et tomba assise. Elle ouvrit une main et essaya de la tendre vers lui. Elle disait « oupi », « oupi »... Il comprit qu'elle demandait une roupie. Il lui mit un billet dans la main et lui referma les doigts autour.

Les trois lavandières riaient, comme si elles assistaient à une scène comique entre des animaux inconnus. Il s'en alla sans se retourner, le cœur soulevé, et se demandant où était Jane, Jane ! Jane !...

Il remonta dans la rue des potiers, s'assit sur une marche d'un petit temple, dont les quatre coins étaient

ornés de bêtes cornues à têtes de cuivre. Elles grima-
çaient vers le ciel, lui montraient leurs crocs, et griffaient
l'air de leurs pattes antérieures. Elles étaient les gar-
diennes féroces chargées de faire peur aux démons.

Mais le démon habitait la poitrine d'Olivier. Etait-ce
cela l'amour ?

Cette fille, qu'il avait à peine connue, tenue dans ses
bras une seule nuit, lui avait tout à coup, après son
entrevue avec son père, semblé constituer la réponse à
toutes ses questions, la solution à tous ses problèmes. Il
avait marché vers elle pendant des jours et des jours, se
souvenant de ses grands yeux qui le regardaient sans
l'ombre d'un mensonge, de son sourire clair, de ses
paroles, et surtout de la plénitude, du calme qu'il éprouvait lorsqu'il était auprès d'elle, même sans parler, même
sans la regarder. Elle était assise dans l'herbe, près de
lui, ou à quelques pas, et autour de lui et en lui tout
était bien, en équilibre, et en paix.

A mesure qu'il marchait vers Katmandou, sa joie et
son impatience augmentaient. Il avait descendu la dernière montagne en courant, comme on dévale vers une
source, un lac, une cascade, pour s'y jeter en riant, la
boire, la brasser, s'y noyer de vie.

Il n'avait trouvé que la poussière.

Heure après heure, pendant qu'il cherchait en vain, il
avait eu la révélation progressive de l'abîme d'absence
qui s'était creusé en lui et autour de lui depuis la minute
où il s'était séparé de Jane, presque légèrement, sans y
attacher d'importance. Sa hâte à quitter son père, sa
course vers Katmandou, c'était le besoin de redevenir
vivant en la retrouvant, de combler ce vide insupportable, dont il n'avait pas eu conscience tant qu'il marchait sur le chemin dont il savait, si long qu'il fût, qu'il
le conduisait vers elle.

Au bout du chemin, il n'y avait personne.

Il n'y avait plus rien au monde et plus rien en lui.
Assis sur la marche de brique, la tête dans les mains, à
bout de force et d'espoir, il n'était plus qu'une souffrance, un appel, un besoin pire que la faim et la soif
mortelles. L'absence de Jane le blessait d'une plaie sans

limites, comme si une main énorme aux ongles déchirants l'avait vidé de tout l'intérieur de lui-même, raclé jusqu'à la peau. L'absence vidait aussi l'univers autour de lui, maisons, villes, choses qui bougeaient et qui étaient des gens et des bêtes, images sans couleur, sans odeur, sans bruit.

Qu'elle l'eût quitté, qu'il ne l'eût pas retrouvée lui paraissait non seulement atroce, mais surtout si absurde, si impossible à croire, qu'il ferma les yeux et étendit sa main gauche ouverte, CERTAIN qu'il allait sentir sa paume et ses doigts se poser sur ELLE, qu'ELLE se mettrait à rire de bonheur, et se jetterait contre lui et se blottirait dans ses bras, et qu'il la serrerait si fort qu'elle crierait de mal et de joie...

Quand il rouvrit les yeux, il vit trois enfants nus assis en face de lui de l'autre côté de la rue étroite, entre deux piles de jarres et de pots, et qui le regardaient avec sérieux et amitié. Il referma sa main qui ne s'était pas posée et la ramena lentement vers lui. Alors les enfants se mirent à rire et à agiter leurs bras. Ils lui criaient « bye bye ! », « Hello ! ». Grâce aux touristes américains, ils commençaient à se civiliser.

Olivier se leva, et respira profondément. Il ne devait pas désespérer. Elle était sûrement quelque part, à Katmandou ou dans les environs. Il allait la retrouver ! Et s'il ne la retrouvait pas ? Jamais ? Est-ce qu'il allait cesser de vivre à cause d'une fille ? Qu'est-ce qu'elle avait de plus que les autres ? Est-ce qu'il était en train de devenir idiot ? Si elle ne voulait pas se montrer, qu'elle aille au diable ! Pourquoi n'était-elle pas venue avec lui quand il le lui avait demandé ? Parce qu'elle couchait avec ce type ! Et avec combien d'autres avait-elle couché, avant ? Il y avait plein de filles, à Katmandou et ailleurs, qui la valaient bien, et même mieux.

Il se mit à marcher à grands pas, sûr de lui, regonflé, soulagé. Mais avant d'arriver au bout de la rue, il savait que les autres filles ne comptaient pas, fussent-elles mille fois plus belles, et que l'univers sans elle n'était qu'une construction absurde et morne qui ne signifiait rien et ne servait à rien. Elle pouvait avoir couché avec ce type et

avec dix mille autres, cela n'avait pas plus d'importance
que quelques grains de poussière. Ce qui était important,
unique, c'est qu'ils étaient faits pour être ensemble, que
depuis le commencement des commencements tout avait
été créé pour qu'ils fussent ensemble réunis au milieu de
tout. Et leur séparation était contre nature et mons-
trueuse comme un soleil noir.

Il avait ralenti le pas, il ne savait plus où aller, le vide
l'entourait de toutes parts, il ne sentait plus sa propre
présence que par sa douleur.

Il finit par se retrouver assis à la même table que la
veille, devant un plat de riz. C'est là qu'il rencontra
Gustave, le Marseillais, un ancien mitron qui avait un
jour plaqué le pétrin pour suivre un groupe de hippies,
parce qu'il trouvait bien plus agréable de vivre sans
travailler que de boulanger du matin au soir. C'était un
petit homme maigre d'une trentaine d'années, coiffé de
longs cheveux noirs frisés hérissés en boule, avec de
petits yeux vifs couleur de pruneaux, et une moustache
et une barbichette à la d'Artagnan. Il ne fumait pas. Il
jouait d'une petite flûte en fer-blanc. Il s'était aperçu
qu'il faisait rire les paysannes du marché en leur jouant
« plaisir d'amour » ! Il ne savait pas pourquoi cet air
mélancolique les faisait se tordre de rire. Il jouait,
s'interrompait, et tendait la main avant de continuer à
jouer. Elles lui donnaient quelques oignons, un radis,
une feuille d'épinard, une orange. Il revenait toujours
avec sa besace pleine.

Il savait qui était Jane et il dit à Olivier où il pourrait
la rencontrer.

51

ROMAIN CLOSTERWEIN *me téléphona à deux heures du matin pour me demander de partir avec lui à huit heures pour Katmandou. Je le connaissais depuis 1948. Il me raconta en quelques mots l'histoire de Mathilde depuis mai. La veille au soir, un télégramme chiffré de l'Ambassadeur de France au Népal l'avait respectueusement averti que sa fille était à Katmandou, et cherchait à entrer en Chine communiste. Il était décidé à aller la chercher et à la ramener par les oreilles et à coups de pied. Assez de liberté, assez d'idioties.*

Il ne connaissait rien du Népal. Il savait que j'y étais allé il y avait peu de temps pour préparer le scénario du film de Cayatte. Je pouvais lui être utile, il me priait de l'accompagner. Je lui répondis que je n'en savais guère plus que lui sur le Népal. J'y étais resté juste assez pour humer la couleur locale et n'avais noué aucune relation. Mais je compris qu'il avait surtout besoin de ne pas être seul. J'acceptai. Mes vaccinations étaient encore bonnes. Quant à lui, il se moquait bien des règlements et du choléra. Je me levai, me rasai, et commençai à faire ma valise.

En 48, quand j'avais fait la connaissance de Romain Closterwein, il commençait à remplacer son père, Hans Closterwein, dans quelques-unes de ses activités, et il voulait y adjoindre le cinéma. Il jugeait possible d'investir fructueusement dans cette industrie. Les Américains gagnaient beaucoup d'argent avec des films, pourquoi n'en ferait-on pas autant en Europe? Il finança un film dont je fus chargé d'écrire le scénario. C'est ainsi que nous nous rencontrâmes et que se noua entre nous une amitié intermittente, basée sur une estime réciproque, objective, clairvoyante, et un peu sceptique.

Il m'invitait de temps en temps dans sa maison blanche, pour me faire admirer une de ses acquisitions, ou simplement pour bavarder, quand il en avait assez de ne rencontrer que des imbéciles. Il savait bien que je n'en étais pas un, et je le sais aussi, ce qui ne me rend guère service. Et lui est un des hommes intelligents que j'ai rencontrés. Moins d'une douzaine en vingt ans de conscience un peu éveillée.

Nous avons les mêmes goûts. J'aimerais vivre, comme lui, avec la Licorne, ou la Vierge bleue du Maître de Moulins. Il a des trésors enfouis dans sa cave, qui ne servent à lui ni à personne. Moi j'ai mon plein d'emmerdements et pas un sou. Mais j'aime le rencontrer. L'intelligence est plus rar que l'or. J'ai vu, année après année, grandir Mathilde. Il m'a retéléphoné à quatre heures du matin pour me dire qu'on partait à six. Aucun de ses avions n'avait un assez long rayon d'action. Il avait loué un Boeing, qui s'arrêta à Katmandou au bout de la piste trop courte, juste à un demi-centimètre de la catastrophe.

Nous descendîmes chez Boris. C'est un ancien danseur de Diaghilev, à qui un précédent roi du Népal a fait cadeau d'un palais. Il l'a transformé en hôtel, avant que les Chinois aient construit l'unique route qui traverse le Népal de la frontière du Tibet à celle de l'Inde. Les Sherpas apportèrent sur leur dos, à travers les montagnes, les immenses baignoires victoriennes et la robinetterie de cuivre, les lits, les armoires, les tables, les chaises, les tonnes de peinture, tout un mobilier acheté en Inde et tous les accessoires, y compris les bidets, qu'il dut faire venir de France.

L'hôtel de Boris a vieilli, celui de l'Himalaya est plus moderne, mais moins pittoresque, et Boris sait tout. Non seulement ce qui se passe à Katmandou, mais aussi à Hong-kong, à Tanger, à Beyrouth et même à Londres et à Paris. Il savait pourquoi Romain Closterwein venait à Katmandou, mais il l'accueillit avec une réserve discrète, et ne dit mot.

Un taxi-tigre nous fit franchir en dix secondes les trois cents mètres qui séparent l'hôtel de Boris de l'ambassade de France. L'Ambassadeur n'était pas là. Où était-il ? On ne savait pas... On ne pouvait pas le dire... Romain saisit le jeune diplomate pâle et un peu sale — on devient très vite sale à Katmandou si on ne reste pas constamment sur ses gardes — par les revers de son veston d'alpaga puis par sa cravate-club, et lui serra le kiki jusqu'à ce qu'il devînt violet. Nous apprîmes ainsi que l'Ambassadeur était chez Boris, en train de jouer au tennis.

Le taxi-tigre fit le retour en neuf secondes. Dans un coin des immenses jardins du palais de Boris, un rectangle de toile de jute était tendu autour d'un court de tennis. Sur les quelques marches non rabotées d'une estrade de planches, tout le corps diplomatique mâle et femelle était présent, applaudissant mollement aux échanges de balles d'un rouquin en bermuda blanc, et d'un asiatique en short bleu-de-chauffe. Il faisait extrêmement chaud. La balle elle-même semblait avoir du mal à se mouvoir, les spectateurs transpiraient, les spectatrices sentaient grouiller dans leur ventre les effets sournois des amibes et de la quinine, tout le monde s'ennuyait et souhaitait être ailleurs, n'importe où.

Dans les grands jardins du palais-hôtel, autour du petit rectangle de jute qui protégeait l'élite occidentale, se promenaient en liberté des chevaux, des vaches, des porcs roses dodus, tous ces animaux ayant la particularité très exceptionnelle d'être propres. Un cheval entra dans l'hôtel en même temps que nous et l'Ambassadeur. Mais il nous abandonna au pied de l'escalier.

Dans la chambre de Romain, l'Ambassadeur nous apprit que Mathilde, arrivée à Katmandou depuis plusieurs semaines, avait fait le siège de l'ambassade de Chine pour obtenir un visa d'entrée au pays de Mao. On ne lui disait pas non, on ne lui disait pas oui, on lui disait qu'il fallait attendre un jour ou deux, elle revenait, *il fallait attendre encore, elle revenait, il fallait attendre...*

Depuis quatre jours, elle avait quitté sa chambre chez Boris et ne s'était plus présentée à l'ambassade de Chine. L'Ambassadeur de France ne pensait pas qu'elle eût obtenu un visa. Personne n'en n'obtenait jamais. Il ne savait pas où elle était.

Boris le savait, mais il ne nous en informa pas, parce qu'il savait aussi qu'il était trop tard. Il fit semblant de croire que nous avions de grandes chances de la rencontrer chez les Tibétains. Tous les garçons et les filles d'Occident y allaient presque tous les soirs. Nous attendîmes la fin du jour. Romain me raconta la scène terrible du mois de mai, entre Mathilde et lui. Je restai un moment sans rien dire. Nous étions assis dans de vieux fauteuils poussiéreux, dans l'immense chambre au plafond cloisonné. Un serveur empressé nous avait apporté du thé, de la confiture, des fruits, des tranches d'un pain étrange, et du beurre qui provenait de la ferme de Boris, dans la montagne. Du beurre de yack ou de buffle, je ne savais pas.

Je dis à Romain que Mathilde avait raison, il était à fusiller et il le serait, un jour ou l'autre.

Il en était convaincu. Il avait pleine conscience d'appartenir à un monde périmé, condamné, dont la fin approchait rapidement. Mais il ajouta que Mathilde, qui se croyait du côté des fusilleurs, se trouvait en réalité du même côté que lui, quels que fussent ses sentiments et ses convictions. Son hérédité, son éducation, son milieu, son sang, sa chair, son esprit avaient construit année par année un être précis et particulier : la fille, petite-fille, arrière-arrière-petite-fille de milliardaires. Elle était cela, physiologiquement, intimement, dans le moindre de ses réflexes mentaux et physiques. Et elle ne pouvait rien y changer, même si elle avait acquis, sous l'influence de ses lectures et de ses fréquentations, quelques idées et une terminologie nouvelles. Elle était ce qu'elle était : à fusiller elle aussi.

Mais s'il ne parvenait pas à l'en convaincre, très vite, elle risquait d'être fusillée avant lui...

Lui avait la solide intention de durer encore. La fusillade qui le concernait, l'incendie de sa maison blanche, ce n'était pas pour demain...

La nuit venue, nous allâmes chez les Tibétains. Je savais où c'était, je n'y avais jamais mis les pieds. C'était aussi un ancien palais, qui avait appartenu à un prince exilé par la nouvelle dynastie. Il se composait de quatre vastes ailes encadrant un immense jardin planté d'arbres, de petits temples et de statues. Le Roi l'avait donné aux Tibétains fuyant leur pays envahi par les Chinois. Ils en habitaient les pièces du rez-de-chaussée par familles et tribus, et louaient les pièces de l'étage aux « voyageurs », à qui ils laissaient le soin de faire leur propre ménage.

Le soir, tous les hippies de l'étage, tous ceux de Katmandou, et tous ceux qui étaient de passage, se rassemblaient dans le jardin, par petits groupes, autour de petits feux, fumant, rêvant, chantant, s'endormant sur place, faisant l'amour ou leurs besoins dans un coin d'ombre, au pied d'un dieu ou d'un arbre géant.

Nous passâmes sous le porche et entrâmes dans le jardin. Il y avait là plus d'un millier de garçons et de filles, autour de quelques petits feux, ou groupés autour de la flamme d'une lampe à beurre. Quelques guitares essayaient de chanter. Cela faisait penser au rassemblement des gitans aux Saintes-Maries-de-la-Mer, à la veille de la fête, mais sans le pétillement et les flammes de la joie.

Sur cette foule si jeune était posé un voile de lassitude et de vieillesse qui étouffait les sons et les lumières, et toutes les manifestations de la vie. Et l'écœurante odeur automnale, pourrie, du hachisch, croupissait entre les quatre murs du palais comme du purin.

Je me tournai vers Romain. Son visage glacé exprimait une certitude qu'il exprima en paroles.

— Mathilde ne peut pas être là !

J'étais de son avis. Cependant nous commençâmes à la chercher minutieusement. Il partit d'un côté, moi de l'autre, passant d'un groupe au groupe suivant. Je regardais tous les visages des filles, et ceux dont je pouvais douter s'ils appartenaient à des filles ou des garçons.

Parfois je butais contre quelqu'un allongé dans l'ombre.
J'utilisais ma lampe électrique le moins possible, mais je
me rendis compte très vite qu'elle ne dérangeait per-
sonne. Je me déplaçais sur une île fantôme, cernée par la
nuit, sans limites précises entre l'une et l'autre, et sur
laquelle un peuple d'êtres absents faisait semblant de
vivre. Par-ci, par-là, repoussant un peu l'obscurité grise,
brûlait un feu vif, s'élevait un chœur qui chantait, avec
des voix ressemblant à des voix vivantes, une ballade, un
folk-song, un blues qui s'engluait en lui-même et mou-
rait lentement. Les cigarettes, les pipes, les cassolettes,
passaient d'une bouche à l'autre, et peu à peu, derrière
elles, les groupes, les feux et les chants s'éteignaient, la
nuit grise les submergeait.

Respirant malgré moi la fumée dont je traversais les
remous et les épaisseurs stagnantes, je sentais le sol mol-
lir sous mes pieds, l'île devenir un immense radeau en
naufrage, emporté par une lente houle sur une mer
perdue d'où il ne pourrait plus jamais aborder nulle
part.

Je me heurtai à quelqu'un debout, solide, qui me
repoussa. Je l'éclairai. C'était un dieu rouge et noir, à
tête d'éléphant, sculpté dans un rectangle de pierre, qui
portait dans ses deux mains le soleil et la lune. Je fis
descendre le faisceau de lumière du visage du dieu à
celui d'une fille assise à ses pieds, appuyée contre lui.
Elle était très belle, solitaire et lasse. De longs cheveux
d'acajou coulaient sur ses épaules maigres, ses yeux
étaient clos mais elle ne dormait pas. Elle attendait. Son
nom crié éclata derrière moi :

— Jane ! Jane !

C'était plus qu'un appel, c'était un cri de résurrection,
comme celui de Jésus lancé vers Lazare, mais crié au
moment où Jésus lui-même ressuscita !

Elle l'entendit, ouvrit ses immenses yeux violets,
redressa son buste, s'illumina. Ce n'était plus la lumière
de ma lampe qui éclairait son visage, mais la gloire du
soleil.

Olivier arriva en courant, entra dans la lumière,
tomba à genoux, joignit ses mains et la regarda. Ils se

regardaient, émerveillés. Ils ouvrirent leurs bras, se prirent lentement dans les bras l'un de l'autre, refermèrent leurs bras l'un sur l'autre, joue contre joue, les yeux fermés, sans dire un mot.

Je sentais de nouveau sous mes pieds le sol solide, et autour de moi le monde qui vivait. J'éteignis ma lampe.

52

— TU es seule ? Où sont tes copains ?

— Quels copains ?

— Harold, Sven...

— Ah oui !... Harold est parti... avec une Américaine...

— Laureen ?

— Tu la connais ?...

— Bien sûr, voyons !

Comment pouvait-elle avoir oublié ? Il s'inquiétait de la trouver si absente malgré le bonheur avec lequel elle l'avait accueilli. Il promenait ses mains sur elle avec délicatesse, dans l'obscurité revenue. Il sentait partout les os fragiles affleurer sous les courbes du long corps mince qu'il avait découvert dans la lumière blême du butane.

— Tu as maigri... Tu ne manges pas ? Tu n'as plus d'argent ?

— Si, on mange...

— Et Sven, où est-il ?

— Il va revenir, il est à l'hôpital.

— Malade ?

— Non... Il est allé vendre son sang...

— Maintenant ? A cette heure ?

— Il y a toujours un infirmier de garde, avec des dollars...

Olivier savait que c'était la dernière ressource des hippies. Quand ils avaient vendu tout ce qu'ils possé-

daient, il leur restait à vendre leur sang. Les hôpitaux
des pays qu'ils traversaient, ou sur lesquels ils s'étaient
échoués, étaient toujours preneurs et payaient bien. Les
filles, en général, préféraient se prostituer. Trois roupies,
c'était le tarif. Un franc cinquante. Le prix d'un peu de
riz et d'un peu de hachisch. A Katmandou, les plus
laides même trouvaient des clients, des marchands népalais, des Indiens. Les paysans n'avaient pas d'argent :
c'était leurs femmes qui vendaient les légumes.

Jacques avait dit à Olivier :

— Fais attention à ces gamines. Drogue, vérole et
tuberculose. Elles finissent à Pashupakinat, sur un
bûcher...

Il entoura Jane de ses bras. Il aurait voulu l'enfermer
en lui-même, de toutes parts, pour la mettre à l'abri. Il
allait l'emporter loin de tout cela. Il la sentait frêle,
fragile, sans poids. Elle frissonnait. Il lui demanda si elle
avait mal.

— Je vais louer une chambre chez Boris. Demain on
fera venir un médecin. Puisqu'il y a un hôpital, il y a
bien un médecin !...

Elle refusa d'aller chez Boris. Elle attendait Sven. Ils
avaient une chambre ici, à l'étage. Il pourrait dormir
avec eux... Elle tremblait de plus en plus. Elle ne voulait
pas partir.

Sven arriva comme une ombre dans l'ombre. Il ne
manifesta aucune surprise de voir Olivier, seulement une
joie amicale. Olivier ne le voyait guère, mais entendait sa
voix très calme, avec quelque chose d'assuré, de chaleureux et de distrait à la fois, qui contrastait avec l'anxiété
de Jane. Sven s'assit près d'elle et lui donna deux petits
paquets de papier, plats, dont Olivier vit la blancheur
dans la nuit. Elle en enfonça un dans la poche de son
blue-jean, ouvrit l'autre, le porta à ses narines et aspira
une partie de son contenu. Sven toussait. Il posa sa
guitare sur ses genoux et se mit à jouer un air heureux
mais interrompu par des trous et des arrêts. Il avait déjà
pris sa dose. Il était dans l'euphorie, avec les ruptures du
temps et de la conscience. Le geste de Jane avait glacé

Olivier. En si peu de temps elle en était arrivée là... Il
fallait l'arracher à ce pays, à cette ordure, vite, vite...

Elle ne tremblait plus. Elle n'attendait plus. Elle se mit
à rire, se serra contre Olivier et lui chanta en anglais le
bonheur de l'avoir retrouvé. Puis elle le lui dit en français. Elle avait été très malheureuse, elle avait eu besoin
de lui comme de boire ou de respirer, et il n'était pas
avec elle, et elle pensait qu'elle ne le reverrait jamais
plus...

Mais il était revenu ! Il était là ! C'était merveilleux !
Elle lui montrait dans le ciel toutes les étoiles qui chantaient pour eux, Dieu était l'amour, Dieu était lui et elle,
ils ne se quitteraient plus, ils seraient heureux toujours.
Elle riait, chantait, parlait, se frottait contre lui, lui
prenait le visage à deux mains l'embrassait partout, riait
parce que sa barbe piquait, elle lui dit qu'elle n'avait
plus couché avec personne depuis qu'il l'avait quittée, et
rien de ce qu'elle avait fait avant ne comptait. Il y avait
seulement une nuit, une seule, la nuit avec lui dans la
lumière dorée de Bouddha, une nuit grande comme
toute sa vie, cette nuit-là seulement, avec lui.

Elle lui prit une main, l'ouvrit et en embrassa la
paume, puis la glissa dans sa blouse et la pressa contre
elle. Olivier eut le cœur serré. Dans le creux de sa main,
le pauvre sein blotti, le sein diminué, brûlant, dont la
douce pointe essayait encore de s'émouvoir, le fit penser
au pigeon blessé qu'il avait accueilli dans sa poitrine, et
n'avait pas eu le temps de sauver.

— Jane, Jane, mon amour, je t'aime...

Il le lui dit très doucement, avec une grande chaleur
enveloppante, pour la protéger déjà avec des mots, la fit
lever et l'emmena à travers la nuit et la fumée vers la
sortie de ce cauchemar. Mais arrivée sous le porche elle
ne voulut pas aller plus loin. Elle refusa d'aller chez
Boris et l'emmena vers sa chambre. Ils montèrent un
escalier de bois et de terre semé de débris, éclairé par
une faible ampoule au bout d'un fil. Il débouchait sur
une terrasse carrée bordée vers l'extérieur d'une balus-
trade de bois sculpté de mille personnages divins et de
tous les animaux de la Terre. Des charognards étaient

posés sur toute sa longueur, les uns endormis, accroupis, d'autres dressés, allongeant leur cou déplumé. Quelques-uns, en voyant arriver Jane et Olivier, secouèrent leurs' lourdes ailes puis se rendormirent. Olivier frissonna de dégoût. Jane riait, légère, le tirait par la main, l'entraînait dans un immense couloir aux boiseries à demi pendantes, sur lesquelles s'ouvraient les portes des chambres. Entre les portes étaient encore accrochés les portraits du prince, en grand uniforme composite, pantalon de zouave, casque de pompier, médailles jusqu'aux cuisses, rubans de tastevin, manches bouffantes, sabre de cuirassier, l'air terrible, tremblant aux flammes vacillantes des lampes à beurre nichées dans des alvéoles.

Il y avait des « chambres » de toutes dimensions. Dans les anciens salons de réception couchaient plusieurs centaines de hippies, sur des paillasses ou à même le sol. Une odeur épaisse de sueur, de crasse, d'urine et de hachisch coulait par leurs portes ouvertes. Jane tirait toujours Olivier par la main, en pépiant comme un oiseau joyeux, un oiseau anglais dont il ne comprenait pas le langage. Elle l'emmena presque jusqu'au coin où le couloir tournait à angle droit, poussa une porte, le fit entrer dans ce qui avait dû être un vaste placard ou une penderie, qui ne contenait que quatre paillasses inoccupées. Un reste de bougie était posé sur une vieille valise, à côté d'une boîte d'allumettes. Jane l'alluma, se laissa tomber sur une couche qui bénéficiait d'une couverture bleu foncé, attira Olivier, l'embrassa et le déshabilla sans cesser de parler et de rire, puis se déshabilla elle-même, très vite, se serra contre lui, s'étendit sur lui, sous lui, riant, pleurant, parlant, lui mordillant les oreilles, le nez, nichant sa tête sous son bras, râlant de bonheur comme un chat qui n'en peut plus de ronronner, frottant son visage contre son sexe, l'adorant à deux mains, le prenant dans ses lèvres, le quittant pour s'allonger de toute sa longueur sur ce corps d'homme, cette chaleur d'homme, de l'homme seul, de l'unique, tant désiré, tant attendu, se retournant pour le sentir aussi dans son dos et ses jarrets et le derrière de ses cuisses, partout, sur ses hanches, sur son ventre, dans ses mains, partout, comme un poisson a besoin de sentir, partout autour de lui et dans lui, l'eau qui est lui-même.

Peu à peu, elle se calma, rassasiée, désaltérée, et se blottit le dos contre la poitrine d'Olivier, les cuisses serrées, les bras croisés sur sa poitrine menue. Olivier l'enveloppa de ses bras, se colla contre elle pour lui tenir chaud, et se mit à lui parler très doucement, lui répétant sans cesse la même chose : tu es belle, je t'aime, je t'emmènerai, nous serons heureux, tout va bien, nous irons au bout du monde, au grand soleil, avec les fleurs et les oiseaux, tu es plus belle que les fleurs, tu es plus belle que le ciel, je t'aime, je t'aime...

Elle s'endormit dans ses bras, dans sa chaleur, dans son amour, dans le ravissement, dans le bonheur...

Olivier resta éveillé. Son bonheur à lui se mêlait d'angoisse. Comment emmener Jane hors de ce pays de sables mouvants où s'enfonçaient dans la drogue et dans la mort tant de garçons et tant de filles venus de tous les endroits du monde, attirés par le mirage de la liberté, de la fraternité entre tous les êtres vivants, et de la proximité de Dieu ? A Katmandou, on faisait ce qu'on voulait, c'était vrai. Personne ne s'occupait de personne. C'était vrai. Nos frères les oiseaux ne se dérangeaient même pas quand on leur marchait sur la queue, parce que depuis dix mille ans personne n'avait tué un oiseau. C'était vrai. Dieu était présent partout, sous dix mille visages. C'était vrai.

C'était vrai pour les hommes et les femmes et les petits enfants nés dans le pays. Ce n'était pas vrai pour les enfants de l'Occident à longs cheveux et à longues barbes. Ils étaient, eux, les enfants de la raison. Elle les avait séparés à tout jamais de la simple compréhension des évidences, inanimées, vivantes, divines, qui sont les mêmes et par qui tout est clair, depuis le brin d'herbe jusqu'aux infinis. A leur naissance, le bandeau de la raison s'était posé sur leurs yeux avant même qu'ils fussent ouverts. Ils ne savaient plus voir ce qui était visible, ils ne savaient plus lire le nuage, plus entendre l'arbre, et ne parlaient que le langage raide des hommes enfermés entre eux dans les murs de l'explication et de la preuve. Ils n'avaient plus le choix qu'entre la négation de ce qui ne peut se prouver, ou une foi absurde et aveugle dans des fables improbables.

Le grand livre évident de ce qui est, l'équilibre de l'univers et les merveilles de leur propre corps, le pétale de la marguerite, la joue de la pomme, le duvet doré de la fauvette, les mondes du grain de poussière n'étaient plus pour eux que des organisations matérielles et analysables. C'était comme si, sur un livre ouvert, des experts se fussent penchés uniquement pour en analyser l'encre et le papier, ne sachant plus le lire et niant même que les signes dessinés sur ses pages eussent une signification.

Il y avait cependant une différence entre les garçons et les filles qui venaient de l'Occident vers Katmandou et leurs pères : les enfants s'étaient rendu compte que la raison et la logique de leurs parents les conduisaient à vivre et à s'entre-tuer de façon déraisonnable et illogique. Ils refusaient cette absurdité et ses obligations, devinant vaguement qu'il devait exister un autre mode de vie et de mort en accord avec l'ordre de la création. Ils cherchaient éperdument la porte par laquelle ils pourraient s'évader de leurs murailles. Mais les murailles étaient en eux depuis leur naissance. Ils y créaient par la drogue l'illusion d'une ouverture qu'ils franchissaient en rêve, dans le pourrissement de leur esprit et de leur corps, et ne parvenaient qu'à leur ruine.

Olivier se demandait comment trouver l'argent pour emmener Jane très loin, très vite... Il pensa à Ted, l'associé de son père. Jacques avait fini par reconnaître qu'il était vrai que Ted trafiquât des statues volées dans les temples. Il les vendait aux touristes et se chargeait de les leur faire parvenir en Europe ou en Amérique. Jacques ne savait pas par quel moyen. Olivier décida d'aller trouver Ted et de lui offrir ses services. Il pourrait peut-être ainsi gagner rapidement assez d'argent. En attendant, il veillerait sur Jane, et l'empêcherait de continuer à se droguer. Mais où vivraient-ils ? Son père lui avait offert la clé du petit appartement qu'il habitait près de la Place des Temples. Il avait refusé par un réflexe d'enfant orgueilleux, et le regrettait, car il se trouvait maintenant

devant une responsabilité d'homme. Il pourrait peut-être
trouver à louer quelque part une chambre convenable.
La première chose à faire était d'aller trouver Ted. Il
savait où. Il était passé plusieurs fois, pendant sa quête
de Jane, devant les bureaux de « Ted and Jack », au rez-
de-chaussée d'une maison moderne de deux étages, à la
limite du quartier occidental et du vieux Katmandou. Il
s'y rendrait dès demain matin.

Quelqu'un toussa au loin dans le couloir. Jane
s'éveilla. D'abord elle ne se souvint pas, puis tout à coup
elle se sentit enveloppée par Olivier et elle sut qu'il était
là. Elle se retourna face à lui d'un seul coup, s'accrocha
à ses épaules et se serra contre lui.

— Tu es là ! Tu es là ! Tu es là ! disait-elle.

C'était la merveille, l'inespéré, l'incroyable, il était là,
contre elle, dans ses bras, elle le sentait tout le long
d'elle de haut en bas, depuis ses pieds jusqu'à sa joue, sur
sa joue, il était là, lui qu'elle avait attendu, attendu
pendant des éternités.

— Pourquoi tu m'as laissée dormir ? Pourquoi ?...

Elle l'attira sur elle et s'ouvrit. Elle ouvrit aussi sa
bouche et ses mains, elle le reçut dans chaque pore de
son corps.

Entièrement étendu sur elle de toute sa surface, sa
bouche sur sa bouche, ses mains sur ses mains, ses doigts
mêlés à ses doigts, il la sentait écrasée, fragile, prête à
être brisée. Il se fit léger, la délivra de son poids sans
séparer sa peau de sa peau qu'il nourrissait de sa chaleur
et de sa vie, et entra en elle lentement, avec toute sa
puissance et une délicatesse infinie, peu à peu, pas à pas,
chaque fois souhaité, désiré, appelé un peu plus loin,
avec de plus en plus d'impatience, jusqu'à ce qu'il fût au
milieu d'elle.

Et quand il y parvint, ce fut comme si avec l'extrémité
de sa douce et dure irrésistible force il avait appuyé sur
le sceau qui maintenait liés tous ses refus, ses angoisses,
ses négations et ses satisfactions illusoires. Le sceau
s'évanouit, tout ce qui refusait appela, tout ce qui craignait s'éblouit, et les souvenirs de ce qu'elle avait cru
être du plaisir furent balayés pour laisser la place à la

grande vérité qui allait lui être donnée. Elle sentit, depuis le centre d'elle-même, la présence d'Olivier l'emplir jusqu'à toutes les limites de son corps.

Il bougea lentement en elle, ouverte et reclose, et chaque mouvement commença à faire fondre sa chair et ses os, et à les transformer en un état qui n'avait pas de nom, et qui devait être celui des premiers jours de la création, avant les formes et les êtres, quand naissait l'éblouissement inimaginable de la lumière sur les eaux, qui n'étaient rien que les eaux et qui contenaient tout ce qui allait exister, et qui le savaient.

Olivier était entré en elle, dans sa chair nue et vive, comme dans une ouverture faite par une lame, et maintenant, arrivé au milieu d'elle, il y tenait présents et y multipliait, au bout de lui-même, toute sa pensée et son amour.

Il la sentait, la cherchait, la devinait, la prévenait, cherchait plus loin, plus doucement, plus fermement, plus sûrement, profondément, délivrant à gauche, à droite, et toujours plus loin, plus loin encore, les sources chaudes, sans mesures, des océans de joie.

Elle ne savait plus, elle avait perdu sa forme, son poids, sa présence, elle-même. Elle était la joie pure, inconnaissable, indicible, liquide, ininterrompue, où bougeaient les commencements du monde, et d'où elle s'étendait en ondes sans limites qui se succédaient sans cesse et s'ajoutaient et s'ajoutaient encore jusqu'à ce que cela fût si énorme qu'il fallait crier jusqu'aux oreilles de Dieu, instant qui dépasse tout ce qu'un être peut sentir, et dont la mémoire impuissante et frustrée se rappelle qu'il fut, mais ne peut se rappeler ce qu'il était, car ni la tête ni le cœur, ni les mots, ne peuvent le contenir.

Et puis ce fut l'envahissement de la paix dans son corps revenu, nourri d'un bonheur dont elle sentait la chaleur et le poids l'écarter et la répandre sur le nuage où elle était posée. Etait-ce le bonheur ou le sommeil ou la mort en Paradis ? Les yeux fermés, elle souriait un peu. Elle eut la force de dire « Olivier... Toi... » puis s'endormit. Olivier embrassa doucement ses yeux clos, la quitta, s'allongea contre elle, et tira sur eux la couverture.

Sven les réveilla en venant se coucher. Il avait fait le moins de bruit possible, mais dès qu'il fut étendu, il commença à tousser. Il mit sa main sur sa bouche, s'efforça d'étouffer les quintes, mais elles montaient de ses poumons avec des mucus dont il se débarrassait dans de vieux morceaux de papier. Quelques instants après, cela recommençait. Olivier se réveilla et sentit que Jane ne dormait plus et écoutait. Il lui parla très bas dans l'oreille :

— Il y a longtemps qu'il tousse comme ça ?

Elle fit « oui » de la tête.

— Il a besoin d'être soigné. Il devrait entrer à l'hôpital...

Elle fit « non » d'un geste nerveux, comme si Olivier évoquait une action impossible. Alors il se souvint des petits paquets de papier blanc. Le bonheur de la présence et de l'amour de Jane avait momentanément écarté de sa conscience leur image menaçante.

Dès ce matin, il irait trouver Ted. Mais il fallait que Jane fît un effort. Maintenant qu'il était auprès d'elle, elle devait s'arracher à cette habitude. Il ne la quitterait plus, il l'aiderait.

Sven avait cessé de tousser et semblait dormir. Olivier demanda doucement :

— Cette poudre, dans ce papier, qu'est-ce que c'était ? De la coco ?

Il sentit qu'elle s'arrêtait de respirer. Puis au bout d'un moment elle répondit :

— C'était rien... Ne t'inquiète pas...

— Tu sais que ça t'empoisonne !... Si tu continues, ça peut te tuer !...

— Tu es fou, c'est seulement un peu, comme ça... Pour tenir compagnie à Sven... C'est rien...

— Il ne faut plus... Maintenant, je suis avec toi... Plus jamais, tu promets ?

Elle fit « oui, oui, oui » de la tête, très rapidement.

— Jure-moi ! dis « Je jure ! »...

— Tu es bête, puisque c'est rien...

— Jure !

Elle restait silencieuse, immobile... Très tendrement, il insista :

— Allez !... Jure...

Elle se tourna vers lui, l'embrassa sur les lèvres et dit :

— Je jure !... Tu es content ?

Il répondit simplement :

— Je t'aime...

53

LA faible lueur de l'aube entrait par une sorte de fenêtre en forme d'écu, fermée par un panneau de bois ajouré de mille trous de dentelle. Olivier se leva sans réveiller Jane, la recouvrit, enfila son pantalon et s'agenouilla pour la regarder. A la grande paix de l'amour commençait à succéder, même dans son sommeil, un état d'inquiétude nerveuse qui se traduisait par de petites crispations subites du coin des lèvres ou de sa main droite qui pendait hors de la paillasse.

Il allait être obligé de la laisser seule pendant qu'il irait voir Ted. Il ne voulut courir aucun risque, attrapa le blue-jean de Jane, trouva dans la poche le paquet entamé et le paquet intact. Il sortit, nu-pieds.

Dans les arbres, des milliers d'oiseaux chantaient. Au milieu du ciel encore assombri, les sommets de la Montagne immense étaient comme des fleurs de lumière coupées du reste du monde.

Olivier respira profondément. Il se sentit calme, heureux et sûr. Jane et lui étaient arrivés au bout de leurs mauvais chemins, chacun de son côté, et maintenant ils allaient, ensemble, s'engager sur une route peut-être difficile mais claire comme ce jour qui se levait.

Il sema au vent du matin le contenu des petits paquets, jeta les papiers froissés et se dirigea vers une fontaine qu'il avait entendue chanter la veille près du dieu rouge et noir.

Jane s'éveilla en frissonnant. Il lui fallut quelques

instants pour se retrouver présente au monde et se souvenir. Elle avait froid, elle s'assit, en s'enveloppant dans la couverture, et chercha Olivier du regard. Il n'était pas là, mais elle vit sa chemise, son blouson et son sac. Elle ne fut pas inquiète. Il allait revenir. Ce n'était pas lui qui lui manquait en ce moment.

Elle attrapa son blue-jean par une jambe, le tira vers elle, mit sa main dans une poche, puis dans l'autre. Son cœur sauta dans sa poitrine comme un lapin affolé. Elle se leva, laissant glisser la couverture, étreignant le blue-jean dont elle vida les poches, jetant tout ce qu'elle y trouvait, un mouchoir sale, un rouge à lèvres usé, un petit poudrier de cuir vide, au miroir cassé, et de la monnaie népalaise, trois pièces de cuivre, deux d'aluminium. Quand les poches furent vides, elle les fouilla encore l'une après l'autre, plusieurs fois, affolée de n'y rien trouver, jeta le blue-jean au fond de la pièce, se laissa tomber à quatre pattes sur la paillasse, cherchant tout ce qu'elle avait jeté, rouvrant le poudrier, le mouchoir, qu'elle avait déjà ouverts avant de les laisser tomber, cherchant sous la couverture, par terre, partout, nue, à quatre pattes, grelottante, claquant des dents de froid et d'horreur.

C'est ainsi qu'Olivier la trouva, comme une bête maigre qui cherche la nourriture sans laquelle elle va mourir dans la minute qui suit. Elle ne savait plus ce qu'elle voyait, ce qu'elle touchait, ses côtes saillaient, ses pauvres seins vides pendaient à peine, elle posait ses mains partout, fouillait sous le matelas, gémissait, cherchait encore où elle avait déjà cherché, tournait vers le mur ou vers la porte, et elle vit devant elle les pieds nus d'Olivier.

Elle se releva avec une énergie fantastique, comme un ressort d'acier. Elle avait compris.

— C'est toi qui l'a prise !

Il dit « oui », doucement.

Elle tendit vers lui sa main gauche ouverte, paume en l'air, les doigts crispés, presque tétanisés.

— Donne ! *Donne !* DONNE !

Il répondit très calmement :

— Je l'ai jetée...

Elle reçut la phrase comme un coup de bélier dans la poitrine. Mais c'était une réalité à laquelle elle ne *pouvait* pas croire.

— Va la chercher! Vite! Vite! Avant qu'on la prenne!

— Je l'ai vidée en l'air... Personne ne peut plus la prendre...

Elle recula lentement jusqu'au mur, comme si quelque chose d'énorme pesait sur elle et la poussait. Quand elle toucha le mur, elle s'y adossa et s'y appuya de ses deux mains ouvertes en arrière. Au-dessus de sa tête, la fenêtre de bois découpait le soleil levant en dentelle rose.

— Pourquoi tu as fait ça?... Pourquoi?... Pourquoi?...

Il la vit glacée, grelottante, perdue, il s'avança doucement. vers elle, ses avant-bras à demi tendus pour la recevoir, la prendre, l'envelopper, la réchauffer.

— Parce que je ne veux plus que tu t'empoisonnes... Tu avais juré...

Il arrivait près d'elle. Il tendit les mains, les posa sur ses bras, sentit sa peau froide comme celle d'un poisson mort. Elle se dégagea en criant et lui griffa la poitrine de ses dix ongles, de haut en bas.

— Ne me touche pas!... Va-t'en!... Imbécile!... Tu veux!... Tu veux!... Qu'est-ce que tu te crois?... Tu veux! Et moi, qu'est-ce que je suis, MOI? Je suis libre! Je fais ce que *moi* je veux! Tu m'as volée! Volée! Volée! Tu es un monstre! Tu es horrible!... Va-t'en!...

Olivier ne bougeait pas. Sven, réveillé par les cris de Jane, s'était levé et toussait. Il dit doucement à Olivier :

— Il vaut mieux... que tu t'en vas... maintenant...

Olivier ramassa ses affaires. Jane, toujours adossée au mur, le regardait faire sans bouger la tête. Seuls le suivaient ses grands yeux violets où les pupilles dilatées ouvraient deux trous de ténèbres. Ses dents claquaient.

Olivier mit sa chemise et son blouson et se chaussa, ramassa son sac et se dirigea vers la porte. Il n'avait pas

levé une fois son regard vers elle. Au moment où il allait
sortir, elle cria :

— Attends !

Il se retourna vers elle, la regarda, attendit.

— Maintenant, il faut que j'en achète d'autre !... Je
n'ai pas d'argent !...

Elle avait commencé avec une voix basse, rauque,
mais à chaque mot elle parlait de plus en plus fort, et
elle finit en criant :

— Tu as couché avec moi ! Ça se paye !...

Et elle tendit de nouveau vers lui sa main gauche
ouverte, la paume en l'air, comme la griffe d'une bête
nue.

Olivier prit dans la poche de son blouson les billets
qui y restaient, et les jeta sur la paillasse. Puis il sortit.

Jane s'écroula en sanglotant sur les billets, la couverture, les débris jetés hors de ses poches. L'odeur de leur
nuit d'amour, l'odeur pourrie des sueurs et des crasses
de tous ceux qui s'étaient avant eux étendus sur cette
couche un moment transfigurée par la grandeur de leur
union. Elle ne sentait rien, ni le froid ni la puanteur, rien
que le manque, la frustration, l'échec et le désespoir.
Tout était perdu, fichu, tout était mort, et le besoin de la
drogue lui rongeait l'intérieur du ventre comme un troupeau de rats.

54

— LE fils de Mister Jacks ?... Oh ! très étonnant... Il est la vérité que vous ressemblez à lui faiblement !... Je suis heureuse qu'il a un si beau fils... *Hello ?
Mr Ted ? Mr Jack's son is here. Yes !... His son !... Yes,
he says... He is asking for you... Well ! Well !...*

Elle raccrocha. C'était la blonde secrétaire de l'agence
« Ted and Jack », plantureuse, souriante, optimiste,
propre comme une Anglaise, rose comme une Hollandaise. Elle était assise derrière un bureau couvert de
piles de dépliants touristiques, sous une énorme tête de
tigre accrochée au mur. Elle se leva pour lui ouvrir une
porte et lui montrer un escalier au fond d'un couloir.

— Vous montez en haut du deuxième étage... Mr Ted
vous attend... Dans son bureau...

Tout le long du mur du couloir étaient accrochés
d'autres trophées, et au pied de l'escalier une tête de
buffle aux cornes immenses, au-dessous de laquelle avait
été disposé, comme pour la souligner, le sabre terrible
qui l'avait tranchée.

— Je regrette beaucoup, dit Ted, mais je ne vois pas
comment je pourrais vous aider...

C'était un gros homme à la peau rose et au poil
transparent. Il ressemblait à un des porcs bien nourris
des jardins de Boris. Il avait demandé à Olivier son
passeport, pour s'assurer de son identité, et, à demi assis
sur le coin de son bureau empire qui avait dû, lui aussi,
franchir les montagnes sur le dos des Sherpas, il feuille-

tait négligemment le document, après l'avoir examiné avec beaucoup d'attention.

Il le posa sur le bureau et y prit une statuette en bronze représentant une déesse exquise, qu'il caressait avec une volupté machinale, la faisait glisser dans le tunnel d'une de ses mains fermées, puis de l'autre.

— Cette jeune fille à laquelle vous vous intéressez... Malheureusement... Il y en a tant dans le même cas... Ils viennent ici, garçons et filles, ils croient arriver au paradis... Ce n'est que le fond d'un cul-de-sac. Ils ne peuvent pas aller plus loin... L'Himalaya... La Chine... Hein ? Pas facile !... Pas possible !... Ceux qui peuvent repartent !... Les autres pourrissent !...

— C'est pour ça qu'il faut que je l'emmène ! Très vite !... Avant qu'elle soit complètement perdue !...

— Emmenez-la, emmenez-la, mon petit !... Emmenez-la !... Si elle veut bien !... Elle a sans doute plus besoin de sa drogue que de vous... Vous avez eu tort de jeter sa coco... Ce n'est pas comme cela qu'on les soigne... Vous lui avez créé, en plus du manque, un choc de frustration qui a dû lui faire un mal atroce. Et elle a retourné sa souffrance contre vous... A la première prise, elle oubliera tout ça et elle vous voudra de nouveau, mais pour la guérir, il faut un vrai traitement, dans une clinique sérieuse. Ici, ça n'existe pas. A Delhi, peut-être... L'Europe, ça serait mieux... Avez-vous de l'argent pour l'emmener ?

— Vous savez bien que non ! C'est pour ça que je suis venu vous demander...

— Vous rêvez, mon petit, cette histoire de statues, c'est du roman feuilleton... Notre agence est exactement ce qu'elle est, une agence de voyages et de safari qui vit largement sur l'argent des gogos qui veulent des émotions fortes, et pouvoir raconter à leurs amis du Texas qu'ils sont montés au sommet de l'Himalaya, qu'ils ont ramassé du poil de Yéti et massacré quatorze tigres... Les poils de Yéti, ce sont des poils de queue de yack, l'Himalaya ils l'ont regardé d'en bas, les tigres, c'est votre père qui les tue... C'est un fameux fusil, votre père... A part ça, c'est un enfant. S'il était un peu mûr, il

serait aussi riche que moi... mais il ne dépassera jamais
l'âge de douze ans... Croyez-moi, laissez tomber cette
petite... Elle est déjà perdue... Vous ne pouvez plus rien...
Il n'y a pas de travail ici pour un Européen... Vous avez
votre billet de retour ?

— Non.

— Ah !... Ecoutez, je peux parler à l'Ambassadeur... Il
peut peut-être vous rapatrier... Ils le font quelquefois...
C'est un ami...

Olivier se répétait sans cesse ce qu'Yvonne et Jacques
lui avaient dit :

— C'est un salaud... C'est un salaud... C'est un
salaud...

Son sang bouillait, mais extérieurement il restait glacé
comme le sommet de la Montagne.

— Je ne partirai pas sans elle. Moi, c'est sans intérêt.
C'est *elle* que je veux sauver. Je *sais* que vous vendez des
statues. Je peux aller en chercher pour vous où vous
voulez. Partout où personne n'ose aller. Si vous me
payez assez cher. Je n'ai peur de rien. De personne. Je
veux de l'argent, vite... Si vous me le faites gagner, vous
en gagnerez dix fois plus !...

Ted posa avec brusquerie la statuette sur le bureau et
prit le passeport qu'il tendit à Olivier.

— J'ai assez entendu parler de cette histoire ! Et je
n'aime pas qu'on raconte sur moi de telles stupidités, qui
peuvent me faire expulser du pays et me ruiner si jamais
une oreille de policier les entend ! Je vous conseille de
vous taire ! Sans quoi, c'est vous que je ferai expulser, et
sans délai !... Et quand votre père rentrera, je lui en dirai
deux mots !

Il y avait une lourde menace dans cette dernière
phrase. Olivier prit le passeport. Son regard restait fixé
sur la statuette de la déesse sur le bureau. Elle était d'un
bronze sombre, presque vert, et doré au front, au nez,
aux fesses, aux hanches, partout où la caresse des mains
de Ted, jour après jour, en avait usé la patine.

Ted suivit le regard d'Olivier et éclata de rire.

— Tenez ! Regardez d'où elle vient !

Il souleva la statuette et présenta le dessous de son socle minuscule devant le visage d'Olivier. Celui-ci y vit collée une étiquette un peu jaunie où se lisaient claire- ment deux mots imprimés : SOUTHEBY LON- DON (1).

(1) Southeby est une galerie londonienne mondialement connue, spécialisée dans la vente des tableaux de grande valeur et des objets d'art très rares.

55

OLIVIER retourna chez les Tibétains. La chambre de Jane était vide, mais son sac et celui de Sven étaient là. Il erra un peu dans le jardin, presque désert. Quelques hippies assommés de drogue dormaient à l'endroit où ils étaient tombés. Une fille brune et sale, allongée près d'un buisson, s'assit à son approche et lui fit une offre dans une langue qu'il ne comprit pas. Alors elle écarta les jambes et mit la main sur son pantalon à l'endroit de son sexe, puis elle leva la main avec trois doigts écartés.

— Tree roupies... Drei roupies... Trois roupies... You Frenchman ? Me... ich been... gentille... Trois roupies...

Il passa sans répondre, le cœur serré dans un étau de fer.

Il s'assit au pied d'un arbre et ouvrit son sac. Une vache s'approcha et mit son nez dans le sac ouvert. Il n'avait rien à lui donner. Elle choisit un mouchoir et le mangea, puis s'en fut lentement en continuant de remuer la mâchoire inférieure.

Olivier plongea la main dans tout son fourniment, uouva sa dernière réserve, une enveloppe qui avait pris la forme bombée du fond de son sac et qui contenait un dernier billet de dix dollars, cinq mille anciens francs. Combien de roupies ? Il ne savait pas. Il alla à la banque royale. On lui en donna le minimum, quelques billets crasseux, des piécettes, et des papiers à signer, le passeport à présenter, toute la justification légale du bénéfice officiel.

Il se rendit dans la rue des marchands. Il faisait un grand soleil, et la foule était rare. Des jeunes gens à bicyclette circulaient à toute vitesse entre les vaches, les chiens et les dieux. Katmandou n'avait découvert la roue que depuis quinze ans à peine mais sa jeunesse s'en offrait un délire. Il y avait des marchands et des loueurs de bicyclettes partout. Les vieux n'osaient pas croire qu'on pouvait tenir en équilibre sur ces choses qui tournaient, mais les jeunes s'y jetaient en folie, fonçaient à pleins mollets, freinaient pile, dérapaient, repartaient, s'arrêtaient, faisaient sur place des équilibres d'acrobates, en riant de bonheur. Ceux qui pouvaient en acheter une au lieu de la louer, les fils de riches marchands, la peignaient de cent couleurs vives, lui plantaient des caravanes de dieux sur le guidon, lui accrochaient des fleurs aux pédales et des rubans partout, qui volaient loin derrière elle, sillage de joie.

Olivier regarda boutique après boutique, reçut beaucoup d'offres et de sourires, une énorme quantité de politesse et de gentillesse, et finit par trouver les outils qu'il cherchait, pour une somme infime. Il retourna ensuite à la Place, monta sur la plus haute marche du grand temple et s'y installa pour la nuit, après avoir mangé une douzaine de bananes exquises, grosses comme son pouce.

Le lendemain matin, il était de nouveau dans le bureau de Ted. Celui-ci avait d'abord refusé de le recevoir, mais Olivier avait dit à la secrétaire qu'il ne s'en irait pas avant de l'avoir vu, et il était, d'autorité, monté dans le bureau du second étage.

Ted arriva, en robe de chambre, furieux, mal éveillé, pas rasé, prêt à jeter dans l'escalier ce petit emmerdeur.

Mais les premières paroles s'arrêtèrent dans sa gorge quand il vit ce qu'Olivier avait posé sur son bureau. Il resta la bouche ouverte, le souffle coupé.

C'était deux statues, ou plutôt deux groupes. Dans le premier, une femme debout, ses vêtements tombés sur ses chevilles, les jambes écartées, les genoux fléchis, encadrée par deux hommes qui lui tenaient chacun un sein, enserrait dans sa main droite la verge de l'un et dans sa main gauche celle de l'autre. Verges optimistes, marseillaises, pharamineuses, qui se projetaient longuement au-delà des mains inquisitrices. L'un des hommes avait le teint plutôt rose, et l'autre plutôt jaune, mais leurs visages se ressemblaient, tranquilles, ornés d'une fine moustache, surmontés d'un bonnet brodé qui constituait toute leur vêture.

Le visage de la femme, par contre. exprimait la plus grande perplexité. Elle était visiblement en train de comparer les mérites respectifs de ses deux soupirants et les trouvait aussi intéressants l'un que l'autre. Dans sa position à demi accroupie, son sexe offert attendait, et certainement s'impatientait. Les trois personnages, en bois sculpté et peint de façon primitive, n'évoquaient rien de pornographique ni même d'érotique. Ils composaient un tableau naïf et un peu comique, familier.

Le deuxième groupe apportait la solution à la perplexité de la malheureuse. Toujours debout, mais s'étant débarrassée des vêtements qui l'entravaient, elle recevait à la fois ses deux prétendants, l'un par-devant et l'autre par-derrière. Ils se tenaient tous les trois par les épaules pour rester en équilibre, et celui qui la visitait de face, sans doute pour rendre plus aisée cette double opération, lui tenait une jambe soulevée à l'horizontale, de sorte qu'elle se trouvait perchée sur un seul pied comme un héron. Elle bénéficiait, il est vrai, de deux autres supports presque aussi gros que sa cuisse. Les visages des trois personnages n'exprimaient ni volupté ni émotion d'aucune sorte. Celui qui opérait par-derrière avait posé sa main libre sur un sein de la femme, mais peut-être était-ce simplement pour se cramponner. Aucun des deux n'avait perdu son petit bonnet brodé.

Et sur les trois têtes, comme sur celles du premier groupe, était posé le pied nu, énorme, d'un dieu, qu'Olivier avait dû scier en même temps que les humains sur lesquels ils appuyaient leur existence.

Ted tourna au rouge, au violet, au blanc, puis éclata :

— Vous êtes fou ! Complètement fou ! A enfermer !
Tout le monde les connaît ! On vient les voir du monde
entier ! La police doit déjà chercher partout ! Vous êtes
complètement timbré ! Ramassez-moi ça et fichez le
camp ! Et vite ! Allez ! Allez ! Fichez le camp ! Je ne
veux pas de ça chez moi une seconde de plus !

Olivier n'avait pas dit un mot. Il regardait Ted qui
paraissait réellement épouvanté, et il se demandait si
Jacques et Yvonne, finalement, ne s'étaient pas trompés
sur lui.

Eh bien, c'était raté, tant pis. Il vint au bureau, posa
son sac près des statues, en enfonça une dans son sac,
enveloppa l'autre dans une chemise qu'il mit sous son
bras, et se dirigea vers la porte.

Ted essuyait son front ruisselant avec un grand mouchoir vert pâle. Au moment où Olivier allait sortir, il
cria :

— Combien vous en voulez, de vos saloperies ?

Il s'épongea encore, se moucha. Olivier ne répondit
pas. Il n'avait aucune idée de ce que ces objets pouvaient
valoir.

— C'est invendable ! dit Ted. Je vais être obligé de les
cacher pendant des années ! Avec le risque ! Vous vous
rendez compte ? C'est comme si vous aviez volé la Tour
Eiffel... Alors, combien ?...

Olivier ne répondit pas.

— Je vous en donne.

Ted s'arrêta. La convoitise, la peur, la perspective
d'un fabuleux bénéfice se battaient dans sa tête. Il n'y
voyait plus clair.

— Fermez cette porte, bon Dieu ! Poussez le verrou !
Tournez la clef ! Montrez-moi encore un peu ça...

Il prit lui-même le paquet sous le bras d'Olivier et
extirpa celui de son sac. Il posa les deux groupes sur son
bureau, les regarda et se mit à rire.

— Ils sont marrants ! Il faut reconnaître... Ils sont
marrants... Un peu de whisky ?

— Non merci, dit Olivier.

Ted ouvrit un frigo mural invisible, en sortit un fla-
con, un verre et des glaçons, se servit et but.

— Asseyez-vous donc ! Ne restez pas planté !

Olivier s'assit au bord d'un fauteuil, Ted au fond d'un
divan-lit disposé au-dessous du frigo clandestin. Il se mit
trois coussins derrière le dos, but, regarda de nouveau
les deux groupes et se réjouit de plus en plus.

— Vous avez du culot, mais vous êtes fou ! Fou à
lier ! Il ne faudra jamais, jamais recommencer ! Un coup
pareil !... Je veux dire... Si nous travaillons ensemble...
Pourquoi pas.. Si vous êtes raisonnable... Vous êtes
intelligent... Vous avez compris... Un seul de ces
groupes, c'est pas mal, c'est curieux... Mais les deux,
c'est formidable !

Il regretta aussitôt d'avoir lâché une telle imprudence.
Il regarda Olivier de coin, fit une grimace dégoûtée.

— Mais c'est invendable... Invendable !... Même si je
trouve un client, comment voulez-vous sortir ça du
pays ?... Vous vous voyez sortir de France la Vénus de
Milo ?... Invendable !... Je vais être obligé de les garder
pour moi... Pour ma collection personnelle. Et quel
risque ! Vous vous rendez compte ? Une perquisition, et
je suis cuit ! Vingt ans de prison !... Et les prisons népalaises, c'est quelque chose !... Même les rats y crèvent !...
Je ne veux tout de même pas que vous ayez fait cet
exploit pour rien !... L'héroïsme, même inconscient, ça
mérite une médaille !... Je vous en donne... pour les
deux... Voyons... Je suis généreux parce que je les trouve
marrants ces deux trucs, je les aime bien... Et puis, vous
m'êtes sympathique, vous avez du culot, du sentiment,
vous êtes amoureux, moi tout ça, ça me bouleverse...
Vingt dollars... Pour les deux ! D'accord ?

Olivier ferma les yeux et revit Jane à quatre pattes nue
sur la paillasse, éperdue, folle comme une chienne affa-
mée qui a mangé ses petits... Il rouvrit des yeux glacés, il
dit :

— Mille dollars !

Quand il repartit, une heure plus tard, il avait quatre
cents dollars dans sa poche, emportait une caméra
16 mm et des instructions précises. Il devait s'installer

chez Boris, lui dire qu'il venait faire un reportage sur les
fêtes népalaises. Boris lui louerait une moto qui lui
permettrait de passer partout. Il devait visiter les petits
temples et les monastères lointains, dans les montagnes.
Plus jamais opérer à Katmandou ! Jamais ! Le jour, se
mêler aux foules des fêtes, il y en a partout, tout le
temps, repérer ce qui était intéressant, et revenir la nuit
quand il n'y avait personne. De préférence même plusieurs nuits plus tard. Et surtout ne pas oublier de se
servir de sa caméra ! Tout le temps ! Qu'on le voie
toujours la caméra à l'œil ! Un crétin de cinéaste, un
cinglé d'Occidental qui délire devant ce qui est l'ordinaire de la vie quotidienne, un pauvre type qui fait
sourire les policiers...

Et qu'il ne revienne jamais à l'agence de jour ! Jamais !
Voici une clef, qui ouvre la porte de derrière dans la
ruelle. Il laisse sa moto très loin, il vient à pied, la nuit,
il regarde s'il n'y a personne, il ouvre, il referme, il
monte directement au bureau, il se couche sur le divan,
il attend que Ted arrive. D'accord comme ça ? Pour les
prix, on s'entendra toujours, d'après l'intérêt de ce qu'il
apportera... D'après la demande aussi, évidemment... En
ce moment, ça ne va pas tellement bien, les Américains
lâchent les dollars avec des élastiques, et les Allemands
ne sont pas tellement amateurs... Mais il pourra quand
même ramasser assez vite de l'argent pour emmener la
petite et la faire soigner. La pauvre gamine... Est-ce
qu'elle est belle ?... Quelle pitié ! C'est toujours les plus
belles qui font les pires bêtises...

Olivier alla chez Boris. On lui donna une chambre
immense avec une salle de bains qui aurait contenu un
appartement parisien.

Boris lui offrit l'apéritif dans son propre appartement
auquel on accédait par un escalier tournant en fer forgé.
Il ouvrait de tous côtés sur les toits en terrasse. Le chat-
léopard, tapi sous un divan, regardait Olivier de ses yeux
rapprochés, aux pupilles rondes, avec une grande curiosité et une méfiance non moins grande. Olivier raconta à
Boris sa petite histoire de cinéma. Boris le crut ou fit
semblant et lui promit une moto pour le lendemain, avec

toute la liste des fêtes qu'il pourrait atteindre avec ce véhicule, et une carte rudimentaire.

Maintenant, il s'excusait, il devait le quitter, une histoire lamentable : une petite Parisienne qui avait voulu passer en Chine. Maoïste, vous vous rendez compte ? Avec un père milliardaire !... Elle avait essayé d'avoir un visa. C'est comme si on essayait d'obtenir un billet d'entrée pour une termitière...

Alors elle avait loué un avion et un guide. L'avion s'était posé dans une vallée près de la frontière, le guide l'avait conduite à proximité d'un col où elle avait peut-être une chance de passer. Il l'avait laissée s'avancer seule. Quand elle y était parvenue, elle s'était trouvée face à face avec une patrouille chinoise. Elle avait crié « Camarades ! » Ils avaient tiré tous à la fois, et derrière elle une patrouille indienne tirait en même temps... Oui... Oui... il y a des troupes indiennes au Népal, le long de la frontière tibétaine, enfin, je veux dire chinoise... De même qu'il y a des troupes de travailleurs chinois qui entretiennent la route qui traverse le Népal jusqu'à la frontière indienne. L'armée népalaise est neutre. Non, non, elle ne se mêle de rien... Ce sont de bons soldats, pourtant, terribles... Les fameux gourkas, vous en avez entendu parler ? Jamais les Anglais n'ont pu les battre... Grâce à eux, le Népal n'a jamais été occupé... Mais le roi actuel est intelligent... Cette histoire entre la Chine et l'Inde, il ne veut pas s'en mêler... Des patrouilles, ça ne gêne personne, au contraire, ça garantit sa frontière... Et la route, eh bien ma foi, elle est utile...

La petite, fusillée par-devant et par-derrière, a roulé sur la pente, du côté népalais. Le guide l'a ramassée et l'a ramenée en avion. Son père est là... Oui là, chez moi... Il n'a pas voulu qu'on la brûle... Il veut la ramener à Paris... Il a un avion grand comme la Tour Eiffel. Mais il faut que je lui trouve de la glace, au moins cent kilos de glace pour la conserver, jusqu'à ce qu'il ait reçu assez d'essence pour repartir. Vous voulez bien m'excuser ? Chat ! Viens ici, chat ! C'est son nom. Viens, mon joli... Viens, mon beau... Non, il ne veut pas... Il est un peu sauvage... Il faut que je lui trouve une femme, c'est difficile... Il s'habitue difficilement au jour. C'est un animal de nuit. Au milieu de la nuit, il saute sur mon lit, et il me donne de grands coups de patte sur les joues, pour me réveiller. Il veut jouer. Le jour, il aimerait mieux dormir. Il ne deviendra pas, plus gros, c'est sa taille. Il pèse une livre et demie...

A une question d'Olivier, Boris répondit qu'il y avait un excellent docteur anglais à l'hôpital de la Croix-Rouge, le Dr Bewall. Et il s'en fut.

Olivier alla chez les Tibétains pour chercher Jane. Il la ramènerait chez Boris, la ferait examiner par le docteur, et ne commettrait plus la bêtise de lui supprimer brutalement sa drogue. Dès qu'il aurait assez d'argent, ils partiraient. Ils emmèneraient aussi Sven, si elle voulait.

La chambre de Jane et Sven était occupée par quatre hippies américains, trois garçons, et une fille qui parlait français. Ils ne connaissaient pas Jane et Sven. Non, ils ne savaient pas où ils étaient partis. Ils ne savaient rien. Les sacs de Jane et de Sven n'étaient plus là.

56

OLIVIER resta plus longtemps absent qu'il ne l'aurait voulu. Même les plus petits temples, les plus éloignés, les plus perdus au bout de pistes insensées, ne restaient presque jamais déserts la nuit. Ce n'était pas un pays où on enferme Dieu à clef en dehors des heures ouvrables. Il y avait toujours quelqu'un en train de venir saluer, adorer, prier. La conversation entre les dieux et les hommes ne s'interrompait ni dans la lumière du jour ni à celle des lampes. Olivier devenait fou d'impatience et d'angoisse en pensant à Jane. Non seulement il ne gagnait rien, mais elle, pendant ce temps, devait continuer à s'empoisonner, à maigrir, à déchoir...

Enfin, une nuit, il se trouva seul dans un petit temple où il avait repéré, pendant le jour, une statuette de déesse en bronze, à six bras épanouis, avec un sourire ravissant et une charmante poitrine, facile à desceller et à emporter dans son sac.

Le temple se trouvait à flanc de montagne, au sommet d'un interminable escalier. Olivier avait caché sa moto dans la vallée, la lune éclairait l'escalier vide, il se mit au travail à coups de marteau et de burin, son marteau enveloppé de chiffons pour amortir les bruits.

Mais le ciment friable cachait d'épaisses barres de bronze faisant corps avec le socle et enfoncées dans les trous de quatre pierres qui en entouraient étroitement la base. Un travail d'artisan, datant de la construction du temple avec lequel la statue, ainsi, faisait corps.

Olivier jura et insulta tous les dieux de l'univers, prit une scie à métaux dans son sac, l'huila, réussit à la glisser entre la pierre et le socle, et commença à attaquer la première barre.

C'est alors qu'il entendit une musique, un pop-song accompagné de flûtes et de guitares. Il se retourna et vit un troupeau de hippies portant des torches, des lanternes de papier et des lampes électriques, en train de gravir l'escalier.

Une rage meurtrière le prit contre ces dingues, ces salauds, ces empoisonneurs, qui venaient jusqu'ici l'empêcher de sauver Jane. Il se jeta dans l'escalier, frappa les premiers à la volée avec son sac chargé d'outils, les précipita sur les autres, hurla des injures, les frappa des mains, des pieds, de la tête, des coudes, leur fit dégringoler les marches, rouler les uns sur les autres, sur leurs guitares et leurs lanternes, avaler leurs dents et leurs flûtes. Ahuris, passifs, gémissants, ne comprenant rien, ils s'enfuirent sans avoir une seconde l'idée ou le désir de résister. Ils étaient une trentaine. Il aurait pu les exterminer comme des moutons. Ils se retrouvèrent en bas, quelques-uns saignant, boitant, ne cherchèrent même pas à savoir, reprirent leur route vers un autre lieu, un autre temple, un autre visage de Dieu plus accueillant. Olivier vit s'éloigner les lucioles des quelques torches électriques qui fonctionnaient encore. Il reprit son travail.

Il en termina avec la quatrième barre juste avant l'aube, enfouit la statue dans son sac sous ses vêtements, rejoignit sa moto, la lança sur la pente sans allumer le moteur ni les phares, à tombeau ouvert sur la piste à peine visible, les yeux écarquillés, évitant au dixième de seconde les trous les plus profonds et les bosses meurtrières. Il mit plein gaz lorsqu'il rejoignit une sorte de route. Mais il ne fut de retour à Katmandou que dans l'après-midi. Trop tard, trop tôt pour aller chez Ted. Il rentra chez Boris, se baigna dans une baignoire qui aurait convenu à un éléphant et où coulait une eau verdâtre, se rasa, changea de linge, et partit à la recherche de Jane. Il emportait la statue dans son sac. Il ne pouvait pas courir le risque de la laisser à l'hôtel. Son « boy », un Népalais d'une quarantaine d'années, dont il ne parvenait pas à se rappeler le nom, charmant, souriant, empressé, toujours à l'affût derrière sa porte dans l'espoir qu'il allait lui commander quelque chose à faire, était certainement très honnête, mais non moins certainement curieux.

Ches les Tibétains, la chambre de Jane et Sven était vide. Plus que trois paillasses. Pas de sac. Il entra dans les autres chambres, où traînaient et dormaient quelques filles et garçons crasseux et abrutis. Pas plus auprès d'eux qu'auprès de ceux qu'il rencontra dans le jardin, il ne put obtenir de renseignements. Il alla s'asseoir au restaurant où il avait rencontré le Marseillais. Celui-ci n'y était pas. La blonde à chignon était toujours là. Elle avait changé de place. Elle était sur le banc d'en face, elle regardait la porte, sans ciller, sans voir quand quelqu'un entrait. Elle avait maigri, elle se tenait moins droite, une mèche pendait de son chignon dans son cou. Sa peau rose était devenue blême, ses mains posées sur la table, sales, et ses ongles noirs.

Deux barbus assis de part et d'autre d'un jeu d'échecs le regardaient en semblant réfléchir. Pendant plus d'une heure qu'Olivier resta là, ni l'un ni l'autre ne bougea une pièce. A la fin, le patron, qui se souvenait d'Olivier, s'approcha de lui, et lui montra d'un geste la tablée qui attendait, sans impatience, sans même avoir conscience d'attendre, que quelqu'un vînt ou ne vînt pas payer le plat de riz collectif. Il demanda :

— Rice... Riz... You pay ?

— Qu'ils crèvent ! dit Olivier.

Il sortit, son sac dans le dos, le cordon lui sciant les doigts et l'épaule. Elle était lourde, cette déesse, et elle avait au moins mille ans, peut-être plus, il allait en exiger un bon prix. La nuit était tombée, les rues vides, à part quelques Népalais rapides, des hippies qui traînaient par deux ou trois, des chiens jaunes en quête de détritus, et des vaches couchées un peu partout.

Olivier se risqua dans la ruelle derrière « Ted and Jack ». Il n'y avait personne, toutes les fenêtres étaient éteintes, sauf celles de la maison même de Ted, au premier.

Un dernier coup d'œil. Il sortit la clef de sa poche. La serrure joua sans peine. Il entra et se trouva devant la tête de buffle. Il poussa doucement la porte, monta jusqu'au second. Les marches craquaient. Ainsi Ted saurait qu'il était arrivé.

Effectivement, à peine avait-il déposé la statue sur le bureau que Ted arriva et commença à lui reprocher aigrement d'être venu si tôt. C'était une imprudence folle, s'il continuait comme ça, il se verrait, lui, obligé de rompre leur association. Il se tut brusquement quand il vit la déesse, s'approcha, la prit, la soupesa, la regarda de tous côtés, remarqua les moignons des barres sciées, demanda des explications qu'Olivier lui fournit, insistant sur le fait qu'ils étaient la preuve de la très grande ancienneté de la statue.

Ted faisait la moue. Il dit que le temple pouvait fort bien avoir été construit il y avait cinquante ans, que la statue était d'un style bâtard, d'influence à la fois hindoue et chinoise. Un morceau banal. Il en offrit dix dollars.

Olivier était trop occidental pour comprendre que c'était là la base extrême, et même ridicule, par jeu, d'un marchandage qui est, en Orient, la règle de toute transaction.

Il n'y vit, comme lors de leur précédent marché, que l'expression de la malhonnêteté de Ted.

— Vous êtes un salaud ! dit-il. Vous m'en donnez deux cents dollars ou je la fous par la fenêtre.

Il arracha la statue des mains de Ted et marcha vers le lourd rideau de feutre brodé d'animaux qui masquait la fenêtre unique.

Ted, avec une agilité incroyable, le rejoignit et le saisit à bras-le-corps.

— Mais vous êtes malade, mon petit !... On discute avant de se mettre en colère !... Deux cents dollars, vous dites ?

— Oui.

— C'est de la folie. Mais vous êtes le fils de Jack, et vous devez sauver cette pauvre petite, je vous les donne !

Il alla ouvrir un coffre aussi clandestin que le frigo et qu'il couvrit de son corps pour qu'Olivier n'en vît pas le contenu. Quand il se retourna, il tenait quinze billets de dix dollars et le coffre était refermé. Il jubilait. Il avait été, dès le début, décidé à aller jusqu'à trois cents dollars. Elle en valait bien mille.

— Comment va-t-elle, cette pauvre enfant ? Cette histoire me fend le cœur...

— Je ne sais pas où elle est, ni son copain, dit Olivier, sombre. Elle n'est plus chez les Tibétains, personne ne peut rien me dire, ils sont tous dans les vapes ! Incapables de voir l'Everest s'il leur tombait sur le nez !

— Ne vous inquiétez pas, dit Ted en poussant Olivier doucement vers la porte. Ils sont sans doute partis faire un petit pèlerinage quelque part. Ils sont tous pareils, en train de tourner en rond autour de Katmandou, pour se donner l'illusion qu'ils peuvent encore bouger, qu'ils ne sont pas au bout de tout... En tout cas, si elle est partie, ça prouve qu'elle a moins besoin de drogue. La poudre, elle ne peut la trouver qu'ici. C'est plutôt bon signe !...

— Vous croyez ? dit Olivier tout à coup regonflé d'espoir.

— Evidemment !... C'est logique !...

Au moment de mettre le paquet de billets dans sa poche, Olivier, saisi d'une sorte de réflexe, se mit à les compter.

Il releva la tête vers Ted. Une telle audace tranquille dans l'escroquerie le stupéfiait.

— Mais... il n'y a que cent cinquante dollars ! Nous avions dit deux cents !

Ted sourit et lui tapota l'épaule.

— J'en ai retenu cinquante pour la caméra... Comme ça, maintenant, elle est à vous... Quand vous partirez, je vous la reprends au même prix... A moins que vous ne réussissiez à la vendre le double !... Si vous êtes un peu habile, ce n'est pas difficile.

Olivier se connaissait un peu en caméra. Il avait des copains qui en possédaient. Il savait que celle que lui avait confiée Ted était un vieux clou d'avant le déluge, déréglée, dévissée et prenant le jour de partout, et que sa

seule chance de ne pas déchirer ou voiler la pellicule
était qu'il n'y en avait pas un centimètre à l'intérieur.

Il eut envie de discuter de nouveau pour ces cinquante
dollars, puis renonça. Il était épuisé, découragé, il voulait dormir, avant tout, dormir, il lui fallait repartir en
chasse et faire plus vite. Il avait mis deux semaines pour
gagner cent cinquante dollars. Essence, chambre, loca-
tion de la moto déduits, il ne lui restait rien. Il décida de
prendre plus de risques et de se battre à mort contre Ted
pour tirer de lui le maximum. Il devait parvenir à se
faire cinq cents dollars nets par semaine, pendant un
mois. Après, du vent !... Mais d'*abord*, retrouver Jane.

Comme ils arrivaient ensemble à une porte du premier
étage, une porte s'ouvrit et une femme s'y encadra.
C'était Yvonne. Elle s'exclama :

— Olivier ! Par exemple ! Qu'est-ce que vous faites
ici ?

— Je...

— Il est venu me demander conseil, interrompit vivement Ted. C'est un gentil garçon, qui a une histoire
sentimentale avec une gamine hippie. J'essaie de les aider... Allez vite la retrouver, mon petit, allez... Passez
par-derrière, par là... Par-devant, c'est fermé à clef. Tirez
la porte derrière vous.

Olivier ne bougeait pas. Il regardait Yvonne qui était
en tenue de brousse, visiblement arrivée depuis peu.

— Mon père est là ? demanda-t-il.

Brusquement, il se sentit comme un enfant que son
père va pouvoir aider, un père costaud, un père qui sait,
un père qui peut, un père, recours premier, un père...

— Non, dit Yvonne, je suis rentrée par l'avion. Il ne
rentre que la semaine prochaine, avec les jeeps, quand il
aura liquidé tout son monde... Mais revenez me voir !
Demain !

— Il reviendra ! Il reviendra ! dit Ted. Maintenant, il
est attendu, le coquin...

Il poussait Olivier vers les marches, en souriant largement.

— Vous reviendrez ? Sûrement ? demanda Yvonne.

— Oui, dit Olivier.

57

L'APPARTEMENT de Ted et Yvonne, au premier étage, ne comprenait que deux pièces, une petite chambre à coucher, occupée par un grand lit couvert d'une exquise couverture brodée, du Cachemire, et un grand living ouvrant sur le palier, avec fauteuils, bar, divan, trophées, les inévitables peaux de tigre sur le sol, et une table contre un mur, pour le moment encombrée par des armes qu'Yvonne avait rapportées de la maison de chasse, et environnée de valises.

Yvonne entra dans le living, suivie de son mari.

— J'espère que tu n'as pas entraîné ce gamin dans tes sales combines, dit-elle.

— Quelles combines ?... Je n'ai pas de combines... Et tu vois cet innocent dans une combine quelconque ? Il est encore plus bête que son père !...

Il suivit dans la chambre Yvonne qui ouvrait un placard mural et y prenait une paire de draps. Elle revint dans le living. Il la suivit.

— Je l'ai mis en rapport avec un type de la N.B.C. qui était de passage il y a deux semaines. Il lui a commandé un film sur les fêtes du Népal. C'est une bonne affaire. La télé américaine, ça paie bien, mais... Qu'est-ce que tu fais ?

Yvonne ôtait le couvre-lit de satin violine du divan et commençait à y étendre un drap.

— Tu vois, je fais mon lit...

— Mais... Mais... Ton lit...

— Mon lit n'est plus ton lit... C'est fini ! Je te quitte !... Je m'en vais !...

Ted blêmit.

— Avec Jacques ?

Elle acquiesça.

— Avec Jacques... Nous partons pour l'Europe... Dès qu'il arrive, nous prenons l'avion...

Il y avait un bouquet de fleurs fraîches dans un vase à proximité de Ted. Il arracha le bouquet du vase, le tordit entre ses deux énormes mains roses couvertes de poils transparents, et jeta au sol les queues d'une part, les fleurs de l'autre.

— Idiote !... Je sais que tu couches avec lui... Je vous laisse faire... Qu'est-ce que tu vas gagner, à t'en aller ?

Elle s'arrêta de lisser le drap, se redressa vers Ted.

— Je veux vivre proprement !... Avec un type propre !... Tu peux comprendre ça ?

Il eut l'air un peu étonné, puis se mit à rire.

— Vivre ?... Vivre de quoi ?...

— J'ai la terre de mes parents... Nous la mettrons en valeur. Je vendrai mes bijoux, et j'ai de l'argent...

— Quel argent ?... Quels bijoux ?... Ils sont à moi !... Je les ai payés et ils sont dans mon coffre. Ton compte en banque est à mon nom... Tu n'as qu'une procuration que je vais annuler demain matin à la première minute. Tu n'as rien ! Pas un sou ! Pas même ça !

Il prit le sac d'Yvonne posé près des armes, l'ouvrit, le vida sur la table, rafla les quelques billets et les deux bagues qui en tombèrent et les mit dans sa poche.

— Tu n'as rien !... Jacques n'a rien... Quand on ressemble à un porc, comme moi, et qu'on épouse une fille dont on a envie, on prend ses précautions pour la garder... Que je te dégoûte, je le sais, depuis le jour où je t'ai ramassée à Calcutta, où tu jouais Célimène ! Tu jouais mal, mais tu étais belle. Votre tournée miteuse n'avait plus le rond pour retourner en France. Venir jouer Molière devant les crevards de Calcutta, c'était une fameuse idée ! Vous n'aviez même plus de quoi bouffer !... Je t'ai offert à dîner, du champagne, une bague, une voiture, des robes, et le mariage !... Ça t'a paru tellement fabuleux que tu as accepté. Mais quand nous avons fait l'amour... Non, soyons exacts, il n'est pas question d'amour, du moins de ta part... Je t'ai prise, tu t'es laissé faire, mais je voyais ta petite gueule de Parisienne toute crispée... Tu fermais les yeux pour que je ne puisse pas y lire ton dégoût... Un gros type rose couché sur toi avec son ventre... Un gros porc, tu pensais, un gros porc... et suisse par-dessus le marché !... Je dois reconnaître que tu n'as pas triché, en faisant semblant d'éprouver du plaisir. Tu n'as pas vomi non plus, et quand j'ai eu envie de toi, chaque fois tu t'es laissé faire. Tu n'as pas prétendu que tu étais fatiguée, comme tant d'honnêtes épouses... Tu as payé loyalement... Donnant, donnant. Correct. Quand j'ai pris ce joli petit crétin de Jacques comme associé, je savais ce que je faisais. Tu allais trouver avec lui une compensation. Tu avais besoin d'un peu de joie. C'était normal... Mais je te supposais quand même un minimum d'intelligence... Tu ne t'imagines pourtant pas que ce type est capable de faire autre chose que de baiser et tirer des coups de fusil ?... De quoi il va te faire vivre, ton beau chasseur ?... De la chasse aux rossignols ?...

Ted prit dans les bras d'Yvonne le drap qu'elle tenait encore, et arracha celui du divan.

— Je vais coucher dans mon bureau... Ta chambre est encore ta chambre... Tu es ici chez toi... Jusqu'à ton départ...

Il fit le tour d'un fauteuil de velours rouge qui barrait l'accès de la porte, se retourna vers Yvonne qui s'était assise sur le bord du divan, et qui le regardait avec des yeux à la fois pleins de terreur et de défi. Il s'appuya au dossier du fauteuil, laissant pendre les draps sur le velours.

— Mais qu'est-ce qui lui a pris, tout à coup, au petit homme ? Il était très bien, ici, la situation lui convenait parfaitement !... Un métier qui lui permettait d'épater les princes et les milliardaires, une femme qui ne lui coûtait rien... Il a décidé tout à coup d'abandonner tout ça pour devenir bouseux ?

Yvonne se leva, raide, sèche, méprisante.

— Tu ne peux pas comprendre... Il a rencontré son fils, et il s'est vu dans ses yeux, et il a eu honte... Il veut tout recommencer à zéro. Il veut devenir un homme.

Ted éclata de rire.

— Ah ! Ah ! Ah !... Un homme !... Ecoute ! Je vais être beau joueur !... Je vous paye les billets d'avion... A tous les deux... Aller-retour !... Ça vous donne un an !... Il sera revenu avant trois mois... *Et tu le sais*... Ici, il est quelqu'un !... Là-bas, zéro ! Il ne te le pardonnera pas ! Il va se mettre à te haïr ! Il te plaquera ! Il reviendra en supersonique ! Me supplier de lui rendre sa place !... Et tu courras derrière comme une pauvre folle !...

Il ramassa les draps pour sortir, sourit, s'arrêta.

— Mais après tout, sous ses airs infantiles, il sait très bien mener sa barque... il s'est toujours arrangé pour mener une vie très agréable... Sans argent... Mais avec celui des autres... Quand tu lui auras dit que contrairement à ce qu'il croie tu n'as pas un quart de roupie, je te parie une nuit de noces qu'il n'aura plus aucune envie de partir... Tu tiens le pari ?...

Elle ne répondit pas. Il lui souhaita une bonne nuit et sortit.

Elle s'approcha lentement de la glace qui surmontait les tables où étaient entreposées les armes. Elle se regarda, sans pitié. Le climat la détruisait, et la détruisaient aussi son horreur des amours de Ted, et la bataille dans son cœur entre son amour et son mépris pour Jacques. Elle vit dans le miroir son teint jaunir, ses joues tomber, des rides creuser les coins de sa bouche, flétrir ses yeux, ses seins fléchir, sa chair mollir. Elle sentit le poids ignoble de Ted sur son ventre et son odeur de bête rousse quand il transpirait sur elle, elle entendit Jacques pérorer, rire, le vit parader, inconscient, indifférent, satisfait, pas même jaloux... Elle savait qu'il ne partirait pas. Ted avait raison. Elle pourrirait sur place, entre ce porc et cet égoïste, et quand elle serait devenue imbaisable, Ted la rejetterait quelque part dans Calcutta, et Jacques laisserait faire, gentiment, avec beaucoup de sympathie.

Elle ouvrit le tiroir de la table, y prit un tube de tranquillisant. La dose conseillée était de deux comprimés.

Elle en prit six.

58

LE lendemain matin, Olivier sortit de chez Boris à la première heure. Au passage, le concierge lui remit une lettre qu'on avait apportée depuis plusieurs jours. Olivier demanda pourquoi on ne la lui avait pas remise la veille, à son arrivée. L'homme s'excusa, sur un ton désagréable. C'était un Indien. Olivier ouvrit la lettre. Quelques mots sur un vieux papier sale.

Tu es con, Jane t'aime. Dépêche-toi. Sven.

Les deux lignes d'une écriture hésitante, tremblée comme celle d'un grand vieillard, se courbaient, penchaient et tombaient sur la droite de la feuille. Le tracé d'une fleur, commencé sous la signature, n'avait pas été achevé.

Le concierge, nettement malveillant, ne put ou ne voulut pas dire depuis quand ce message attendait. Fou d'inquiétude, Olivier courut jusqu'au palais des Tibétains, ne trouva rien, n'obtint rien des hippies qu'il interrogea dans les rues et parfois secoua, parvint à la Place des Temples, posa encore vingt fois la même question :

— Jane ? Sven ?... Jane ? Sven ?...

qui provoquait toujours les mêmes gestes évasifs, indifférents, les mêmes sourires absents...

Il pensa brusquement qu'Yvonne pourrait peut-être le conseiller. Il se dirigea vers la rue qui conduisait chez « Ted and Jack ». Au moment où il allait quitter la place, il entendit la voix aigrelette et fausse d'une flûte qui jouait *Plaisir d'amour*... Le Marseillais !... Il ne se rappelait plus son nom... Il courut, tourna autour du grand temple, fendit un groupe de paysannes qui riaient... Gustave, voyant surgir son visage ravagé, s'arrêta de souffler dans son tuyau.

59

SVEN est mort. Ils le brûlent aujourd'hui à Pashupa-
kinat. Jane doit y être... Oui, sûrement, elle y est...

C'était cela qu'avait dit le joueur de flûte. Olivier, sur
sa moto, se répétait les derniers mots : « Jane y est, Jane
doit y être. »

Il roulait manette des gaz à fond, sans voir la route.
Des réflexes hors de sa conscience guidaient son engin et
lui-même. Il doublait, croisait, à gauche, à droite, les
camions et les cars, ne sachant plus ce qui était sa
gauche ni sa droite, terrifiant les familles trotteuses,
faisant s'envoler, loin de chaque côté de la route, des
escadres d'oiseaux affolés par le bruit du moteur au
paroxysme. Il était comme le vent de la tornade qui
rugit entre les obstacles et passe...

Il s'arrêta en haut de la vallée crématoire, descendit de
sa moto, la mit sur sa cale et vint jusqu'en haut des
marches. Ses jambes tremblaient.

L'escalier qui descendait jusqu'à la rivière sacrée était
assez large pour donner passage au défilé d'une armée
ou d'un peuple. Mais entre les deux rangées d'éléphants
qui le bordaient trompe en l'air, face à la rivière, il était
désert du haut en bas. Chacun des éléphants de pierre
avait dix fois la taille d'un éléphant vivant. Ceux du bas
paraissaient gros comme des lapins. La plupart ne brandissaient plus qu'un moignon de trompe, les marches de
l'escalier étaient disjointes et ébréchées, les deux flancs
de la vallée n'étaient qu'une forêt de temples, d'autels,

de stèles, de statues, dont aucun n'était vraiment ruiné, mais tous un peu écornés, ou penchés, prêts à s'écrouler dans quelques jours, ou peut-être dans quelques siècles seulement.

Sur ce peuple de pierre figé dans son mouvement invisible, à l'échelle de l'éternité, s'ébattait le peuple accéléré des singes sautant et jacassant, bondissant sans arrêt comme des puces pourchassées, de l'épaule d'un dieu sur la tête d'une déesse ou à l'oreille d'un éléphant.

Quelques cortèges d'hommes apportaient sans hâte leurs morts accompagnés d'oriflammes de couleur et d'une musique aigre.

A gauche des marches, tout en bas, un immense Bouddha en or dormait, couché dans l'eau d'un bassin ovale, enfermé pour toujours derrière sept murailles sans portes. On ne pouvait le voir et lui rendre hommage que depuis le haut de l'escalier. Personne ne l'avait approché depuis mille huit cents ans, quand avait été scellée autour de lui la première muraille. Le bassin était toujours plein, et son eau claire. Les mains du Bouddha étaient jointes sur sa poitrine, et ses deux petits doigts réunis émergeaient de l'eau et brillaient.

Olivier se mit à descendre l'escalier en sautant les marches comme une balle qui rebondit. Les singes, juchés sur le dos des éléphants de pierre, criaient et bondissaient d'excitation à son passage. Il avait vu d'en haut les bûchers. Trois brûlaient déjà, d'autres attendaient les morts ou la flamme. Ils étaient dressés sur le quai, chacun sur une sorte de plate-forme de pierre nue, le long de la rivière qui en recevait ensuite les cendres.

La rivière était presque à sec. Un mince courant serpentait d'une rive à l'autre, à travers une vase noirâtre et craquelée. Des femmes rieuses trempaient du linge dans le peu d'eau qu'elles trouvaient. Des ceintures et des chemises aux couleurs estompées par la crasse séchaient sur une corde tendue entre la pointe d'une petite chapelle et les bras levés d'un dieu.

A une certaine hauteur de l'escalier, à un certain bond vers les marches, après d'autres sauts et d'autres bonds,

Olivier plongea dans l'*odeur*. Elle faillit l'arrêter. C'était l'odeur de chair grillée, brûlée, carbonisée, mêlée à celle de la fumée du bois sur lequel coulaient la graisse et la sanie des corps éventrés par le feu.

Il pensa que Jane était là, en bas, tout près d'un de ces foyers horribles. Il fonça.

Sven était étendu sur les bûches traditionnelles, sur un petit nombre de bûches, il faut très peu de bois pour brûler un homme. Dans le processus d'une mort naturelle, sauf en cas de quelques maladies particulières, les derniers jours et surtout les dernières heures du passage délivrent l'homme de son eau, le reste brûle comme une bougie. L'eau est le support universel de la vie. Celui qui va mourir n'a plus besoin d'elle, elle n'a plus rien à faire chez lui, elle le quitte, il devient sec, menu, réduit à l'essentiel. S'il est conscient et consentant, il sait que ce qui le quitte et que ce qui reste encore et qu'il va quitter n'est rien de lui, seulement un peu de ce tout sans cesse en changement de lieux, de temps, et de formes. Ce qu'il est, lui, il n'en sait rien, mais s'il accepte en paix, peut-être deviendra-t-il au dernier instant quelque chose dans la paix, après tant de batailles déchirantes et vaines.

S'il refuse et s'il a peur, peut-être continuera-t-il à refuser, à se battre et à avoir peur, comme pendant cette vie qu'il vient de parcourir et qui arrive à son bout. Mais le plus souvent l'injuste souffrance le tord et l'occupe, rendant impossible sa présence consciente à l'instant de sa mort, ou bien la piqûre autorisée par un médecin pitoyable le plonge dans l'absence, et le passage se fait sans lui.

Qu'advient-il de ces clandestins ? Qu'advient-il des autres ? Les dix mille dieux de Katmandou le disent-ils à ceux qui les comprennent ? Les fleurs du cerisier chaque printemps rouvertes donnent-elles la réponse ? Le vol des oiseaux l'inscrit-il sur le ciel ? Nous avons des yeux et nous ne voyons pas. C'est notre seule certitude.

Ceux de Sven étaient clos sur cette vie. Son visage était détendu et tranquille, entouré de ses cheveux et de sa barbe blonde que quelqu'un avait peignés et fleuris. Il y avait d'autres fleurs disposées partout, sur lui et sur le bûcher. Sa guitare était posée sur son ventre, et ses mains croisées sur elle tenaient un rameau vert qui ressemblait à un oiseau.

Quand Olivier arriva, un grand garçon maigre, vêtu d'une sorte de voile blanc, serré à la tête et à la ceinture par un cordon doré, était en train de mettre le feu aux quatre coins du dernier lit de Sven avec une torche de papier. Une vingtaine de hippies, garçons et filles, accroupis en cercle autour du bûcher, chantaient à voix basse une chanson américaine dont Olivier ne comprenait pas les paroles. Son air était à la fois mélancolique et joyeux. Une fille jouait de la flûte, un garçon tapait du bout des doigts sur une sorte de tambourin. Des cigarettes de hachisch passaient de bouche en bouche, interrompant une voix dans le chœur, en délivrant une autre. Une femme qui semblait âgée d'une cinquantaine d'années, assise à la hauteur du visage de Sven, aspirait goulûment, à la fois par la bouche et par le nez, la fumée d'une cassolette. La barbe et les cheveux de Sven s'enflammèrent, illuminant son visage. La fumée du hachisch se mêlait à celle du bûcher. Jane n'était pas là. Olivier s'en était rendu compte d'un seul coup d'œil.

Il la vit en se retournant. Elle était couchée au pied d'une sorte de pilier triangulaire, gravé sur chaque face d'un dieu au front frotté de rouge, de jaune ou de blanc par la piété des passants.

Elle était exactement dans la même position que la fille qu'il avait prise pour elle, au bord de la mare aux porcs. Il eut peur, et l'espoir, de se tromper encore, s'agenouilla, écarta ses cheveux, et la reconnut.

Elle respirait à peine. Ses yeux étaient fermés, ses cheveux emmêlés, son visage gris de saleté. Submergé de fatigue, de pitié et d'amour, Olivier faillit succomber à sa détresse, s'allonger à côté d'elle et se mettre à sangloter.

Il ferma les yeux, refoula ses larmes, l'appela doucement par son nom. Elle ne bougea pas, ne répondit pas.

— Elle t'entend pas, elle est bourrée, dit une voix au-dessus de lui.

Il leva la tête, vit un personnage aux longs cheveux
gris vêtu de défroques mi-européennes mi-orientales. Il
fumait une pipe. Et cette pipe miraculeuse ne sentait que
le tabac.

— Bourrée ? demanda Olivier, dans la tête de qui
refusait d'entrer l'évidence...

L'homme s'agenouilla à côté de lui. Il sentait la sueur,
la crasse et le tabac français. Il souleva la manche de la
blouse de Jane, dévoilant la saignée du bras gauche,
marbrée de piqûres et de croûtes.

— Héroïne, dit-il. On trouve de tout, dans cette saloperie de pays... Excuse-moi, j'ai tort... C'est pas le pays
qui est une saloperie. C'est un pays épatant... J'y vis
depuis dix ans, je le quitterai jamais... La saloperie, c'est
ce que les salauds y apportent... Et la pourriture ambu-
lante de cette bande de connards !...

Il montra les hippies chantonnant et dodelinant du
buste autour du bûcher de Sven qui commençait à flamber bellement.

— Elle est belle, dis donc ! continua l'homme. Ce qui
m'étonne, c'est qu'elle ait pas déjà été embarquée pour
les bordels de Singapour ou de Hong-kong. Ça commence à s'organiser, par ici, les ramasseurs. Elle a dû se
défendre, la poulette !... Pour ce que ça lui a servi...

— Elle est très mal, tu crois ?

— Je suis pas toubib... Mais pas besoin... Tu t'en
rends compte comme moi... Si on pouvait la fourrer en
clinique tout de suite... Mais ici !... T'as pas des pipes
françaises, des fois ?... On vit pour rien ici, mais ce
putain de tabac, faut le faire venir par avion, c'est la
ruine !...

Olivier s'était levé et regardait l'interminable succession des marches de l'escalier qui semblait monter
jusqu'au ciel.

— Je vais l'emmener... J'ai ma moto en haut... Tu
veux m'aider à la porter ?...

— Personne aide personne, dit l'homme... Tu crois
aider, et tu fais du mal. Personne sait ce qui est bon et
ce qui est mauvais... Tu veux l'emmener, tu as peut-être

raison, ou peut-être il vaut mieux la laisser là... Tu en
sais rien... Moi non plus...

Il cracha par terre et s'éloigna.

Olivier le vit se baisser, ramasser quelque chose,
mégot ? croûte oubliée par les corbeaux et par les
singes ? Le mettre dans sa poche et se diriger vers le
petit pont, clochard d'un pied dans l'Occident et l'autre
en Orient, philosophe, égoïste...

Personne n'aide personne... Personne... Personne...

Olivier, debout devant Jane inconsciente, regardait les
morts fumer, les vivants se balancer, les dieux boiter, les
singes sauter, et tout cela dans ses yeux devint peu à peu
rouge comme une flamme, tout cela était une flamme
énorme qui brûlait tout et tous dans une absurdité
totale, sans raison et sans but, un incendie universel de
douleur et de connerie.

Jane...

Il y avait elle et il y avait lui, et une chose simple à
faire : essayer de la sauver.

Il se baissa, la ramassa avec une précaution infinie, ne
sachant pas si un mouvement un peu brusque ne risquait
pas d'être fatal à son cœur.

Quand elle fut dans ses deux bras, en travers de sa
poitrine, il commença à monter l'escalier interminable
entre les éléphants aux trompes brisées. Le ciel était là-
haut. Il y parviendrait. Elle était dans ses bras, elle ne
pesait rien, il l'emportait, il la sauverait. Que brûle le
monde...

60

JANE, toujours inconsciente, était étendue sur son lit.
Un médecin était en train de mesurer sa tension. Il n'en
croyait pas ses yeux ni son cadran. Il appuyait de nouveau sur sa poire, lâchait la pression, recommençait.
Bien qu'il fût britannique, au troisième essai il ne put
s'empêcher de faire une grimace, releva la tête vers
Yvonne et lui dit en anglais :

— Presque zéro... Logiquement, elle devrait être
morte.

Olivier ne comprit qu'un seul mot : « *dead* » :
morte.

Il s'insurgea :

— Ce n'est pas vrai ! Elle n'est pas morte !

— Chut, dit Yvonne. Il ne dit pas ça... Il dit qu'il va
la sauver...

Le médecin comprenait le français et comprenait
qu'Olivier avait besoin d'être réconforté. Mais la sauver... Lui en tout cas... Il se garda d'exprimer son scepti-
cisme, commença à rédiger une ordonnance, et donna
des instructions à Yvonne.

Pour l'instant, la malade était intransportable. Dès
qu'elle serait en mesure de supporter un déplacement, il
faudrait la conduire à la clinique de New Delhi pour
laquelle il leur donnerait une lettre d'introduction. Dans
l'immédiat, on allait lui faire une perfusion et il faudrait
la nourrir dès qu'elle serait en état de manger. Des
bouillies, des farines, comme un bébé. Puis tout ce
qu'elle voudrait. Pour l'héroïne, on ne pouvait pas l'en
priver, cela la tuerait.

Il allait revenir avec le sérum pour la perfusion, et une

boîte d'ampoules qui constituaient déjà le début d'un traitement : une solution d'héroïne mêlée à un autre produit. Il leur donnerait en même temps la lettre pour la clinique. On ne trouvait vraiment pas une infirmière convenable, ici, il était obligé de tout faire lui-même.

Il sortit rapidement. Ce n'était pas un très bon médecin, mais il le savait, et il savait aussi que le plus important, dans ce cas, était d'agir vite. Il avait déjà peur qu'il ne fût trop tard quand il reviendrait.

Yvonne expliqua à Olivier ce qu'il avait dit. Elle le fit asseoir et lui proposa du café ou de la nourriture, qu'il refusa. Il était au pied du lit, sur une chaise, le visage couvert de poussière, et ne quittait pas Jane des yeux. Il avait réussi à la faire tenir assise sur le siège de la moto derrière lui, le temps de s'asseoir à son tour et de l'attacher contre son dos avec sa chemise.

Il était revenu à une allure d'escargot, évitant les moindres cailloux. Parfois elle glissait, à gauche ou à droite ; il avait dû s'arrêter pour passer les bras de Jane autour de son propre cou et lui nouer les mains sous son menton, avec un mouchoir.

Il s'était dirigé tout droit vers « Ted and Jack », Yvonne seule pouvait l'aider.

Le médecin revint, suspendit au-dessus du lit la grosse ampoule de sérum, installa le caoutchouc, perça la veine, régla le goutte à goutte. Il avait apporté des bandes de toile, avec lesquelles il ficela Jane sur le lit. On pourrait la libérer quand elle aurait repris connaissance, mais *vraiment* connaissance, et à ce moment-là seulement lui faire sa toilette et la déshabiller.

Dans la veine de l'autre bras, il injecta une ampoule d'héroïne. Il montra à Yvonne comment il fallait faire. C'était délicat. Surtout pas une bulle d'air... S'il pouvait, il reviendrait lui-même faire les injections. Mais il était tout seul, et tant de malades...

Surtout ne pas céder aux supplications de la malade si elle réclamait une autre piqûre dans la journée ! Et ne pas laisser les ampoules et la seringue à sa portée ! Dans son état, une dose trop forte pouvait la rendre folle, ou la tuer.

61

— JE vous remercie de l'avoir accueillie chez vous, dit Olivier.

Il était assis sur le divan, dans le bureau de Ted, un verre de Coca à la main. Ted, debout, bien rose, bien frais, souriant, buvait un whisky.

— C'était la moindre des choses, dit-il.

— Non... Vous auriez pu me dire de l'emmener à l'hôpital... Elle y serait morte... Maintenant, elle est sauvée... Grâce à vous... Je ne l'oublierai jamais...

Au bout de trois jours, Jane semblait avoir ressuscité. Quand elle avait rouvert les yeux, Olivier était devant elle. Dans ses veines coulait l'horrible apaisante héroïne. Un lent bonheur l'avait entièrement envahie. Olivier... Olivier... Olivier... Il était là. La joie était arrivée jusqu'à son visage, donnant du rouge aux joues et de l'éclat aux yeux dont le violet était devenu bleu pâle. Elle avait souri, ouvert les lèvres. Elle avait dit dans un souffle :

— Olivier !...

Il lui avait souri à son tour, en serrant bien les lèvres, en reniflant et en battant des paupières, pour escamoter le début des larmes qu'il n'avait pu empêcher de surgir. Il avait tapoté sa main encore immobilisée par les sangles. Il avait enfin pu parler :

— Ça va !... Tout va bien !...

Le médecin, revenu, avait été étonné, très heureusement étonné. Il déclara qu'on pourrait bientôt la transporter. Elle se nourrissait volontiers. Elle avait, en quarante-huit heures, repris des couleurs, et semblait-il, un peu de poids.

Yvonne lui faisait sa piqûre le matin. Olivier ne la quittait pas de la journée. C'était le soir qui était pénible, quand Olivier s'en allait et que le manque d'héroïne commençait à se faire sentir. Yvonne descendait la seringue et les ampoules dans son appartement, hors de sa portée. Sachant qu'il n'y avait rien à faire, elle finissait par s'endormir, se réveillant de plus en plus fréquemment à mesure que la nuit avançait, sentant croître l'angoisse et la souffrance, jusqu'au moment bienheureux où Yvonne arrivait...

— Dans deux ou trois jours, je crois que je pourrai l'emmener à Delhi, dit Olivier. Pour le voyage et le traitement, malheureusement je n'ai pas l'argent. Pouvez-vous me prêter mille dollars ? Je vous les rembourserai après, en travaillant pour vous, pour rien...

— Vous êtes un très gentil garçon, dit Ted... Et cette enfant est ravissante... Mais mille dollars !... Vous vous rendez compte ?... Et si vous ne revenez pas ?...

Olivier se leva brusquement.

— Vous me prenez pour qui ? Je vous signerai des papiers !

— Ils me feront une belle jambe, vos papiers, si vous êtes au diable !

Olivier blêmissait. Il posa brutalement son verre sur le bureau.

— Ne vous énervez pas... dit Ted. Je ne peux pas vous prêter une somme aussi énorme... Voyons... Vous devez bien le comprendre !... Soyez raisonnable !... Mais je peux vous la faire gagner... Vous êtes déjà allé à Swayanbounath ?

— Oui...

— Vous connaissez ce qu'on appelle la Dent du Bouddha ?

Olivier fronça les sourcils, essayant de se rappeler.

— Bon, je vais vous montrer...

Ted posa son verre et s'en fut chercher sur un rayon

un livre de grand format dont il tira une série de photos
en couleurs. Il les étala sur le bureau. Elles représentaient, pris sous différents angles, un Bouddha en bois
polychrome, curieusement coiffé d'un turban, portant de
fines moustaches, et une énorme émeraude rectangulaire
enchâssée dans le nombril. Il était niché dans une petite
chapelle, au sommet de laquelle était relevé un rideau de
grosses mailles de fer forgé.

— Ah oui, je vois... dit Olivier.

— Bon !... Il a la réputation d'être le portrait authentique du Bouddha, fait d'après nature, de son vivant, ce
qui lui donnerait au moins deux mille cinq cents ans
d'âge... Il suffit de le regarder pour se rendre compte
qu'il est infiniment plus récent. L'influence persane est
évidente. C'est d'ailleurs, pour moi, ce qui fait sa rareté
et sa valeur. Mais pour les fidèles qui viennent l'adorer
de tout l'Orient, presque comme le Bouddha lui-même,
c'est le vrai, *l'unique* portrait véritable de Çakya-muni,
authentifié par ceci...

Ted posa son doigt rose sur l'image de l'émeraude-
nombril.

— Une dent de Gautama lui-même, prise sur lui après
sa mort... Joli brin d'incisive, n'est-ce pas ?...

Il rassembla les photos, les remit dans le livre qu'il
replaça sur le rayon.

— J'ai un client pour ce petit Bouddha... Un Américain, bien sûr... Il revient chaque année. Il me demande :
« Alors, cette dent ?... » Je n'ai jamais voulu marcher.
C'est trop risqué. Mais si vous voulez tenter votre
chance... Il en offre cinq mille dollars.

Olivier fut suffoqué par l'énormité de la somme. Ted
lui fit remarquer que si l'émeraude était authentique, elle
vaudrait à elle seule plus que le double. Mais il avait
pris la précaution de la faire photographier avec des
filtres adéquats. C'était seulement du verre teinté. Il
valait mieux ne pas le dire à l'Américain, mais ce n'était
pas le bijou qui l'intéressait, seulement la rareté de la
statue.

Il s'était constitué un musée fantastique, qui devait
être truffé de quelques pièces bien cocasses... C'était lui,

Ted le savait, qui avait fait scier et emporter la tête du
Roi Lépreux à Angkor, faute de pouvoir transporter la
statue entière, trop volumineuse. Mais il prétendait posséder aussi une mèche de la barbe du Christ, coupée par
un soldat romain. Ce qui était pour le moins discu-
table...

— Il est ici en ce moment, à l'Hôtel Himalaya. Si ça
vous intéresse...

— Je marche ! dit Olivier.

— Je m'en doutais. Vous êtes le seul à pouvoir réussir
ça. Vous avez un motif plus impérieux que la simple
cupidité, vous avez du culot, de l'agilité, du coup d'œil,
et vous ne doutez de rien... Il se nomme Butler... Je
l'avertirai... C'est *tout* ce que je ferai... Je ne me mêle de
rien ! Dès que vous avez la pièce, vous la lui portez à
l'hôtel, il vous donne la somme, vous m'en apportez la
moitié...

— Quoi !...

— Vous ne pensez tout de même pas que je vous sers
cette affaire sur un plateau uniquement pour votre plaisir ?... Mais je vais vous faire faire des économies !... Il
est venu avec son avion personnel. Je lui demanderai de
vous emmener avec la petite, et de vous déposer à Delhi.
Dès qu'il aura l'objet, il n'aura qu'une hâte : s'envoler
pour aller le mettre à l'abri. Si vous le lui apportez la
nuit, dès le matin vous serez partis tous les trois. Plus
personne, plus de traces ! C'est un coup superbe ! Il
dépend uniquement de vous de le réussir... Si vous le
ratez...

— Je ne le raterai pas, dit Olivier. Mais je ne suis pas
d'accord pour le partage. Deux mille pour vous ; trois
mille pour moi...

— Vous êtes en train de devenir quelqu'un, dit Ted en
souriant. D'accord...

62

— Y a une lettre pour vous, madame Muret, dit Mme Seigneur.

— Oh mon Dieu ! Oh mon Dieu ! C'est de mon petit ! Vous m'excuserez !... J'y avais dit de m'écrire ici... J'avais peur des policiers... Je savais pas qu'y aurait une amnistie... Oh mon Dieu, j'y vois rien... Mes lunettes sont sales... Vous voulez pas regarder, dites ?...

Il était encore tôt quand la gram' arrivait, mais Mme Seigneur était déjà derrière sa caisse, l'œil veillant à tout, et les premières clientes entraient, les plus jeunes femmes, pour le lait frais du premier biberon, les plus vieilles aussi, les solitaires qui ne dorment plus guère, qui sont debout avant le boulanger, qui ne savent que faire de ce qui leur reste de vie, et vont de boutique en boutique, dès l'ouverture, acheter quelques miettes, ou rien du tout, tâter la marchandise, discuter, se donner l'impression qu'elles ont encore besoin d'entretenir leur existence...

Les lunettes de Mme Muret n'étaient pas sales, rien n'était jamais sale sur elle ni dans elle, mais ses yeux étaient embués et ses mains tremblaient. Elle tendit l'enveloppe à Mme Seigneur qui l'ouvrit. Elle contenait une carte postale, et un billet de dix dollars.

— Eh bien dites donc ! Il a l'air de se débrouiller, votre gamin !

Le billet en dollars avait rendu Mme Seigneur pleine de considération et d'un peu de hargne. Les jeunes ! Y en a que pour eux ! Milliardaires à vingt ans, rien qu'en vendant des cravates ! Qui aurait cru ça de ce petit Olivier ?

La grand-mère s'impatientait :

— Qu'est-ce qu'il dit ? Qu'est-ce qu'il dit ?

— Il dit : « Ne t'inquiète pas, je vais bien, tout va bien. Fais changer le billet dans une banque. Je t'embrasse. Olivier. »

— Il va bien ! Il va bien ! Oh mon Dieu, soyez béni !... Il dit pas où il est ?... D'où elle vient, la carte ?...

Mme Seigneur regarda la carte et vit une montagne couverte de neige.

— Du Mont Blanc, dit-elle...

— Oh ! Ben par exemple ! Qu'est-ce qu'il fait sur le Mont Blanc ? C'est bien encore une idée à lui, ça !...

Mme Seigneur eut un soupçon. Ce n'était peut-être pas le Mont Blanc... Elle chercha une inscription. Elle la trouva au dos, en plusieurs langues étrangères.

— C'est pas le Mont Blanc, dit-elle, c'est pas écrit en français... Y a un nom, Katmandou... Puisqu'il vous envoie des dollars, ça doit être en Amérique...

Mme Muret joignit les mains, extasiée :

— En Amérique... Quel bonheur ! Il va y rencontrer sa mère ! Vous savez que Martine est partie là-bas, depuis que son pauvre patron a eu cet accident... Vous voyez, on se fait du mauvais sang, on se ronge les sangs, et puis les choses finissent par s'arranger, le Bon Dieu est pas si mauvais... Merci, madame Seigneur, merci !... Je monte tout de suite passer l'aspirateur...

Elle prit le billet, l'enveloppe et la carte, traversa à petits pas la boutique lumineuse qui sentait le lait frais et les bons fromages, elle était innocente et bonne comme eux, et enveloppée de bonheur comme d'un papier transparent.

63

A mi-chemin de la Montagne, au sommet d'une haute montagne entourée d'un cercle de montagnes plus petites, se dresse le temple de Swayanbounath.

Il a la forme d'un sein blanc dont la base est grande comme une ville.

A l'intérieur, juste au centre du Temple et du sommet de la montagne, reposent depuis vingt-cinq siècles les restes du prince Sidharta Gautama, qui devint le Bouddha Çakya-muni, en découvrant la voie sur laquelle doivent s'engager les hommes qui veulent se délivrer à jamais de la souffrance.

Ainsi Swayanbounath constitue-t-il un des trois sommets qui équilibreront la rotation du monde, le second étant le Golgotha, sur lequel, cinq siècles plus tard, Jésus-Christ ouvrit une nouvelle voie, en prenant sur lui la souffrance des hommes.

Le troisième sommet n'est pas encore surgi des eaux. C'est pourquoi la souffrance est encore présente partout, injuste et inexplicable.

Le temple de Swayanbounath, vieux de deux mille cinq cents ans, est resté neuf, entretenu sans arrêt depuis sa construction par la ferveur, la technique et l'adresse d'un peuple d'artisans qui vivent dans les villages des montagnes en cercle autour de la montagne, et qui ne font rien d'autre depuis vingt-cinq siècles, que de réparer ce qui s'use, et remplacer ce qui ne peut plus être réparé. Mais la masse du Sein elle-même, construite et hermé-

tiquement close une fois pour toutes autour du
Bouddha, n'a jamais subi, depuis, aucun déséquilibre ni
affaissement.

Sa pointe est constituée par une tour quadrangulaire
recouverte d'or, que prolongent vingt et un disques d'or
de plus en plus petits, les derniers s'enfonçant à l'intérieur d'une couronne surmontée par un cône. Celui-ci,
que termine une boule, est protégé par une pyramide
formée de trois arbres d'or qui se rejoignent en leur
sommet en forme d'une triple croix.

Du sommet de la pyramide partent des milliers de fils
qui rejoignent tous les points de la montagne et des
montagnes autour d'elle, les sommets de tous les temples
secondaires, de tous les bâtiments, de toutes les
chapelles, des arbres, des poteaux, de tout ce qui surgit
et s'élève. A ces fils sont suspendus des rectangles d'étoffes de toutes couleurs que le vent agite sans cesse. Sur
chacun de ces rectangles, la main d'un homme a écrit
une prière. Ainsi le vent qui passe et les agite prie jour et
nuit en dix mille couleurs.

La blancheur immaculée du Sein est entretenue sans
arrêt par des peintres vêtus de blanc, le visage et les
mains fardés de blanc, qui se déplacent heure après
heure, jour après jour, dans le sens du soleil, chacun à la
hauteur voulue pour que se rejoignent les tranches de
blancheur qu'ils peignent tout le long de leur vie, voués
à la tache unique de la blancheur, perdus dans le
blanc.

Sur chacune des quatre faces de la tour d'or sont
peints les yeux immenses du Bouddha. Leur iris sans
pupille est bleu de nuit, à demi recouvert par la courbe
infléchie, bleu pâle et or, de la paupière supérieure, que
surmonte l'arc parfait du sourcil bleu roi. Le regard
n'est ni inquisiteur, ni indulgent, ni sévère. Ce n'est pas
le regard qui juge ou qui exprime. C'est le regard qui
voit, dans les quatre directions.

Une foule continuelle de pèlerins serpente sur les sentiers, parmi les montagnes en cercle, et monte vers le
Temple par tous les chemins et les escaliers qui y
conduisent. Autour du Sein lui-même s'étend une vaste

place couverte de bâtiments annexes, de chapelles, de stèles, de statues de tous les dieux de l'Hindouisme et du Tantrisme qui sont venus, eux aussi, rendre hommage à la sagesse du Bouddha. Et parmi eux circulent sans arrêt les fidèles, les chiens, les singes, les canards, les porteuses d'eau, les donneurs de fleurs, les bonzes, les mendiants, les vaches, les hippies, les touristes-photo, les marchands d'oignons, les moutons, les pigeons, les corbeaux couleur de cigare, les enfants joueurs de violon, une foule multicolore et lente sur qui palpitent les ombres légères des cent mille prières du vent.

Olivier avait repéré dans l'après-midi la chapelle de la Dent, et s'était arrêté longuement devant le petit dieu moustachu. Il n'aurait pas de surprise comme avec la déesse aux six bras. La statue de bois était simplement posée sur un court piédestal de pierre, fixée à lui par deux chaînes scellées dans la pierre et reliées par leur autre extrémité à des anneaux plantés dans le socle de la statue. Entre l'anneau et l'extrémité de chaque chaîne s'interposait un étrange et énorme instrument qu'Olivier reconnut pour en avoir vu de semblables dans une boutique de Katmandou. Cela ressemblait à la fois à un canon de mortier et à une arbalète : c'était un cadenas.

Toute cette ferraille était épaisse et forgée à la main, mais Ted avait donné à Olivier une cisaille démultipliée capable de trancher les câbles du pont de Tancarville. Il n'y avait pas de problème de ce côté-là, même si on rabattait pour la nuit, devant la chapelle, le rideau d'acier dont chaque maille avait l'épaisseur d'un pouce.

La difficulté provenait de la foule.

Olivier se rendit compte que rien n'était possible pendant le début de la nuit. Il redescendit jusqu'au fond de la vallée où il avait laissé sa moto à côté d'un ruisseau, mangea les provisions qu'il avait apportées, s'allongea, son sac sous la tête, et vit s'allumer une à une les étoiles énormes. Il s'endormit en pensant à la vie qu'il allait construire pour Jane avec les trois mille dollars. D'abord la guérir, ensuite l'emmener dans un pays neuf, un pays propre, le Canada peut-être, avec ses grandes neiges, ses hommes simples, ses arbres et ses haches. Et la rendre heureuse jusqu'à son dernier jour. Jamais le petit Bouddha enturbanné, depuis les siècles qu'il existait, n'aurait favorisé un destin aussi clair, une action aussi radieuse. C'était pour cela, sûrement, et pour cela seulement, qu'il avait été sculpté, peint et enchaîné en ce lieu, attendant avec la patience d'un arbre et d'un dieu qu'un garçon au cœur aussi pur que le sien vienne couper ses chaînes et l'emporter vers l'amour.

La lune en se levant réveilla Olivier. Il avait un peu froid, mais il se réchauffa vite en montant vers le Temple. Il croisait des groupes ou des individus isolés qui descendaient. Il comprit qu'il lui faudrait certainement attendre encore.

Cela lui fut confirmé lorsqu'il arriva sur la place. Il y avait encore un peu partout, entre les chapelles et les stèles, des petits groupes en prière, ou qui traînaient avant de s'en aller, ou des marchands qui repliaient lentement leurs petits tas de poudre de couleur dans des morceaux de papier. Des flammes de lampes palpitaient un peu partout. Olivier s'approcha de la chapelle de la Dent, pas trop, mais assez pour l'avoir sous son regard, posa son sac à terre et s'installa pour passer là la nuit, ce qui n'avait rien d'extraordinaire. Il constata avec satisfaction que le rideau de mailles d'acier était resté levé. On ne devait sans doute jamais le baisser. On comptait, plus que sur n'importe quoi, sur la vénération inspirée par la Dent, pour la défendre contre toutes les convoitises.

Peu à peu, à mesure que la nuit s'avançait, la place se vida. Il ne resta bientôt plus, au regard d'Olivier, qu'un dévot vêtu de blanc, coiffé d'un bonnet noir, qui, agenouillé et les mains jointes devant un dieu lui-même à genoux et joignant les mains, n'en finissait plus de lui parler, de lui affirmer, de l'interroger, de le supplier. Le dieu restait impassible et ne se fatiguait pas. Le dévot n'était pas de pierre. Il finit par se lasser, se releva avec quelque peine, et s'en alla lentement vers les plus proches escaliers, en se tenant les reins.

Olivier se leva, fit semblant de s'étirer et de bâiller en regardant tout autour de lui. La lune, presque à son dernier quartier, était assez haute dans le ciel pour donner assez de lumière. Il ne vit personne. Peut-être quelqu'un dormait-il quelque part, allongé sur la terrasse, mais il ne pouvait pas aller regarder partout pour s'en assurer. Il devait agir, très vite, et en silence.

Il s'approcha de la chapelle, posa nonchalamment son sac à ses pieds, en sortit la cisaille, et enfonça ses deux bras dans l'obscurité de la niche.

Un démon lui jaillit à la figure, en poussant des cris aigus. Olivier bondit en arrière, son cœur cognant comme un marteau. Il reconnut un singe, qui alla se percher à quelques mètres de là sur la tête d'un lion de pierre, se tourna vers lui et continua à l'injurier. C'était le commensal du Bouddha. Il habitait avec lui dans la chapelle. Il était furieux d'avoir été dérangé. Tous les singes de la place s'éveillèrent et se mirent à glapir, les chiens et les corbeaux à aboyer, les canards et les poules à pousser leurs cris stupides. Olivier rangea vivement sa cisaille dans son sac et s'éloigna d'un pas nonchalant. Dans un bâtiment adjacent, une porte s'ouvrit, une théorie de bonzes en sortit, portant des lampes allumées.

Ne prêtant aucune attention au tumulte, ils entreprirent leur périple matinal autour de l'interminable circonférence du Sein, en faisant tourner les milliers de moulins à prière disposés sur son pourtour, et en psalmodiant les paroles sacrées qui reliaient leur mouvement circulaire à celui des planètes, des galaxies, des univers, des atomes et des univers contenus dans les atomes, et à l'harmonie du tout, infiniment divers et pareil, infiniment étendu et en chaque partie de lui entièrement contenu.

Le jour se levait, réveillant le safran des robes des moines, faisant luire leurs crânes tondus, éteignant les lampes et allumant les couleurs des prières du vent.

Il était trop tard. Olivier calma sa déception en pensant que sans le singe il eût sans doute été surpris en pleine opération. Il savait maintenant quelle était l'heure limite. Il avait agi avec trop d'impatience. Ted lui avait recommandé de rester en observation pendant deux ou trois nuits au moins, avant d'agir. L'Américain attendrait.

Mais il y avait aussi Jane, Jane, qui attendait...

Il redescendit près du ruisseau, vérifia sa moto, s'assura qu'on ne lui avait pas volé son essence, but, se leva, se baigna et se rasa, et dormit quelques heures.

A son réveil, il se trempa de nouveau le visage dans l'eau fraîche, et essaya de trouver une solution à ce qui était maintenant le problème principal : comment se débarrasser du singe ?

Il pensa que la manière la plus efficace serait de lui offrir vers le milieu de la nuit une banane droguée, qui l'endormirait jusqu'au matin. Si toutefois il voulait bien l'avaler. Et droguée avec quoi ? Le hachisch risquait de le rebuter. Il fallait bien essayer. Il en trouverait sûrement dans un village. Tous les paysans comprenaient les jeunes occidentaux mimant le geste de fumer, et savaient ce qu'ils demandaient. S'il n'en trouvait pas, il retournerait à Katmandou et demanderait au médecin, comme si c'était pour lui-même, un somnifère efficace. Mais cela lui ferait perdre encore un jour.

Il se rendit à pied dans un village d'une des montagnes du cercle. Il avait besoin d'acheter aussi de la nourriture pour lui-même. Il trouverait sûrement du hachisch. Et il réussirait cette nuit...

64

L'ETAT de Jane avait cessé de s'améliorer depuis le départ d'Olivier. Il lui avait recommandé avant de partir de ne pas s'inquiéter, il allait revenir tout de suite, et ils partiraient ensemble, aussitôt. Et Sven ? Sven viendrait avec eux ?... Oui, oui, Sven viendrait. La question l'avait surpris, il serait temps plus tard de lui rappeler la vérité, qu'elle avait oubliée...

Deux heures après son départ, elle commençait déjà à s'impatienter et à s'inquiéter. Elle demandait à Yvonne : « Où est Olivier ? Il va revenir ? » « Quand ? » « Pourquoi il n'est pas là ? » Yvonne ne savait pas où il était, mais elle affirmait qu'il allait revenir bientôt...

Elle interrogea son mari qui déclara ne rien savoir, Olivier l'avait seulement assuré qu'il allait se procurer de l'argent pour le voyage et la clinique. Il espérait que ce gamin n'allait pas faire une folie. En tout cas, il s'en lavait les mains. Il avait déjà été bien bon d'accueillir cette droguée. Si Olivier faisait une bêtise, il n'était pas disposé à en subir les conséquences.

— Tu aurais pu le lui prêter, cet argent !... C'est un garçon honnête...

Ted prit un air étonné, naïf.

— Le lui prêter ?... Moi ?... Je ne suis pas son père !...

Il savoura un instant sa trouvaille, puis insista :

— Jacques va être là bientôt... Je m'étonne qu'Olivier n'ait pas pensé à l'attendre pour lui demander ce dont il

a besoin... Et vos projets de voyage, à vous deux, où en
sont-ils ?... Tu as un peu réfléchi ?

Yvonne le regarda avec une haine totale, charnelle,
viscérale, mentale, une haine et une répulsion qui montaient vers ses yeux de la moelle de ses os.

— Tu crois nous tenir, dit-elle, mais nous parti-
rons !...

— Bon !... Bon !... Bon !... Dès qu'il sera rentré et que
tu auras un peu bavardé avec lui, tu me confirmeras... Je
vous prendrai vos billets... Mon offre tient toujours...

Ils se tenaient tous les deux sur le palier du second
étage, entre la porte du bureau de Ted et celle de la
chambre de Jane. Ted entra dans son bureau, laissant
Yvonne immobile, figée en haut des marches, pétrifiée
de haine et de désespoir. Elle savait bien, elle SAVAIT,
que Jacques, lorsqu'il apprendrait qu'elle n'avait plus un
sou, lui donnerait en souriant mille bonnes raisons de
rester ici... Est-ce qu'ils n'étaient pas bien ? Est-ce qu'elle
n'était pas heureuse ?... Un pays merveilleux... Un métier
formidable... Et un mari qui lui donnait tout et ne lui
demandait rien...

Elle lui avait affirmé, pour éviter toute scène de jalousie, qu'il n'y avait plus depuis longtemps aucun rapport
sexuel entre Ted et elle. Elle n'était pas certaine qu'il la
crût, mais il faisait semblant parce que ça l'arrangeait,
comme il faisait semblant d'être riche, d'être le chef des
éléphants, de la forêt, des tigres, de lui-même...

Comme il faisait semblant d'être heureux...

Pour l'arracher sans le détruire à ce monde imaginaire, elle lui avait proposé un autre monde, différent,
mais aussi brillant : gentleman-farmer, une flotte de
tracteurs, une chasse en Sologne, un appartement à
Passy, le Tout-Paris, Maxim's...

Cela aurait été possible, avec les bijoux que Ted lui
avait offerts année après année... Une fortune en pierres
précieuses. Surtout des rubis, qu'il allait lui-même choi-
sir une fois par an chez les mineurs de Barhan qui lui
réservaient leurs plus belles trouvailles. Il les envoyait
tailler en Hollande, et les faisait monter en colliers, en

bracelets, en bagues, par les artisans du Népal et du Cachemire...

Mais ils étaient mariés sous le régime de la séparation de biens, contrat enregistré à Paris et à Zurich. Il avait payé lui-même les bijoux. Elle les avait portés... Oh, si peu !... Dans ce trou !... Mais ils ne lui appartenaient pas plus que l'air qu'elle respirait. Elle n'avait rien, qu'un morceau de plaine à betteraves, sinistre, dans la Somme, qu'il faudrait disputer à un fermier... Jacques ne partirait pas, elle le savait...

Elle savait aussi qu'elle ne pourrait plus jamais, JAMAIS, supporter le ventre de Ted sur son ventre. Et l'idée de le sentir de nouveau entrer en elle lui donna une nausée qu'elle ne put contenir. Elle dévala l'escalier pour aller vomir dans la salle de bains.

Quand vint le soir, Jane montra tant d'agitation qu'Yvonne téléphona au docteur. Elle lui dit que la jeune fille réclamait une deuxième piqûre, qu'elle gémissait et se tordait dans son lit. Le médecin lui interdit absolument d'accéder au désir de la malade. Evidemment, cette enfant avait deux drogues : l'héroïne et ce garçon. Comment se nommait-il ?... Olivier ? C'est ça. Olivier lui manquant, elle voulait le remplacer par l'autre drogue. C'était normal. Compensation. Mais il ne fallait pas. Est-ce que ce garçon allait être encore longtemps absent ? Sa présence était plus efficace que n'importe quel traitement. Pourquoi était-il parti ? Bien sûr, bien sûr, il faut gagner sa vie... Mais en tout cas, pas de deuxième piqûre ! Surtout pas ! A aucun prix !

— Mais qu'est-ce que je peux faire ? Elle souffre !

— Rien... Vous ne pouvez rien faire... Laissez-la seule... Elle ne se plaindra plus et elle sera déjà moins malheureuse...

— Mais elle ne risque pas de faire une bêtise ?

— Quelle bêtise ?

— On dit que parfois, les drogués qui manquent se suicident.

— Aucun danger ! Elle *sait* qu'elle aura sa piqûre demain matin. Elle va s'impatienter, râler, souffrir, mais elle attendra, parce qu'elle est sûre que demain matin

elle recevra son petit paradis empoisonné... Laissez-la
seule, laissez-la. Dans sa souffrance, il y a au moins une
bonne moitié de chantage. Quand elle sera seule, elle
n'aura plus que sa souffrance vraie. Ce n'est pas drôle,
bien sûr, mais elle finira par se calmer en pensant à
demain matin et elle dormira...

Quand elle eut reçu sa piqûre le lendemain matin,
Jane devint belle comme elle ne l'avait jamais été. L'anti-
dote mêlé à la solution de l'héroïne en atténuait les
effets les plus violents. Après une nuit d'attente interminable et de souffrances physiques devenues atroces au
lever du jour, elle reçut la paix, et elle se souvint d'Olivier, de l'amour d'Olivier, de la certitude du grand bonheur qui l'attendait auprès d'Olivier. Son teint devint
frais comme celui d'un enfant, ses yeux s'agrandirent, le
bonheur rayonna de son visage. Yvonne, la voyant si
belle, l'embrassa et l'assura de nouveau qu'Olivier serait
bientôt de retour. Jane se serra contre la poitrine
d'Yvonne et se mit à chantonner une chanson d'Irlande.
Elle s'arrêta aussitôt, embrassa Yvonne, se serra de nouveau contre elle, lui dit :

— *I love you !... You are so good !...*

Yvonne fut submergée par une vague d'amour, de
tendresse et d'horreur. Cette fille, cette enfant si belle,
cette enfant perdue, pourrait être sa fille. Elle aurait
voulu la défendre, la sauver, l'emporter, l'aimer, avoir
enfin quelqu'un pour qui se battre efficacement, quelqu'un de sa chair ou de son amour. Elle n'avait pas
d'enfant, pas de mari, un amant en affiche technicolor,
et elle-même n'était qu'une épave, un déchet, une
esclave, la portion de chair nécessaire pour faire jouir un
porc...

Et cette enfant adorable et si belle, cette enfant fragile, merveilleuse, le médecin ne lui avait pas caché
qu'on aurait bien du mal à la sauver... Il lui avait expliqué qu'elle était déjà perdue avant de commencer à fumer sa première cigarette de marihuana. Quelque chose
avait dû se passer dans sa vie familiale, qui l'avait blessée
à mort. Et la fuite dans la drogue n'était qu'une lente
agonie camouflée de fleurs, de musique et d'illusions. A

mesure que les illusions s'écroulaient, elle en cherchait d'autres plus violentes et plus illusoires encore. Elle avait rencontré une chance, une seule chance : ce garçon... Comment se nommait-il ? Olivier... Lui seul pouvait la sauver, la retenir sur le chemin de la mort. Dans sa lettre à la clinique de Delhi, il expliquait que le garçon devait être admis à rester auprès d'elle. Mais où était-il, cet imbécile ? Que faisait-il, loin d'elle ? Sans lui, elle se noyait. Elle n'avait plus vraiment, vraiment, plus beaucoup de souffle !...

Elle était radieuse. Elle mangea des fruits et du pain beurré, elle but du lait de yack, elle rit... « Olivier... Je l'aime... Olivier... Je l'aime... »

Yvonne descendit le plateau du petit déjeuner, tira la porte avec son pied. Jane ne s'était jamais sentie aussi légère de sa vie. Olivier allait revenir bientôt. Elle voulut se faire belle pour lui. Elle s'assit dans son lit, posa les pieds par terre, hésita un instant, puis se leva. Le monde chavirait un peu autour d'elle, c'était léger, elle était légère, comme une fleur un peu balancée dans le soleil au bout d'une branche, à peine par le soupçon d'un vent. Elle écarta les bras comme une équilibriste et fit un pas, puis deux. C'était drôle, c'était mouvant, c'était sans risque, une balançoire, toute la chambre une balançoire... Elle continua, encore un pas puis un autre, vers la porte du cabinet de toilette. Elle se mit à rire, c'était si drôle, si léger...

Ted, venant de son bureau, se dirigeait vers l'escalier. Il entendit le rire d'oiseau. La porte était restée entrebâillée. Il s'arrêta et regarda. Jane ôtait sa chemise de nuit, la jetait loin d'elle, passait dans le rayon de soleil qui venait de la fenêtre, arrivait au cabinet de toilette, prenait une brosse, brossait ses cheveux d'or brûlé, longuement, largement, brossait encore. Ses cheveux devenaient une vague vivante sur ses épaules, ses bras levés faisaient pointer ses seins de fillette, une glace envoyait un reflet de soleil sur sa cuisse et sa hanche. Ted devenait violet.

65

OLIVIER trouva non seulement du hachisch, mais de l'opium. Il en avait vu les boules brunâtres en vente dans une boutique du marché de Katmandou. En reconnaissant près d'une ferme un champ de pavots en fleur, l'idée lui vint d'en demander au paysan. L'homme comprit rapidement quand Olivier lui montra les fleurs. Il rentra dans sa maison et lui rapporta une boule d'opium grosse comme une pomme. Olivier montra l'ongle de son pouce. Le paysan sourit, remporta la pomme et apporta une noix. Une deuxième explication permit à Olivier d'obtenir une noisette, plus que suffisante pour son dessein.

Dans une autre ferme, il obtint un produit plus précieux encore : du hachisch de l'année précédente, séché, pulvérisé et malaxé avec du beurre. C'est ainsi que les Népalais le conse.vent d'une saison à l'autre. Quand ils veulent l'utiliser, ils font fondre le beurre et recueillent la poudre d'herbe.

Olivier pensa que le beurre rance plairait au singe, mais il n'était pas certain d'obtenir l'effet qu'il espérait. Les hippies entretiennent leur non-violence avec la marihuana, mais la plupart des tueurs américains du Syndicat sont aussi des fumeurs d'herbe...

Il décida de préparer deux bananes, une avec l'opium, l'autre avec le beurre-hachisch. Et ce fut là qu'il faillit échouer, car les bananes semblaient avoir disparu, comme tous les autres fruits et le reste du ravitaillement. Un flot ininterrompu de pèlerins traversait le village, se

dirigeant vers Swayanbounath. Ils avaient déjà presque
tout acheté au passage. Ils portaient des lanternes de
papier de couleur, et des lampes de toutes formes. Olivier vit que les villageois, de leur côté, en disposaient
partout, sur les façades des maisons, aux branches des
arbres, sur les autels et les dieux des carrefours, au
sommet des lingams et autour des yonis, à des fils tendus et des perches dressées.

Une bande de hippies, qui semblaient joyeux, moins
« gommés » que tous ceux qu'ils avaient rencontrés
jusqu'alors, arriva dans le village en chantant et s'assit en
rond autour de la fontaine. Il y avait parmi eux un
Belge, qui expliqua à Olivier la raison de tout ce mouvement. Ce soir, c'était la Fête des Lumières. Ce soir, la
lune, à son dernier quartier, se lèverait juste à la pointe
du plus haut sommet blanc de la grande Montagne. Et
de Swayanbounath, qui était aussi la moitié d'une sphère
blanche, l'image de l'Univers reconstitué dans la totalité
de sa forme, terre et ciel réunis, matière et esprit, être et
non-être, et dans la totalité de son contenu, de même
que le blanc est la lumière qui contient toutes les couleurs.

Le garçon belge expliquait cela à Olivier en mangeant
une saucisse bouillie, la dernière d'une boîte de chou-
croute qu'il avait apportée depuis l'Europe, et entamée
la veille. Il trouvait cet événement très impressionnant et
grandiose. C'était une « provo » hollandaise qui lui avait
expliqué tout cela : cette petite brune, là-bas, assise près
du rouquin. Elle ne parle pas le français, mais moi je
comprends le flamand. Elle ne porte jamais de culotte, et
toujours en jupe ! Dès qu'elle s'assied, elle relève les
genoux et les écarte pour qu'on lui voie le machin...
Tiens, regarde ! regarde !... Tu vois !... C'est ça, la
liberté, elle dit : montrer son cul aussi bien que son nez.
Elle est un peu tordue quand même, tu trouves pas ?
Personne y fait plus attention, à son machin... Peut-être
parce qu'elle a le nez comme une patate ! Ça compte
aussi un peu, le nez, tu trouves ?...

Le garçon belge se mit à rire. Lui, il ne fumait pas, il
était venu parce que c'étaient les vacances. Après, il

allait rentrer. Ce que lui avait expliqué la fille hollandaise, c'était un gourou qui le lui avait expliqué à elle.
Ou peut-être simplement une agence de voyages... C'était
pour fêter la rencontre de la Lune et du Sein que toutes
les lumières allaient être allumées cette nuit.

— Toute la nuit ? demanda Olivier, anxieux.

Allait-il perdre encore vingt-quatre heures pour une
fête imbécile ? Des fêtes ! Toujours des fêtes ! Il ne
devait pas y avoir au monde un peuple qui célébrât sans
arrêt tant de fêtes partout !

Mais le garçon belge, ayant achevé sa saucisse, déclara
qu'à l'instant même où la demi-Lune se détachait de la
pointe de la montagne, toutes les lumières devaient
s'éteindre, et chacun rentrer dans sa maison ou son abri,
ou se cacher le visage, ne plus regarder ce qui se passait
en l'air, laisser la Lune et le Sein ensemble, seuls dans le
ciel.

Olivier acheta aux hippies du riz cuit et des bananes et
retourna près du ruisseau. Cette nuit serait peut-être
l'occasion unique, ou peut-être rien ne serait-il possible.
Peut-être y aurait-il des groupes de pèlerins endormis
partout autour du Temple... Peut-être seraient-ils tous
partis chercher un abri... Il ne pouvait pas savoir, il
devait être prêt à agir, se trouver là-haut au moment de
l'extinction des lumières, et avoir déjà drogué le singe.

Il prépara ses deux bananes et mangea un peu de riz.
La lune était attendue en haut de la Montagne vers le
milieu de la nuit. Dans l'obscurité déjà venue, des milliers de petites lumières faisaient de la Terre une
réplique du Ciel. Autant d'étoiles brillaient en bas qu'en
haut. Mais une partie de celles d'en bas se mouvaient, se
rassemblaient en lents et longs chemins de lumière, voies
lactées mobiles qui serpentaient entre les montagnes du
cercle, et coulaient vers le sommet de la montagne où le
Bouddha dormait au sein du Sein.

Olivier se dit qu'il ne devait plus tarder à y monter à
son tour. Il vérifia une fois de plus sa machine, la
poussa à proximité du sentier d'où il pourrait commencer à rouler, prête à partir au quart de seconde. Puis il
balança son sac dans son dos et se mit en marche.

66

LA fin de la deuxième journée d'absence fut pour Jane encore plus dure que la précédente. Dès le début de l'après-midi, elle avait recommencé à sentir l'angoisse s'introduire peu à peu dans ses veines, lui monter derrière le front et le presser vers le dehors pour le faire éclater. Elle cachait sous les draps ses mains qui tremblaient.

Yvonne ne la quitta pas, s'efforça de la distraire, lui racontant les beautés de la forêt et de la jungle, lui parlant de Jacques, des éléphants, des fleurs énormes qui pendaient aux arbres et des multitudes d'oiseaux de tous chants et couleurs. Jane écoutait de moins en moins, son visage se couvrait de sueur, et ses jambes se détendaient en spasmes nerveux. Quand vint le soir, elle refusa de manger et se mit à supplier Yvonne de lui faire une autre piqûre.

Yvonne ne pouvait pas supporter de la voir souffrir. Elle téléphona de nouveau au médecin. Il n'était pas là. Il rappela une heure plus tard, renouvela son interdiction formelle, et son conseil de la laisser seule. Et si on savait où se trouvait ce garçon... comment se nommait-il ?... le faire revenir d'urgence. C'était plus important que tout.

Yvonne était certaine que Ted savait où était Olivier, certaine que, jouant des circonstances, il l'avait engagé dans quelque aventure dangereuse pour l'un et profitable pour l'autre. Elle le lui dit, et en profita pour lui dire aussi, par-dessus le marché, une fois de plus, tout ce qu'elle pensait de lui. Mais elle n'obtint que des sourires et du silence.

Elle alla embrasser Jane qui se cramponna à elle, la supplia en pleurant et en gémissant. Elle l'adjura de se calmer, Olivier allait revenir, il était allé travailler pour elle, pour la guérir, pour l'emmener. Et de toute façon, elle aurait sa piqûre demain matin : elle le savait ? demain matin. Elle viendrait même un peu plus tôt...

Elle la recoucha, la borda avec le drap léger, essuya son visage ruisselant, descendit au premier étage, prit trois comprimés de somnifère et mit le réveil à six heures du matin.

Ted attendit une heure, pour être certain qu'Yvonne était bien endormie. Puis il ouvrit son coffre, y prit une petite boîte de jade, une seringue hypodermique, une cuiller d'argent et une minuscule lampe à beurre en cuivre ciselé et repoussé, ancienne, une merveille. Il disposa tout cela dans les poches de sa robe de chambre sous laquelle il était nu.

67

ALORS qu'Olivier arrivait au pied de la Montagne du Sein, celui-ci s'illumina. Ce fut tout à coup dans la nuit un fruit de pure lumière. Olivier entendit le bruit du groupe électrogène qui alimentait les projecteurs. Les bonzes avaient pris à la vie occidentale ce qui pouvait servir leurs traditions.

Au-dessus du Sein, sur la paroi de la Tour d'Or, les yeux du Bouddha regardaient la nuit. Ce sont des yeux qui voient, ce qui se passe ici et ailleurs, et à chaque instant de la vie de chacun. Si celui qui les regarde est assez pur, assez vide d'égoïsme, de petits désirs misérables, aussi bleu que les yeux peints sur l'or, il peut voir dans leur pupille foncée ce que celles-ci voient de ce qui le concerne, lui, dans l'ensemble du monde.

Olivier montait en gardant la tête levée, et ne pouvait détacher son regard de ce regard qui ne le regardait pas. Au-dessous des deux yeux était peint en bleu, à la place du nez, un signe qui ressemblait à un point d'interrogation, et qui était le chiffre I en caractère népalais. L'unité du tout, de la diversité, de l'Unique, en qui il faut se fondre pour devenir un.

Pour Olivier, ce n'était qu'un point d'interrogation angoissant, au-dessous de ces yeux qui voyaient quelque chose, qui voyaient quoi ? Autour de lui, sur le chemin escarpé, montaient des hommes et des femmes joyeux, portant des lumières qui brûlaient avec une odeur de beurre frit et de chèvre. C'était une foule lente et heureuse, qui emportait même ses enfants, certains suspendus par une étoffe dans le dos de leur mère, d'autres portés par les pères, dans leurs bras, avec une délicatesse et une tendresse infinies. Et toute la chenille de lumières, au son des petits violons et des orchestres aigres, se hissait vers la blancheur arrondie dans le ciel, qu'Olivier ne voyait plus. Il ne voyait que le regard bleu de nuit qui regardait au loin et qui voyait, et le point d'interrogation qui lui demandait ce qu'il faisait là, lui, imbécile, loin de Jane, l'ayant une fois de plus abandonnée... Même si c'était pour elle, pour l'emporter, pour la sauver, était-ce plus important que d'être avec elle, auprès d'elle, autour d'elle, l'abri et la chaleur dont elle avait besoin ?

La tête levée, il regardait les yeux sereins, sans émotion humaine, les yeux entourés d'or qui voyaient et qui savaient. Brusquement, il comprit, il sut qu'il s'était fourvoyé dans une route d'inutilité et de stupidité, qu'il était coupable et fou. Il fit demi-tour avec la brusquerie d'une machine, et commença à se faire un chemin à coups de coudes et de cris et d'injures à travers la foule paisible et sans problèmes qui montait vers le Sein et vers la Lune, et qui s'écartait avec indulgence devant ce pauvre garçon perdu, qui venait de l'autre côté du monde, où l'on ne sait rien.

68

TED traversa le palier et s'attarda devant la porte de la chambre de Jane, sous laquelle filtrait un rayon de lumière. Il écouta. Elle restait un moment silencieuse, puis tout à coup poussait une sorte de râle mêlé de sanglots. Il savait qu'à ce moment-là, c'était dans son ventre que le manque de drogue la rongeait.

Il tourna avec précaution la poignée et entra sans hâte, mais sans hésitation. Il ne fallait pas lui laisser le temps d'avoir peur et de le voir apparaître sous le visage d'un monstre, d'un dragon, d'une araignée, de Dieu savait quoi d'horrible. Il parla, en même temps qu'il entrait, d'une voix très paisible.

— Bonsoir Jane, ça ne va pas ?

Elle secoua faiblement la tête, en signe non. Ses yeux étaient écarquillés, son visage crispé, couvert de sueur, le drap qui la recouvrait à moitié froissé et humide.

— Vous avez mal ?

Elle fit « oui ».

— Ces médecins ne sont pas toujours intelligents... Surtout ici, vous savez... Pour échouer comme médecin à Katmandou, il faut vraiment n'avoir trouvé sa place nulle part...

Il s'approcha du lit et commença à poser sur la table de chevet les objets qu'il tirait de sa poche.

— Je vais vous soulager. Vous passerez une bonne nuit, et nous ne dirons rien à personne...

Elle se releva brusquement en voyant la seringue hypodermique. Il la recoucha avec des paroles très tranquilles, la calma doucement, releva la manche gauche de sa chemise de nuit, lui garrotta le bras avec un gros caoutchouc de bureau dans lequel il tourna un crayon. Des objets innocents...

Les veines mirent longtemps à se gonfler. Ted s'inquiéta un peu, elle était vraiment à bout, cette petite, ce serait ennuyeux s'il arrivait un accident. Oh, après tout, le médecin ne l'avait pas caché, il avait dit : « Logiquement, elle devrait être morte. » Il allait faire attention quand même. Bien mesurer la dose. Il n'en avait jamais usé lui-même, mais ce n'était pas la première fois qu'il l'utilisait avec ces gamines. Quand elles étaient dans les vapes, elles ne voyaient plus qu'il ressemblait à un porc, et il arrivait lui-même à l'oublier, quelques secondes...

Il alluma la lampe à beurre, ôta le couvercle de la boîte de jade. Elle contenait une poudre blanche.

— Et ça, c'est de la vraie, dit-il, pas de cette camelote pharmaceutique que vous donne le toubib.

Il prit un peu de poudre avec la cuiller d'argent, réfléchit, hésita, en reversa une partie dans la boîte, et commença à promener la cuiller au-dessus de la flamme à l'odeur de chèvre.

Olivier courait comme un fou le long du torrent qui dégringolait à flanc de montagne avant de devenir ruisseau. Il devinait les obstacles dans la nuit, sautait pardessus les buissons et les racines, poussé, porté par une force cosmique ou divine, il l'ignorait, il savait seulement qu'il était ici et qu'il aurait dû être là-bas, et qu'il y avait l'espace et le temps qu'il fallait franchir, pulvériser, violer. Il était plus rapide que le torrent qui tombait de roche en roche avec un bruit d'eau déchirée.

— J'entends de l'eau !... J'entends de l'eau !... dit Jane... J'entends de l'eau... De l'eau !...

Elle n'avait jamais, jamais, jamais, été si heureuse, légère, universelle, répandue... Elle avait déjà oublié la piqûre. Après avoir subi dans son ventre les mille morsures d'un nœud de vipères, elle était devenue un nuage de lumière...

— Olivier est dans l'eau... Il vient... Dans l'eau... Il vient...

— Oui, dit Ted, il vient, Olivier, il arrive, il est là...

Il ôta sa robe de chambre. Les yeux extasiés de Jane regardaient à travers le plafond Olivier porté sur l'eau, dans l'eau, poisson, nénuphar, anguille, anguille énorme, anguille dans elle, fleur d'eau, Olivier, les reflets sur l'eau, le soleil, le soleil dans l'eau ; Olivier le soleil...

— Olivier...

— Il arrive, chuchota Ted... Il est là...

Il rabattit le drap, remonta la chemise de nuit et regarda Jane. Malgré sa maigreur, elle était incroyablement belle. Il s'en emplit les yeux, et s'allongea à côté d'elle.

— Olivier ?... Olivier ?... Tu es là ?... demanda Jane...

— Je suis là... Je suis là... chuchota Ted...

Il se tenait un peu loin d'elle, dans le large lit. Il éteignit les lumières et commença à la caresser. Jane poussa un immense soupir de bonheur...

— Olivier !...

La moto fonçait à mort vers Katmandou. Ses trois phares éblouissaient les familles en marche que son bruit épouvantait, révélaient dans des virages les grimaces sanglantes des dieux, traversaient les villages en réveillant les hurlements de tous les chiens. Il y eut enfin Katmandou au bout de la route droite, plus que quelques kilomètres. Olivier essayait d'aller plus vite encore, de forcer la manette des gaz, d'aller plus loin que le maximum, mais elle était bloquée au fond du fond, il se couchait sur le guidon comme il l'avait vu faire aux champions à la télévision, il entra dans la ville sans ralentir. Une vache tranquille se tenait debout en travers de la rue, perpendiculaire à la moto. Celle-ci la percuta et la renversa. Olivier jaillit par-dessus la vache étendue. Il eut encore la force de penser que c'était le crime majeur. Si la vache était morte, il allait faire dix ans de prison. Seulement blessée, bousculée, si la police lui mettait la main dessus, elle l'empoignait et l'enfermait avant de l'expulser. Il eut la force de se relever, de

courir, de marcher, de se traîner, avant de s'écrouler
dans un coin d'ombre. Toute la peau de sa joue droite et
de ses mains était arrachée, et sa tête lui faisait un mal
atroce. Il s'évanouit.

Quand il revint à lui, il ne savait pas combien de
temps il était resté sans connaissance. La nuit était toujours noire. Le ciel, au-dessus de lui, d'une limpidité
absolue, étalait un tapis d'étoiles entre les toits de la rue
étroite. Il n'y avait plus une lumière visible nulle part.
Même l'ampoule du carrefour était éteinte. Olivier, après
un peu de confusion, en conclut que la lune devait être
levée. Il s'aperçut en effet que du côté gauche, tout le
haut des maisons recevait une tranche de lumière
bleue.

Il se leva avec peine, sa tête lui faisait mal, il ne savait
pas où il était. Il regarda autour de lui et aperçut, au-
dessus de tous les toits, le toit du grand temple qui
montait dans la lumière de la lune. Il marcha vers lui, il
reconnut peu à peu les rues, il se retrouva dans la ruelle
derrière « Ted and Jack ».

La marche l'avait soulagé, sa tête était moins doulou-
reuse. Il ouvrit très doucement la porte avec la clé. Il ne
voulait réveiller personne, toute sa équipée lui paraissait maintenant absurde. Pourquoi était-il revenu ?
Quand il fut au bas de l'escalier, il écouta. Tout était
silencieux, tout allait bien, il avait simplement perdu du
temps, démoli sa moto, compromis son séjour au Népal,
il s'était conduit comme un fou, il était blessé, épuisé, il
avait honte, il avait envie de s'écrouler quelque part et
d'oublier, il n'avait jamais rien fait de bon, il ne faisait
que du mal à ceux qu'il aimait, de quoi s'était-il mêlé
dans l'histoire de Marss et de sa mère ? elle le criait
assez fort, qu'elle était heureuse ! Dormir, oublier... Il
allait dormir sur le divan du bureau... Mais il jetterait un
coup d'œil sur Jane d'abord, pour être sûr que tout
allait bien. Non, à Jane, il ne pouvait pas faire de mal, il
l'aimait et elle l'aimait, tout ce qu'il faisait était pour
elle, il devait seulement réfléchir un peu avant de se
laisser emporter par des impulsions irréfléchies, comme

un gamin coléreux. Elle était calme, elle était raisonnable, elle l'aiderait.

Malgré ses précautions, il fit grincer quelques
marches, entra d'abord dans le bureau pour essayer de
se regarder dans une glace, il ne se rappelait pas s'il y en
avait une, et s'arranger un peu, il ne voulait pas faire
peur à Jane si elle était éveillée. Il pourrait se débar-
bouiller avec sa chemise et un peu de whisky.

Il fut étonné de trouver la lumière du bureau éclairée,
le divan ouvert, et les vêtements de Ted jetés en travers
n'importe comment, son énorme pantalon, sa chemise
blanche, ses souliers et ses chaussettes au milieu de la
pièce. Il ne pensa plus à chercher s'il y avait quelque part
une glace...

Il sortit du bureau et traversa le palier. Il hésita un
instant devant la porte de Jane, puis l'ouvrit doucement
pour ne pas la réveiller. La chambre était obscure, mais
le cabinet de toilette éclairé, et sa porte ouverte. Ce fut
suffisant pour lui révéler le drap à terre, Jane écartelée
sur son lit, sa chemise relevée au-dessus des seins, le bas
de son ventre portant les traces fraîches de la visite d'un
homme.

Un instant pétrifié, il courut vers le lit en criant
« Jane ! »

Son cri la tira de sa torpeur et l'épouvanta. Elle vit se
pencher vers elle, dans une moitié de nuit, un visage
sanglant et grimaçant, pareil à ceux des dieux chargés de
faire peur aux démons. Elle hurla et appela Olivier. Il lui
dit qu'il était Olivier, essaya de la prendre dans ses bras,
de la rassurer, mais ne réussit qu'à augmenter sa
panique. Elle reculait devant lui, le regardait avec des
yeux emplis d'horreur, essayait de s'enfoncer dans le
matelas.

Brusquement, la lumière du cabinet de toilette s'éteignit. Alors Olivier sut que le salaud était encore là. Il
courut vers la porte de la chambre et s'y adossa. Par la
fenêtre ouverte entrait la lumière bleue de la lune, et la
brise du matin qui faisait onduler le léger voilage transparent.

Les yeux d'Olivier s'accommodèrent rapidement à la

demi-obscurité, et il perçut la masse noire de Ted qui venait à pas de loup vers la porte, avec laquelle lui-même se confondait.

Il serra les poings, gonfla ses muscles, fit jouer ses avant-bras pour s'échauffer, avec une haine meurtrière, carnassière, pareille à celle que pourrait éprouver le tigre s'il n'était pas un tueur innocent.

Ted arriva près de lui. Olivier cessa de respirer. Ted tendit lentement la main vers la poignée et trouva la main d'Olivier, qui se referma sur ses doigts roses comme un étau de fer.

Ted fit un « ha ! » de panique et de terreur à demi retenu. Olivier assura sa prise avec son autre main écorchée, puis frappa sauvagement Ted d'un coup de genou au bas ventre. Mais le rideau flou de la robe de chambre amortit l'impact. Il fut quand même assez violent pour que Ted se mît à beugler en se tordant. Olivier lui tenait toujours la main droite avec ses deux mains saignantes. Il se déplaça, fit un quart de tour, et abaissa violemment le bras tendu de Ted contre son genou relevé. Le coude craqua. Ted brailla. Olivier le saisit au cou et commença à l'étrangler. Mais son cou était énorme et suant, et les mains d'Olivier saignaient dans la sueur et glissaient. Ted échappa à sa prise, courut vers le cabinet de toilette. Olivier le rejoignit avant qu'il ait réussi à fermer la porte, le fit tomber et commença à lui écraser le visage à coups de tête.

Pour Jane, c'était l'enfer et l'horreur totale. Dans l'obscurité vaguement bleutée de lune, elle devinait deux démons qui se battaient en poussant des clameurs. Ils grandissaient sans arrêt, sautaient du plancher au plafond, emplissaient l'obscurité de la chambre, bientôt ils seraient sur elle... Elle parvint à se lever. Fuir, leur échapper, fuir vers la lumière, par la fenêtre bleue... Elle marcha, chancela, s'arrêta, elle ne pouvait plus... Un démon tomba jusqu'à ses pieds en rugissant. Sa peur mobilisa ses dernières forces et les décupla. Elle courut, sauta dans les rideaux, les emporta avec elle, franchit la fenêtre, s'envola vers le ciel...

Le sol de la rue de Katmandou, que depuis des milliers d'années les bêtes et les hommes sans cruauté et sans pudeur nourrissaient des produits de leurs corps, la reçut avec miséricorde et lui donna la paix. Blanche dans le rideau blanc épandu autour d'elle, elle avait l'air d'un papillon, d'une fleur née de l'aube, et qui peu à peu s'auréolait de rouge dans la lumière rose du matin.

Yvonne, réveillée par les cris et le tumulte, était montée en courant. Elle poussa l'interrupteur au moment même où Jane s'envolait par la fenêtre, vers Dieu sait quoi, et si Dieu est vraiment un juge équitable elle est montée droit dans ses bras, pour y retrouver son père innocent, sa mère aimante, Olivier amoureux, Sven et sa guitare, et tous ses copains et les fleurs et les oiseaux de ce monde, plus tout ce que ce monde ne pourra jamais contenir.

Les deux hommes étaient à terre près du lit. Ted avait repris l'avantage à cause de son poids, il écrasait Olivier de sa masse et lui serrait la gorge de sa main gauche. Mais ses doigts étaient courts et Olivier lui prit son bras cassé et le tordit. Ted poussa un cri affreux et roula sur le côté.

Yvonne vint vers eux et les frappa de ses pieds en les injuriant, et en criant le nom de Jane. D'un coup d'œil, elle avait vu sur la table de chevet la seringue, la lampe, la boîte de jade encore ouverte... Ted, l'ignoble, l'ignoble porc...

Au nom de Jane, Olivier se redressa d'un bond. Sa joue saignait sur son cou et son épaule. Il vit le lit vide, les rideaux arrachés, la fenêtre ouverte. Il saisit une chaise, en frappa à la volée le visage de Ted qui se relevait, et courut vers l'escalier.

— Ignoble porc ! dit Yvonne. Ignoble ordure ! J'espère qu'il va te tuer !...

Ted, le nez écrasé, le front ouvert, ne comprenait encore pas ce qui s'était passé. Quand il fut debout, il vit à son tour le lit vide et la fenêtre. Il se mit à trembler.

— Elle était... Elle était folle... dit-il. Elle était droguée... C'est pas la première fois qu'une droguée se fout par la fenêtre... Il m'a cassé le bras, ce salaud... Appelle le médecin !... Va téléphoner !... Vite !...

La douleur de son coude lui arrachait entre les mots des cris qu'il ne pouvait réprimer. Il vint vers la table de chevet, commença à ramasser de son bras gauche la seringue et la mit dans sa poche, mais Yvonne le frappa sur son bras qui pendait. Il hurla, prêt à s'évanouir. Elle lui reprit la seringue, la reposa à côté du reste, le poussa hors de la chambre, ferma à clef et mit celle-ci dans la poche de son pyjama...

— Descends, dit-elle, je vais téléphoner...

69

OLIVIER se pencha vers Jane. Ses grands yeux violets étaient ouverts et sa bouche entrouverte. Un peu de sang coulait de son oreille droite et du coin droit de sa bouche, et une flaque de sang s'arrondissait comme un nuage sous sa tête, sur le voile du rideau blanc.

Il ne pouvait pas le croire. Il lui dit très doucement : « Jane, Jane !... » Jane n'était plus Jane, plus rien que quelque chose de cassé et qui allait, très vite, devenir autre chose.

Il lui passa une main sous les épaules, la souleva lentement. Sa tête roula en arrière et sa bouche s'ouvrit comme un trou. Il ferma les yeux pour ne pas la voir, serra contre sa joue écorchée la joue encore chaude de cette enfant qu'il aimait et qu'il ne pouvait plus aimer, qui n'était plus rien, plus personne, de la viande morte, du sang sur lequel se posaient les premières mouches de l'aube...

Au bout de la rue, le grand toit du Temple était rose du jour levant, et plus haut que lui, au milieu du ciel, le sommet de la Montagne immuable d'où naissait le jour envoyait sur le visage de Jane une lumière bleue et blanche, légère, celle qui ne dure que quelques secondes, avant que la poussière se lève sous les pas des hommes.

Déjà des fenêtres s'ouvraient, des gens arrivaient, s'arrêtaient avec leurs chargements de légumes, à distance, avec respect, avec compassion...

Olivier reposa lentement le buste de Jane sur le sol comme une mère pose dans son berceau son enfant endormi. Il ne lui referma pas les yeux ni la bouche. Tout cela, maintenant, ne voulait plus rien dire.

Il se releva et leva brusquement la tête. Il vit, à la fenêtre du premier étage, Ted qui le regardait. A l'autre fenêtre se tenait Yvonne. Ted rentra vivement son buste à l'intérieur.

Olivier marcha calmement vers la maison, entra dans le couloir et fit claquer la porte derrière lui. Quand il parvint en bas de l'escalier, il décrocha le sabre courbe au-dessous de la tête du buffle.

L'arme était lourde comme un marteau à forger un canon. Il commença à monter en la tenant d'une main par la poignée et de l'autre par la pointe.

Ted, appuyé de l'épaule contre la porte du living-room, poussait les verrous de sa main valide, tournait la clef, tout en interpellant Olivier dont il entendait monter le pas inexorable.

— Ecoute, Olivier, de toute façon, le médecin avait dit qu'elle était perdue !... Il te l'a pas dit à toi, mais à moi il me l'avait dit !... Perdue ! Tu entends ? Elle allait mourir !... C'est peut-être mieux comme ça, elle n'a pas souffert !... Yvonne a téléphoné au médecin, il arrive !... Il peut peut-être la sauver !... Y a pas de quoi en faire un drame !... Toutes ces filles, quand elles arrivent ici, elles sont déjà fichues !...

Le bruit des pas d'Olivier s'arrêta sur le palier.

— J'ai... J'ai couché avec... bon... D'accord !... Tu crois que je suis le premier ?... De quoi tu crois qu'elle vivait ?... Elles sont toutes pareilles !... Il faut bien qu'elles paient leur drogue !... Tout le monde leur passe dessus !... Même les Tibétains !... Au moins, moi je suis propre !...

Il y eut sur le palier un « han ! », contre le bois un choc, et la moitié de la lame passa à travers la porte.

Ted fit un saut en arrière et poussa un cri, car il n'avait plus pensé à son bras cassé.

Il regarda autour de lui. La terreur et la souffrance avaient décomposé son teint rose. Il était vert avec des plaques rouges, et du sang coulait de son nez et de la peau éclatée de son front.

Yvonne arriva de la chambre à coucher, où se trouvait le téléphone. Elle regarda la porte, elle vit la lame disparaître, puis il y eut un nouveau coup et un morceau de la porte vola au milieu de la pièce.

— Il va te tuer, dit-elle, il va te tuer comme une bête !...

Ted, se tenant le bras droit avec la main gauche, suant de douleur, parvint jusqu'à la table où étaient encore entreposées les armes du safari. Il prit un chargeur de la main gauche, un chargeur pour les tigres, à huit coups, et essaya de l'introduire dans son logement, sur un fusil à fauve.

Yvonne se jeta sur lui, il la repoussa de toute sa masse. Il revint à la charge. Il saisit le fusil par le canon et la frappa à la volée, en plein visage. Elle fut projetée sur le canapé, et ne bougea plus.

Ted parvint à introduire le chargeur, s'assit sur une chaise, appuya le canon du fusil sur le bord de la table.

Une fois de plus, la lame du sabre traversa la porte et arracha un nouveau morceau du bois de teck, épais et dur, dont elle était faite.

Ted tira. Deux fois. La lame, qui était en train de se retirer, fut stoppée net dans son mouvement de recul, et ne bougea plus.

— Olivier !... Olivier !... appela Ted, tu m'entends ?... Tu es en train de fracturer ma porte, j'ai le droit de te tuer !...

Tout en parlant, il traînait sa chaise à proximité de la porte, en apportait une autre.

— Ne fais pas l'idiot ! Ecoute, ces trois mille dollars je te les donne... Tu peux recommencer ta vie partout, avec ça...

Il s'assit sur une chaise et posa le canon de son fusil

sur le dossier de l'autre, devant lui. L'extrémité du canon
était à quelques centimètres de la porte, à bout portant.

La lame du sabre recommença lentement à se retirer.
La voix de Ted s'altéra et se précipita.

— Fais pas le con, Olivier ! Tu en connais beaucoup,
des garçons qui disposent de trois mille dollars, à ton
âge ? Tu peux devenir un type formidable ! Des filles en
pagaye ! Et pas des droguées ou des putes !... Fais attention, Olivier, si tu continues, cette fois, je te tue !

La lame du sabre disparut de l'autre côté de la porte.
Il y eut un silence qui dura une seconde, une éternité.

— Parle, bon Dieu ! dis quelque chose ! cria Ted.

Avec un bruit terrible, la lame, frappant en travers,
fracassa tout le panneau de la porte.

Le coup de feu éclata presque avant que le sabre eût
commencé à passer à travers la porte.

Le fusil tomba. Ted eut la force de se relever. Son
ventre saignait par une énorme plaie. Il fit un quart de
tour et se trouva en face d'Yvonne qui tenait à deux
mains, maladroitement, un énorme pistolet de brousse
avec lequel elle venait de lui tirer dans les reins. Elle
appuya de nouveau sur la détente, et vida tout le chargeur. Les balles le traversèrent, lui arrachant le dos à la
sortie et le projetant contre le mur, contre lequel il resta
debout, sous la puissance de l'impact.

Puis il tomba en avant, sur le nez.

Olivier venait de passer à travers la porte brisée. Son
visage écorché saignait. De sa poitrine traversée par une
balle, le sang lui coulait, luisant, jusqu'à la ceinture, et
commençait à atteindre la cuisse. Mobilisant tout ce qui
lui restait de force, lent et lourd comme une statue de
pierre, il vint, pas après pas, vers Ted étendu en charpie
sur la moquette.

Quand il parvint près de lui, il fit un effort fantastique, leva à deux mains, comme le sacrificateur, le
sabre vertical en prolongement de ses deux bras dressés... Mais ses forces l'abandonnèrent. Il tomba à genoux, le poids du sabre entraîna ses bras, la pointe se

planta dans le plancher à travers le tapis, à quelques millimètres du cou de Ted.

Olivier, sentant qu'il allait s'évanouir, se cramponna des deux mains à la poignée du sabre, et posa sa tête sur ses mains.

Il était pareil à un chevalier qui prie.

70

UN coup de lumière éblouissant entra par toutes les fenêtres, palpita et s'éteignit, laissant derrière lui dans la salle un jour éteint comme une nuit. Un éclatement formidable fit trembler le sol et les murs. Les montagnes le saisirent et se le renvoyèrent interminablement d'un bord à l'autre de la vallée, sur laquelle il roulait dans tous les sens, comme une armée de chars innombrable et affolée.

Il y eut un autre éclair, puis d'autres, de plus en plus rapprochés, et les tonnerres se rejoignirent et se soudèrent en un grondement ininterrompu, avec des paroxysmes de fracas, et des ronronnements presque paisibles.

A chaque déchirement du ciel, Olivier était secoué par un mouvement qui venait de l'intérieur de lui-même. Son corps prêt à s'éveiller luttait contre son esprit qui reculait encore le moment de retrouver ses souvenirs.

Des pansements couvraient son visage et sa poitrine. Le reste de son corps était nu, le drap du lit d'hôpital rabattu jusqu'à ses hanches. Sur toute sa chair visible, la sueur perlait et coulait...

Jacques, assis à son chevet, le regardait avec inquiétude. Il était arrivé juste à temps pour lui donner son sang. L'interne népalais lui avait affirmé qu'il allait reprendre connaissance d'un instant à l'autre, il n'avait subi qu'une légère anesthésie. Jacques transpirait autant qu'Olivier. Il ressentait une sorte d'écœurement et un léger vertige, qu'il attribuait à la prise de sang, ou peut-être à l'odeur de l'éther qui emplissait tout l'hôpital, et qu'il détestait.

Olivier était le seul Européen de la salle. Dans les autres lits gisaient des hommes du pays, qui au lieu de rester chez eux à attendre que le mal s'en allât ou que la mort vînt les en délivrer, avaient préféré se confier à des mains étrangères. C'étaient surtout des hommes jeunes, plus aptes que les vieux à accepter les changements et qui, sous l'influence de l'Occident, commençaient à souffrir de la souffrance et à craindre la mort.

Il y eut un éclair et un coup de tonnerre simultanés. Il sembla que la terre et le ciel jetés l'un contre l'autre se fracassaient et s'écroulaient. Puis un bruit énorme et doux se posa sur la ville, étouffa les éclats furieux du tonnerre qui n'en finissait pas et emplit la vallée dans toutes ses dimensions. La pluie... La mousson commençait. Chacune des gouttes de la pluie était grosse comme un fruit, et tous les dieux assemblés ne seraient pas parvenus à compter leur multitude. Elles éclataient en arrivant au sol, le brutalisaient, le décapaient, le lessivaient, emportaient vers les ruisseaux, les rivières et les fleuves une année de poussière, de déchets, d'excréments, une épaisse récolte qui après avoir noyé les imprudents et les bêtes égarées ferait pousser les plus beaux légumes du monde.

Un grand apaisement entra dans la salle, détendit les muscles crispés, calma les nerfs porteurs des douleurs. Olivier cessa de tressaillir, et au bout d'un moment ouvrit les yeux. Il entendit le bruit de la pluie et, loin derrière lui, la colère étouffée des nuages. Il voyait un visage flou qui se penchait vers lui, et la mémoire lui revint avant même qu'il eût reconnu son père.

Jacques lui demanda doucement comment il se sentait. Il ne répondit pas. Le monde en dehors de ses yeux était noyé de brume, mais à l'intérieur de sa tête des images nettes s'étaient éveillées en même temps que lui. Il les regardait, il les reconnaissait, il était saisi par l'horreur.

Il referma les yeux mais les images étaient en lui et il

savait qu'elles n'étaient pas les débris d'un cauchemar. Tout cela était vrai, vrai... Jane écartelée sur son lit, Jane étendue dans la rue, la bouche ouverte, avec un peu de sang au coin des lèvres... Cela était vrai, cela était arrivé et rien ne pouvait faire que cela ne fût vrai à tout jamais.

Il rouvrit les yeux, il vit le plafond et le visage de son père qu'il reconnut. Il essaya de parler, il n'y réussit pas tout d'abord, puis il y parvint et il demanda :

— C'est vrai ?

Jacques comprit la question et hocha la tête plusieurs fois, à petits coups, doucement, avec une grande pitié, pour dire que c'était vrai.

Olivier se réfugia dans le délire et l'inconscience. Mais sous des formes exagérées, hideuses, il y retrouvait la vérité insupportable. Il se débattit contre elle pendant des nuits et des jours. La pluie tombait sans arrêt sur Katmandou, douchait, lavait, noyait la ville. Ses habitants avaient découvert le parapluie en même temps que la roue. Au-dessus du fleuve de boue jaune coulait dans les rues un fleuve de parapluies noirs. Mais les enfants couraient nus sous la pluie, riaient, criaient, levaient leur visage vers elle et la buvaient. Les vaches, les chiens, la recevaient et s'ébrouaient, se roulaient dans les flaques, se léchaient et se frottaient aux dieux. Tous les corbeaux couleur de cigare s'étaient rassemblés sur les toits du grand temple et la pluie ruisselait sur leurs plumes imperméables. Ils aboyaient tous ensemble leur reconnaissance et leur plaisir. La pluie lavait le visage des dieux de toute la poudre jaune, ou rouge ou blanche. Ils seraient neufs pour de nouvelles offrandes. Et dans la belle terre de la vallée, les graines se gorgeaient d'eau et éclataient.

Olivier trouva la paix quand il fut au bout de ses forces. Il cessa de se battre et accepta la vérité. Sa fièvre tomba, sa plaie se ferma, il reprit de la chair sur ses os saillants. Il échangeait quelques phrases avec son père qui venait le voir matin et soir. Il ne parlait jamais de ce qui s'était passé. Quelque chose s'était éteint dans son

regard. Ses yeux ressemblaient à ces pierres fines qui
pendant longtemps n'ont pas été portées et dont on dit
qu'elles sont mortes.

Dès que son état le permit, Jacques le fit transporter
dans son appartement, qui occupait le premier étage
d'une maison ancienne. Jacques avait fait mettre des
vitres aux fenêtres, recouvert de tapis le sol de terre
battue, suspendu aux murs des trophées de chasse et
d'admirables tableaux anciens, sur papier, représentant
les aventures des dieux. Les lits étaient faits à la façon
indigène, c'est-à-dire de matelas posés directement à
terre, mais sur des peaux de tigre, avec des draps en soie
des Indes et des couvertures en laine du Tibet. Un
Népalais souriant, que Jacques avait instruit, faisait la
cuisine dans une cheminée sur un feu de bois.

Le troisième jour Olivier put se lever, mais il ne sortit
pas de l'appartement, et ne vint même pas jusqu'à la
fenêtre. Il resta tout l'après-midi assis dans un fauteuil
anglais, écoutant le bruit énorme de la pluie et le bruit
lointain, ininterrompu, du tonnerre qui parvenait jusqu'à
la terre à travers des épaisseurs et des épaisseurs d'eau
verticale.

Lorsque son père rentra, il lui dit qu'il désirait s'en
aller le plus tôt possible. Jacques lui répondit qu'il était
encore faible, que c'était trop tôt, qu'il devait attendre.
Et Olivier dit « non ».

Ils étaient assis devant la cheminée où brûlait un bois
parfumé. Des plats mijotaient dans des pots de terre.
Derrière eux le Népalais nu-pieds, silencieux, dressait la
table. Alors Jacques se remit à parler et dit à Olivier
tout ce qui s'était passé depuis le moment où il était
tombé à genoux près de Ted couché sur le ventre, la tête
tordue et le dos emporté. Yvonne avait pu facilement
prouver, avec la boîte pleine d'héroïne, la seringue et
grâce à l'examen du corps de Jane, que Ted l'avait
volontairement droguée avant de...

— Excuse-moi, je n'aurais pas dû te parler de ça, mais
enfin tu le savais bien... Ils ont compris que tu avais agi
en somme comme un justicier et qu'Yvonne avait tiré sur
Ted au moment où il allait te tuer... Il n'y avait pas de

coupable. Ou plutôt le coupable était mort... Mais
toutes ces histoires entre Occidentaux ça les embête, ils
ne veulent pas de règlements de comptes chez eux...
Alors ils ont expulsé Yvonne, immédiatement... La
pauvre, elle avait le front encore ouvert d'un coup de
crosse... Et toi, ils avaient décidé de t'expulser aussi, dès
que tu pourrais voyager. Mais je suis parvenu à les faire
revenir sur leur décision. Cela a été difficile, pas à cause
de Ted, mais à cause de la vache... Heureusement qu'elle
n'était pas morte. Enfin ils m'ont dit que tu pouvais
rester... Je suis seul patron, maintenant, et j'ai trouvé un
coffre plein de dollars !... Le salaud ! il ne devait pas
vendre que des statues !... L'héroïne aussi, sûrement...
Tu restes avec moi, on monte une affaire formidable !...
complètement modernisée !... Ted, au fond, était un
minable, il n'avait pas d'envergure !... Yvonne m'attend
en France, dans ses betteraves... Ce n'est pas sérieux... Je
l'aime bien, mais enfin... Tu te rends compte ?... des
betteraves, moi ? Elle est à l'abri, remarque, elle a
emporté ses bijoux, il y en avait un paquet... Devine où
j'ai trouvé la combinaison du coffre ?... Dans le carnet
d'adresses de Ted, tout simplement !... Au mot coffre !...
Il n'était quand même pas très malin !... Elle se conso-
lera remarque, elle est encore belle... Mais entre elle et
moi, ce n'était plus tellement... Ce qui me manquait, ici,
c'était un copain... Alors c'est d'accord ? Toi et
moi ?...

Il parlait, il parlait, Olivier l'avait d'abord regardé,
puis s'était détourné et regardait le feu, et le bruit des
mots se mélangeait avec le bruit de la pluie et le bruit du
tonnerre, et rien de cela ne voulait rien dire, ce n'était
que du bruit absurde et inutile...

Jacques s'arrêta un instant pour respirer. Olivier
demanda à voix basse :

— Jane... Qu'est-ce qu'ils en ont fait ?

Jacques, qui allait recommencer son discours et
déployer ses arguments se tut. Il comprit qu'il avait parlé
pour rien. Au bout de quelques secondes, il dit seulement :

— Brûlée...

Une bûche craqua, et envoya un jet d'étincelles vers
un pot qui bouillait... Olivier se souvint de Sven, de Jane
étendue à quelques pas des flammes, et du clochard des
deux mondes...

— Personne n'aide personne...

Personne...

Il se tourna vers son père et retrouva son regard
d'enfant pour l'interroger :

— Qu'est-ce que ça veut dire ?... Tout ça ?... Pourquoi ?... A quoi on sert ?...

Un père doit connaître toutes les réponses. Mais
Jacques ne connaissait pas celle-là. Il souleva lentement
les épaules, les laissa retomber, et soupira.

71

TOUTE la plaine du Gange était sous l'eau. Après six mois de sécheresse, une mousson effrayante avait ouvert sur le pays les plus larges écluses du ciel. L'eau envahissait village après village, noyait d'abord le bétail au sol, dissolvait les murs de terre des maisons qui s'écroulaient, recevait alors et noyait les paysans, les singes et les poules réfugiés sur les toits, et les emportait dans ses lourds tourbillons jaunes, hommes et bêtes mêlés parmi les arbres arrachés, et les débris pourris de toutes sortes. Les charognards, accrochés comme des fruits sombres aux arbres qui émergeaient. s'abattaient parfois, passagers maladroits et affamés, sur un cadavre en voyage, l'entamaient, le secouaient, s'envolaient lorsqu'il basculait.

Sur la piste submergée, Olivier marchait dans la pluie. Il avait quitté Katmandou avec un billet pour Paris. Son père lui avait dit c'est la rentrée tu devrais finir ta licence tu aurais tort d'abandonner au fond tu as eu simplement des vacances un peu agitées quoi et puis tu rentres. Mais sa plaisanterie l'avait gêné lui-même. Après un silence, il avait demandé avec un peu d'anxiété :

— On se reverra ?

Olivier avait répondu :

— Oui...

Mais ni l'un ni l'autre n'était certain de la signification de ce oui. Olivier avait refusé le paquet d'argent que son père voulait lui donner. Tu es venu me réclamer trente millions, et maintenant que je t'en donne trois tu me les refuses ?

Olivier n'avait pas répondu, Jacques avait remis les dollars dans sa poche, en promettant d'en envoyer à Martine, à la grand-mère, à Yvonne, à tout le monde... Il allait très certainement, au bout de peu de temps, se trouver de nouveau sans un sou. Il repartirait vers une nouvelle aventure illusoire... ou peut-être vers les betteraves... Il n'était plus très jeune malgré son visage lisse... Il le savait...

Olivier avait accepté le billet pour Paris et un peu d'argent de voyage, afin de n'avoir pas à s'expliquer. Et qu'aurait-il expliqué ? Que voulait-il ? que savait-il ? qu'aurait-il pu dire ? Les mots lui semblaient n'avoir plus que des sens futiles, faux. Aucun d'eux ne disait plus sa vérité primitive.

Mais quand son père l'embrassa sur l'aérodrome de Katmandou, il savait qu'il n'irait pas jusqu'à Paris.

A l'escale de Delhi, il sortit de l'aérogare et entra dans la pluie. Il loua une jeep, parvint à faire comprendre au chauffeur le nom de Palnah. Le chauffeur ne savait pas où c'était. Il partit quand même, s'arrêta plusieurs fois, pour demander, à un agent, à un commerçant, à un portier d'hôtel « Palnah ? Palnah ? » Personne ne savait. Il obtint enfin le renseignement dans une gare d'autocar. Alors il s'effraya et dit à Olivier que Palnah était dans la plaine inondée et qu'on ne pouvait pas y aller. Olivier ne comprit pas, crut qu'il voulait davantage d'argent, et lui donna tout ce qui lui restait. Le chauffeur remercia en joignant les mains, se mit au volant et partit. La pluie frappait la capote comme la peau d'un tambour, se pulvérisait à travers, entrait par les portières et par tous les interstices et les joints. Elle était à l'extérieur de la jeep et à l'intérieur. La voiture roula pendant des heures, et parvint dans les eaux. La piste surélevée émergeait seule. A gauche et à droite, et au-dessus jusqu'aux nuages c'était le monde de l'eau. Le chauffeur continua jusqu'au moment où l'eau recouvrit la piste et la rendit invisible. Il refusa d'aller plus loin. Olivier descendit et continua à pied. Le chauffeur le regarda un moment s'éloigner jusqu'à ce qu'il disparût dans l'épaisseur de la pluie. Puis il repartit en marche arrière. Entre les eaux de gauche et les eaux de droite, il n'avait pas la place de virer.

La pluie tombait du ciel pour noyer ce qui devait être noyé, laver ce qui pouvait devenir neuf, et faire éclore ce qui devait naître. Olivier marchait dans son épaisseur vers le regard d'une enfant qui avait attendu de lui quelque chose qu'il ne lui avait pas donné.

La pluie entrait dans lui par ses cheveux, couvrait son visage comme un rideau, frappait ses épaules, traversait ses vêtements, coulait tout le long de lui comme une rivière et rejoignait l'eau jaune et lente qui montait et tournait lentement et montait encore.

Il marchait tout droit. Il savait que c'était tout droit et s'il manquait la piste et se noyait tant pis. Il marchait vers l'image d'une enfant confiante, qui s'était posée sur lui pour s'endormir, qu'il avait écartée de lui et posée à terre dans la nuit pour s'en aller.

Il marchait de moins en moins vite, car l'eau lui montait de plus en plus haut le long des jambes. Cela lui était égal. Il arriverait quand il arriverait. Il jeta son sac qui l'embarrassait, il n'avait besoin de rien. Le tonnerre dans les immenses épaisseurs des nuages était une rumeur continue, les voix d'un peuple de dieux qui parlaient avec des cailloux dans leurs couches sans mesures.

Olivier sentit bientôt qu'il était nu. L'eau qui coulait sur lui et celle dans laquelle il marchait l'avaient dépouillé des vêtements de son passé et de ses douleurs. L'enfant nue venait au-devant de lui en souriant et en tendant vers lui ses deux mains en coupe pleines d'eau. Il allait la rejoindre, et accepter ce qu'elle lui offrait. Il ne venait pas seul, Jane était avec lui, nue avec lui, sa mère était avec lui, nue avec lui, son père, ses copains, Carlo, Mathilde, les flics marchaient avec lui dans l'épaisseur de l'eau du ciel, nus et dépouillés de leurs mensonges. Comme le soir tombait, il aperçut à l'horizon une légère bosse au-dessus de l'eau, un embryon de colline, un espoir d'élan sur lequel les familles avaient bâti leurs maisons dérisoires. Il sut que c'était Palnah et que tous ses hommes, ses femmes et ses enfants étaient en train de lutter pour sauver leurs puits, leurs bêtes, leurs maisons, leurs vies, avec l'aide de Patrick, ou d'un autre, ou de personne.

En marchant avec une peine de plus en plus grande, de toute sa volonté et de tous ses muscles, dans l'épaisseur de la pluie qui emplissait l'espace entre le ciel et la terre, il se demandait s'il allait trouver au bout de la piste noyée, sur la colline qui émergeait encore, où quelques êtres vivants luttaient pour continuer de vivre, la réponse à la question qu'il avait posée à son père :

— A quoi on sert ?...

31 mars-13 septembre 1969

René Barjavel

Le grand secret (n° 1106)
Un couple séparé puis réuni dans des circonstances que l'esprit humain peut à peine concevoir. Un mystère qui, à partir de 1955, a été l'objet de l'attention des chefs des plus puissants États. "Le grand secret" expliquerait l'histoire de plusieurs décennies, et représenterait la plus grande peur et le plus grand espoir du monde… C'est un roman, mais si c'était vrai ?

La nuit des temps (n° 812)
Dans l'immense désert gelé, les membres des Expéditions polaires françaises font un relevé du relief sous-glaciaire. Mais un incroyable phénomène se produit : les sondes enregistrent le signal d'un émetteur sous la glace. L'aventure ne fait que commencer.

Une rose au paradis (n° 2081)
Des millions de femmes enceintes manifestent à Paris contre les effets de la bombe U. Mais il est déjà trop tard : le cataclysme est en marche. La Terre est réduite à néant. Pourtant, l'une des manifestantes, Lucie, échappe mystérieusement à la mort…

Les dames à la licorne (n° 1264)
En Irlande à la fin du XIXe siècle. Hugh O'Farran, de sang royal, est un chef rebelle en fuite. Griselda est une jeune femme farouche et effrontée qui rêve d'un destin extraordinaire, loin de l'île où elle vit avec sa famille. Un magnifique roman d'amour aux allures de conte, qui s'inspire d'une histoire vraie.

Il y a toujours un Pocket à découvrir

Cet ouvrage a été reproduit
par procédé photomécanique par la
SOCIÉTÉ NOUVELLE FIRMIN-DIDOT
Mesnil-sur-l'Estrée
pour le compte des Éditions Pocket
en juin 2000

POCKET - 12, avenue d'Italie - 75627 PARIS CEDEX 13
Tél. : 01-44-16-05-00

Imprimé en France
Dépôt légal : 1er trimestre 1972
No d'impression : 51666